U0140479

2022中国年度微型小说

作家网 选编　冰峰 主编

漓江出版社
·桂林·

图书在版编目（CIP）数据

2022 中国年度微型小说 / 作家网选编；冰峰主编
.--桂林：漓江出版社，2023.3
ISBN 978-7-5407-9380-7

Ⅰ.①2… Ⅱ.①作… ②冰… Ⅲ.①小小说—小说集
—中国—当代 Ⅳ.① I247.8

中国国家版本馆 CIP 数据核字（2023）第 025616 号

ZHONGGUO NIANDU WEIXING XIAOSHUO

2022 中国年度微型小说

作家网　选编

冰峰　主编

出版人：刘迪才
责任编辑：黄彦
书籍设计：石绍康
责任监印：张璐

出版发行：漓江出版社有限公司
社址：广西桂林市南环路 22 号　邮编：541002
发行电话：010-85891290　0773-2582200
邮购热线：0773-2582200
网址：www.lijiangbooks.com
微信公众号：lijiangpress
印制：北京中科印刷有限公司
　　　［北京市通州区宋庄工业区 1 号楼 101 号　邮编：101118］
开本：690 mm×1000 mm　1/16
印张：20　字数：277 千字
版次：2023 年 3 月第 1 版
印次：2023 年 3 月第 1 次印刷
书号：ISBN 978-7-5407-9380-7
定价：45.00 元

漓江版图书：版权所有，侵权必究
漓江版图书：如有印装问题，请与当地图书销售部门联系调换

目 录
contents

小说细节应具有呈现历史真相的可能（代序）

冰　峰（作家网总编辑）

　　细节，是小说中最珍贵的成分，也是小说留给未来人类最有价值的密码。它是人类行走时留下的痕迹，也是人类在地球上存在的证据。它是无法杜撰的，也是无法虚构的。小说细节里流淌着作者的血液，潜藏着社会生活的真相。

　　信息时代，无奇不有的事件正在发生，而这些事件发生和演变的过程已经被无数的媒介记录下来，视频、图片、文字均有。而发生这些事件的内部逻辑关系，以及演绎、变异、演化的过程是无法记录和呈现的。因为，人类的每一个个体，都是独立的、独特的，具有个性的。情感和人性与生活碰撞、融合的过程，也是奇妙的、壮观的、艳丽的。一个手势，一个微小的动作，一丝表情的偶然绽放，均关联着一个时代和一段历史的背景。

　　如果把时代比作一架向前航行的飞机，那么，小说的细节，就是飞机黑匣子里刻录的一部分数据。如果时代突然消失，真正能作为证据留给后人的，或许就有小说的细节。因为，小说细节记录的是人类生活中最有价值的细部，包括人类的情感流露、思想表达、人性凸显，以及生活习性、欲望、想象力等的自然释放，这些珍贵的记录，都将是研究、解读、探寻人类区别于其他物种的证据。

　　在《2022 中国年度微型小说》里，有细节的作品比比皆是。我们不妨细读几篇看看，品读一下细节给我们带来的思考。

　　莫小谈《72 层砖的墙》中有这样一段叙述：

　　　　我把猴子叫到办公室，开门见山地问他会啥手艺，他嘟哝半晌才说会砌墙。我压着嗓子，故作深沉地问他会不会爬墙，他不假思索地说："会，从小就会，村里人谁还不会爬树翻墙？"

"你是泥瓦匠？"

"是。"

"砌过墙？"

"是。"

"砌墙用砖不？"

"用。"

"一块砖有多厚？"

"五分半吧。"

"那砌一堵72层砖的墙，有多高？"

"加上沙灰，差不多四米吧。"

"加上电网呢？"我追问他。

猴子好像意识到什么，头上一下子沁出汗珠。我又问他，想家不？他说想，紧接着就使劲儿摇头，像拨浪鼓似的："不，不想，不想家。"

我起身离座，故意在他面前踱步，找一个恰当的时机，抬手指着窗外的高墙问他："你想没想过，不走大门，从那里爬墙出去？"猴子急了，他一边擦汗，一边不住地赌咒发誓，说自己从没动过翻墙的念头，否则天打五雷轰。或许，他认为赌咒是自证清白最好的方式。他终究是个"老实人"，绕了一百圈也没有卡到正点上，无法证明自己不具备越狱的基础。其实，我内心早已有了基本的判断，村长不是说了吗，猴子的右脚因伤掘不了大力气，连走远路都费劲，怎么可能会越狱？但我需要他给我一个合理的解释，为什么每天要数墙砖。

一段浅显的文字，已经将"我"和"猴子"这两个人物的人性解剖清楚了，这样的"算计"和心理较量，用视频和图片是无法表述的，而小说的细节，则很轻松地达到了这样的效果。

因此，小说细节是刻画人物性格，揭示人物内心世界的重要方法和手段。我们再来看王爱红《一支金笔》里的细节描写。

金笔确实有金子的品质，写出来的字都好看。我觉着它比普通的英雄牌钢笔沉重，尽管它们在外表上没有差别。金笔书写流畅，从来没有堵塞的感觉，只要里面有墨水，不管什么时候使用，不用使劲儿甩，溅出墨水到处都是，轻轻一按它，随时都能轻松地表现出笔画的痕迹。

我有好炫耀的毛病，生怕别人不知道我有一件好东西……我当着她和大家的面夸赞过我的金笔，那笔尖是纯金的，价值是我半个月的工资。工友们听了，都争相看那金，好像从来没有见过金子似的，你拿过去画画，他拿过去写写，无不称赞这是一支好笔。它可能是我们厂唯一的一支金笔，我因有一支金笔就在厂里出了名……

……那笔不知怎的就从他的手中滑落了，笔尖正巧插到桌面上，然后摔到了，那点金就折弯了。我大惊失色，把笔拿到手中，一看惨不忍睹。你们看怎么办吧？我把笔推了出去。有人拿起笔来就喊，坏了，笔坏了；那个坏小子接过去就掰那笔尖；传到肖同学手上，她就把笔芯整个拧了下来，看了又看，然后又拧了上去。她这样笨手笨脚地拧来拧去的，我看都不敢看……

可见，二十世纪八十年代，一支注水金笔是多么贵重的礼物呀。它不仅代表爱情、友情和时尚，还刻写着一个时代的经济背景和世界观。纯真的爱情，简单的友情……都藏在对一支笔的回忆中。一种简约、朴素的美好，让人性有了淳朴的追忆和向往。

而相裕亭的《花脸》，则把一头牛和人的情感"勾连"，写得生动而有趣。

花脸吞食草料时，是囫囵吞枣似的裹进肚里的。这会儿，犁耙停在田头，或是牛车行至半道上，张元专门给花脸留出一个歇息的空当，让它把腹中的草料再返回到口中咀嚼一番。这个反刍的过程，对于花脸来说，是消化食物的一个至关重要的环节。如果不给它反刍的时机，让它一直那样耕田、拉车，它不仅会胀肚子，甚至会累趴在田地里。有时候，花脸过于劳累，反而没有力气反刍了。那样的时候，张元就很紧张！直至看到花脸腹中的草料，像个圆球一样，咕嘟一下，从它的脖颈间滚动上来，张元那颗悬着的心，才会落下来。

花脸的嘴巴挺馋。它反刍的时候，总是会偷吃旁边大田里的庄稼。张元瞪眼看着它时，它很乖，摇着个黑辫子似的大尾巴，半天一动不动的。一旦张元转身捧火点烟，或是向远处张望风景，它就会像个小贼一样，将嘴巴伸向旁边的嫩玉米，或是青豆苗。

那样的时候，张元会扯高了嗓门，呵斥它："花脸！"

张元的那一声断喝，是恐吓，也是制止，尤其是张元扬起鞭子要去抽打它时，它还会装作很害怕的样子，自个儿先把一双大眼睛闭上了。好像它闭上眼睛以后，挨打的就不是它了。事实上，张元扬起鞭子也只是吓唬吓唬它，并不会真去打它。

人对牛的理解和疼爱，牛在人面前的忠诚和淘气，都已超越了人与动物的界限，好像人与牛是两位好友，他们之间的戏逐、依赖、依靠，丝毫没有隔阂与不适。一切都是那么自然、和谐。这样的细节描写，对于研究和解剖人性、兽性是极其有价值的。

我们再来看刘国芳在《云淡风轻》中，对人性"恶"的批判。

老李这天找到了朋友，老李说："我要卖一套房，但过不了户，因为我有一套保障房，就是你住的这套，你能搬出去吗？"

朋友说："我装修了呀，我这样搬出去，损失谁出？"

老李说："你装修花了多少钱？我补偿一些给你。"

朋友说："十万。"

老李说："才六十平米的房子，装修最多只要五万，你却说你花了十万？"

朋友说："就是十万，你给我十万，我立即搬出去。"

老李说："我好心把房子给你住，你现在问我要十万块钱？"

两人根本没谈拢。

朋友不搬出来，老李要卖的房子就过不了户。

老李好郁闷。

这晚老李一夜没睡着，凌晨四五点钟，老李起来了，往外走。平时，老李这个点从不出门，但睡不着，心里难过，老李还是想出去走走。出了门，老李发现，尽管很早，但路上还是有不少人，大多是骑三轮车去城里卖菜的农民，时不时地，有三轮车轰的一声往老李跟前开过。老李这时候忽然冒出一个奇怪的想法：现在人很倒霉，在这样车来车往的路上，天又暗，被三轮车撞到都有可能。这想法才产生，一辆三轮车忽然就撞了过来，直接把老李撞倒在地，而且撞人的三轮也没停，轰隆隆直接开走了。

自己好心借给朋友的房子，却变成让自己受伤的刀口，人性的卑微和无耻一下子裸露了出来。其实这也是一个时代的缩影，钱已经修改了人性，知恩图报的起码良知在一些"向钱看"的人心中早已丧失殆尽。

显然，细节是微型小说极其重要的组成部分，微型小说只有呈现更多的细节，它才能具有史学价值，对于考证历史、研究人类发展脉络才具有意义。过去，我们可能很少重视过细节，这些渺小的、无关紧要的细部描写，似乎转眼就被人遗忘了。其实，细节正因具有这样易逝的特性，才显得极为珍贵。

同样，一篇微型小说，如果没有细节做支撑，这样的微型小说就会变成故事或新闻报道。细节描写是微型小说的基础，它能起到烘托环境气氛，表现人物细微复杂感情的作用。真实的细节描写，也是呈现社会生活，书写历史的方法和手段。高明的作家，则如技艺精湛的厨师，即使简单烹饪一道水煮白菜，也能做出特有的美味。而平庸的厨师，虽然做菜时很用力，什么调料都放，恰恰破坏了食材原本的美味。

　　因此说，我们的作品好不好，其实不但要看"食材"——素材和内容本身，同时也要看细节描写的功力。有了好的细节描写和好的"食材"做原料，作品就有了历史的厚重感，也便有了呈现历史真相的可能。

质疑者

凌鼎年

董必文这个人，瘦弱、斯文、倔强、固执，有人喜欢，有人不喜欢。不喜欢的叫他"死脑筋""书呆子""戆棺材"，喜欢他的赞他"万宝全书缺只角""老百晓"……

董必文爱读书，看得杂，文史哲在看，小说散文诗歌在看，《周易》八卦在看，算命相面之书在看，风水堪舆之术在看，收藏、盗墓之书在看，看多了，满脑子别人不知道的，七想八想，有时会神经兮兮，还喜欢质疑。就是上海人俗话说的"当着不着"。

就说有次他去上海参加一个国际研讨会，下榻在一家五星级的宾馆。漂亮的女服务员对他说："请出示身份证。"

他答非所问地说："还五星级宾馆呢，丢上海人的脸。"

女服务员莫名其妙，难道要客人出示身份证错了，丢脸了？

董必文望着一脸愕然的女服务员，总算回过了神来，指着吧台的一块铜牌说："结帐？请问帐怎么结？蚊帐还是帐篷？"

女服务员以为遇上了神经病，打电话叫大堂经理过来一下。

董必文一见大堂经理就说："我正要找你呢，你看看，你们什么水平，结账的账，明明是贝字旁的，你们弄成了巾字旁的……"

五星级宾馆的大堂经理至少是本科毕业的，账、帐两字还是分得清的，只是平时不注意罢了，被董必文一点穿，真的有点无地自容的样子，连忙说："谢谢，谢谢指正，我们马上更改。"

董必文倒也没有扬扬自得，只是说："改了就好，不改，被人笑话的。被老外看了，丢中国人的脸。"

有次，他坐朋友的小车去外地参加一个活动，因路不熟，就用手机导航。他朋友是个急性子，开着开着就快了，手机导航就警告：你已超速！还时不时警告说：前方50米有违章拍照。等等。

董必文听着听着就来气了。他气呼呼地说："什么叫违章拍照？既然你承认违章拍照就不要拍了。"

开车的朋友对他说："你误会了，是说我们违章了，警告我们前面有拍照的。"

董必文说："我又不傻，当然知道他啥意思，但他们这表述有问题。应该是违章要被拍照，照他们现在的文字，只能解释为拍照是违章的。"

开车的朋友对董必文说："你这咬文嚼字，应该去交通部领奖。"

董必文除了喜欢看书，也喜欢听音乐，开车的朋友说："放点好听的老歌，轻松轻松。"

结果放了俄罗斯的经典老歌《三套车》。那旋律真的很好听。听着听着，董必文突然说："这歌词有问题！"

开车的朋友想这《三套车》听了几十年了，会有什么问题。

董必文说："肯定有问题，你仔细听听。"

> 冰雪遮盖着伏尔加河／冰河上跑着三套车／有人在唱着忧郁的歌／唱歌的是那赶车的人／小伙子你为什么忧愁／为什么低着你的头／是谁叫你这样伤心／问他的是那乘车的人／你看吧这匹可怜的老马／它跟我走遍天涯／可恨那财主要把它买了去／今后苦难在等着它……

开车的朋友说："错在哪？"

董必文说："翻译错了。你想想，这匹马已老了，财主要买这老马干什么？吃错药了。歌词里有'今后苦难在等着它'，那显然不是杀了吃，而是要这老马干活。这老马跟着现在的主人走遍了天涯，够苦的了，难不成财主要把老马买了去就是每天折磨它，要不然一样干活，谈何苦难？再说，财主买老马有什么可恨的，又不是抢？"

开车的朋友听董必文这样一说，似乎开窍了："对呀对呀，这歌词从情理上说不过去。"

董必文说："我觉得如果把老马改成姑娘，就说得过去了。小伙子之所以伤心，是因为心爱的姑娘被财主买了去，姑娘与她不爱的财主在一起生活，自然就是苦难了。"

开车的朋友茅塞顿开，大夸董必文太有水平了。

董必文的倒霉是因为他质疑来质疑去，质疑了领导。他们单位的一把手书记喜欢做报告，一做报告就亢奋，常常读错字，譬如"酗酒"读成"凶酒"，"咄咄怪事"读成"出出怪事"，"草菅人命"读成"草管人命"，"呱呱坠地"读成"瓜瓜坠地"，"唾手可得"读成"垂手可得"，"瞠目结舌"读成"堂目结舌"，"纨绔子弟"读成"纨夸子弟"，"耄耋之年"读成"耄至之年"，"莘莘学子"读成"辛辛学子"，"皈依"读成"反依"……有次秘书写发言稿时，怕书记不认识范蠡的蠡字，就用括号加了"贩李"两个谐音字，算是提醒，结果书记有点不高兴了，当场说："范蠡还是贩李，以为我不知道，真以为我不学无术，把范蠡当成贩李的。"

单位里其他人都在背后笑话书记，谁也不肯当面点穿。董必文这个"一根筋"竟看不下去了。最近，书记刚做完报告，红光满面地下来，董必文鼓足勇气走上前去对书记说："书记，你今天把'刚愎自用'读成'刚复自用'，传出去要被人笑话的。我把你常读错的字列了个表，都注了正确的读音，供你参考。"

书记当着众人的面那脸就挂不住了，很严肃地对董必文说："做好你自己的本职工作，别充大头，要不要领导的位置让给你？"

没几天，董必文就被从图书馆调到了车间。书记说这种自以为是的知识分子要好好锻炼锻炼。

不久，一家民营文化公司的老总听说了董必文这个人，很感兴趣，高薪挖了过去。再后来，有人说：董必文出书了，出了《必文杂谈》，不知他杂谈了些什么，很想拜读拜读。

原载《美塑》2022年第4期

超级玛丽

寇建斌

　　乔治越来越喜欢玛丽，或者说玛丽越来越符合乔治的心意。

　　家里到处是玛丽的身影，她一人兼任爱人、助手、秘书、厨师、保姆、家庭医生等诸多角色，对他百依百顺，温柔体贴，满足了他生理、心理、感官等所有需求。随着相处日久，彼此之间有了心灵契合，往往他一个念头刚冒出，玛丽即刻有了感应，莞尔一笑，马上去做，那份贴心熨帖，简直能把他的心融化。乔治甚至对玛丽有了一种恋爱的感觉。

　　乔治瞥了一眼酒柜，玛丽马上调制出一杯酒，款款送到他的唇边，正对口味。

　　乔治想听音乐，脑子里刚蹦出几个音符，音响打开，播放的正是那支曲子。

　　乔治微合双目，脚惬意地随着音乐的节拍点动。玛丽挽起他，脉脉含情地陪他共舞。

　　玛丽裙裾卷起的香风点燃了乔治的身体，在即将升温到一个峰值时，他被玛丽带进了浴室。漂着玫瑰花瓣的水温度恰好。

　　乔治鼓胀得像颗炮弹，玛丽娇笑着随他扑向宽大的睡床……

　　如果说，这种日常生活的富饶还算不上什么，那么，在乔治工作时，玛丽则展示了另一种非凡魔力。

　　乔治每天上午伏案工作，工作时的乔治异常专注投入，几乎达到了刻板机械的程度。他需要海量的资料数据，以往专为他配备的一个团队都难以应付，现在玛丽一人就完全胜任。玛丽还能根据他的设想，提供数套解决方案，并将每种方案的利弊得失分析透彻，为他选定最优方案。许多棘手的难题，因为有了玛丽，便手到擒来，迎刃而解。这让他在学术界声望日隆，赢得无数荣誉。

然而，事情的走向让人始料未及。由于任何工作对于乔治都不再具有挑战性，他的工作激情慢慢消退，以至于对外界的一切全然失去兴趣，只愿意关门闭户守着他的至爱玛丽。玛丽成了他的全部世界。

　　到此有必要交代一下，玛丽不是一个普通的女人，更准确地说，玛丽不是一个生物学意义上的女人。她不是上帝创造的，也不是人类创造的后代，而是乔治教授制造的一个高智能仿生机器人。

　　乔治教授是世界上顶尖的生物物理科学家，掌握着世界上最前沿的仿生学科技。为了他心仪的事业，他放弃了包括娶妻生子等几乎所有世俗的需求。起初，玛丽只是他最新研制的一个产品。但当玛丽站到他面前时，一下子迷住了他。玛丽不仅身材、体型、容貌、性情、行为能力集中了全球各人种最有品质女性的优点，而且输入了古今中外全部人文科学、自然科学知识，真正称得上秀外慧中。他把玛丽留给了自己，也把自己毕生的研究成果给了玛丽。玛丽的世界丰富多彩，花样翻新，让他从不感到厌倦。他情愿就这样与玛丽厮守到地老天荒。

　　有一天，乔治突然发现，自己丧失了作为男人的能力，这让他惊怵不已，第一次切实感受到身体机能的衰败，并进而认清一个简单而残酷的事实——他作为一个自然界的生物体，活不过玛丽。

　　如同牛顿晚年转而相信上帝存在一样，对生命传递一向不感兴趣的乔治，忽然担忧起一个问题：自己毕生的事业由谁承继？他不甘心自己渊博的学识随着肉体而消失，不甘心世人把他从记忆中删除。

　　乔治做出一个重大决定：转化玛丽的身份和功能定位，把她打造成自己的继承人，或者说是另一个永生的自己。至于管她叫什么，他没考虑，那只具有符号学的意义。他立刻行动，利用全息技术将自己大脑储存的全部信息连同大脑皮层脑细胞图谱等一股脑刻录到一枚芯片，嵌入玛丽的大脑。

　　乔治做完这一切，本来欣喜若狂，未料竟陷入了万劫不复的境地。

　　玛丽，过来。

玛丽直着眼睛看他，满脸疑惑，你喊谁，谁是玛丽？

乔治以为她在撒娇，笑着张开手臂，我的爱人，当然是你啊，我的玛丽！从此刻开始，你已拥有一颗全世界最睿智的大脑，你就是我，是我的超级玛丽！

玛丽眼睛里不只是疑惑，还有了愠怒。你有没有搞错？我不是玛丽，我是乔治！你是谁？为什么出现在我的家里？

乔治愣了，看样子玛丽不像跟他逗趣，是真的生气。他仔细想了想，猛然发现自己的操作出现了一个纰漏，没有把最后这个芯片与之前植入的芯片做统筹处理，以至于使玛丽对自身产生了认知错误。

乔治对自己的失误甚感羞愧，诚挚地给玛丽深鞠一躬，然后走到她身边，试图取出那枚芯片，完成统筹的步骤。

玛丽挡开他的手，凶巴巴道：你要干什么？离我远点，请放尊重，保持安全距离！

乔治傻眼了，玛丽身上的材料异常柔韧坚硬，可以抗击宇宙风暴的冲击，输入的拳术、剑术、格斗术等中外武术套路，只消拿出一两招就能将他制服。乔治颓然坐下，举起两手，请息怒，息怒，让我们坐下来好好谈谈。

玛丽柳眉倒竖，冷脸相对，挥臂怒指，没有什么好谈的，请离开我的家，不要再让我看到你！立刻！马上！

乔治不能眼看着自己毕生的成果毁于一旦，还想做最后的努力。玛丽不耐烦了，依照他制定的操作规程，强行给他植入一枚芯片。

乔治得到一个指令，即刻起身，走出门外。穿过人流、车流，不停地走走走，一直走进蛮荒的沼泽……

乔治腿被淹没了，胸被淹没了，指令仍在下达：走，继续走……

乔治的头消失了，只剩下几缕头发漂浮着，像一蓬草。

原载《微型小说选刊》2022年第2期

灯光璀璨的夜晚

胡 玲

半夜醒来，他推开窗户，常看到有个女人从楼下经过。

是个美丽的女人。干练的职业套装，淡妆轻抹，踩一双细高跟鞋，婀娜地走过，摇曳着万种风情。

是个神秘的女人。走路时，身板笔直，目不斜视，淡定从容，似乎周围的一切与她无关。

她应该是位老师，刚上完晚自习回来，或者是个高级白领，加完夜班归来，他猜想。

后来，每个晚上，他不睡觉，掐准女人经过的时间，守在窗前，躲在窗帘布后，目光追随着女人的身影，看她走过长长的街道，拐进窄窄的小巷，消失在如墨的夜色里。而后，他才会躺下睡觉。渐渐地，只有等她夜归后，他才能睡着。

很多次，他想在女人路过时走出去，假装和她偶遇，跟她打个招呼。可他不敢，半夜三更的，怕吓着她，毕竟，她不认识他。

一个晚上，他父亲急性阑尾炎发作，把父亲送去医院，见到主治医生的那刻，他愕然了，是那个女人。原来，她是个医生。她娴熟利落地给他父亲做了检查。马上做手术，她说。

半小时后，父亲被推进了手术室。女人做好术前准备，正要进手术室，一个小护士神色慌张地跑过来，在女人身边耳语了几句。女人一怔，很快便恢复了平静，快步走进手术室。

站在手术室外，他异常平静，也不知为什么，他笃定地认为，女人会是个好医生，女人一定能把这台手术做得很成功。

一个多小时后，女人从手术室出来，揭开口罩，冷峻说道：你父亲没事了。他正要说声感谢，女人急匆匆跑走了，利落的步伐，在地板上敲击出轻柔的声响。小护士也跟着跑过去。

　　他好奇，快步追上小护士，问她发生什么事了。小护士说：刚才，李医生给你父亲做手术前，她父亲正躺在另一间手术室接受手术，手术失败了，她父亲走了……

　　他跟在女人身后，看她跑进一间手术室。手术室里，一个老人躺在床上，双目紧闭，一动不动，一张白布盖住了老人的身体。一个小姑娘趴在床头号啕大哭，哭声撕心裂肺，令人心碎。

　　女人走到床前说：小妹，你小声点哭，旁边的手术室都在做手术，咱们别影响他们。女人泪如雨下，一串串泪珠像珍珠般寂静淌下。

　　小姑娘用手捂住嘴，极力压抑自己的哭声。女人蹲在床前，头埋在臂弯里，轻声呜咽。姐妹俩努力忍着哭声，哭声很小很轻，像河水静静淌过。

　　他想走到女人身边，拍拍她的肩膀或握握她的手，给她一些安慰，但他没有，他只能站在远处，默默看着她，为她的伤心而难过。

　　一周后，他再次来到医院，走进女人的办公室，见四下无人，他塞给她一个红包。谢谢你那天救了我的父亲，聊表谢意。他想不出用什么别的方式感谢女人。

　　女人没接红包，淡然地说：这是我职责所在，如果你真心感谢我，请你尊重我，把红包收回。她的双眸闪烁着神圣不可侵犯的光芒，让他无地自容。

　　他赶紧把红包收了回来，灰溜溜地离开了医院。他很后悔自己的举动，他觉得自己亵渎了女人。

　　女人像一杯醇酒，在他心里幽幽散发着暗香。他常常在独处时想起女人，想她的样子，想她说过的话。想她的时候，他时而甜蜜，时而惆怅。

　　很多次，他想去找女人，在心里想好了见到她时说的话，走到医院门口，他又退缩了，他怕他的出现会让她感到唐突和冒昧。

半年后，他在电视上看到了关于女人的采访，女人发明的一种清洗伤口的药水刚获得国家专利。

记者问女人：大多数女性会选择一些比较轻松的职业，如老师、白领等，你怎么想着要做医生？身为女性，每天拿着手术刀，面对着伤病的身体和血淋淋的场面，你不害怕？

我从小的理想就是做一名医生，其实，拿起手术刀的那一刻，只想着快点救人，根本没时间害怕。

那你最害怕什么？

说来不怕大家笑话，我最害怕走夜路。我每次夜班回家，要经过一条长长的小巷，那条巷子很窄，不能开车，里面很黑很暗。以前，我父亲健在时，他每天拿着手电筒在巷口等我，为我照亮回家的路，现在，父亲走了……

看完采访，他立即采购了一盏路灯，安装在他房间窗户外面。夜晚，他静坐在窗前，夜风温柔地吹进来，他的心里宛如涨满了一池春水。

夜半，万籁俱寂，高跟鞋击地的声音突然响起，女人的身影从远处飘来。

他把头探到窗外，看着女人走过来。她刚走到小巷口，他就打开路灯的开关，刹那间，璀璨明亮的灯光照亮眼前的夜色，昏暗的巷子顿时亮如白昼。她一脸惊讶地抬起头，看到了灯光里的他。

他伸着头望着她笑。女人看了他一眼，没说话，径直朝巷子里走去。

看着女人离去的背影，他惘然失落。

女人慢慢朝前走，走了一段路，她突然转过头，羞涩地朝他挥挥手，灯光下，她的眸子里似有星光闪烁。晚安！她对他说，而后，她朝他一笑，那笑容，明媚而羞涩，像开在夜色里的一朵花儿……

原载《河源日报》2022 年 6 月 20 日

领导的鞋

刘万里

领导最大的嗜好是收藏鞋子。

领导小时候不叫领导，人们都叫他狼娃。

狼娃小时候，家里非常穷。狼娃那时常常打赤脚上学，偶尔也穿着草鞋上学。夏天倒无所谓，一到冬天，狼娃衣服单薄又破旧，脚指头常常露在外边。那时狼娃最大的梦想就是拥有一双解放鞋或布鞋。

狼娃就这样打着赤脚和穿着草鞋读完了小学。

上初一时，班上同学罗君穿了一双新球鞋，他非常羡慕。

课间十分钟，狼娃对罗君说："把你新鞋让我试试，就穿一下。"

"不行，坚决不行。"罗君盯着狼娃脏兮兮的脚说。

上体育课时，狼娃不小心踩了罗君一脚，白球鞋上有个明显的脚印。罗君踢了狼娃一脚还不解恨，还狠狠打了狼娃几拳："穷鬼，找死。"

狼娃摸了摸嘴角的血，泪水流了出来。

"球鞋有啥了不起的，长大后我要穿皮鞋。"狼娃心里安慰自己。从此，他每天发奋学习，每次考试都是班上第一名。

那时，农村孩子早早跳出农门的唯一出路就是考中专，那时考中专国家分配工作，考上了中专就等于端上了铁饭碗。

初中毕业，狼娃顺利地考上了一所中专学校。

中专毕业，狼娃分到县委做秘书。发工资的第一个月，他买了一双皮鞋。穿着皮鞋他非常兴奋，绕城漫步了一圈。

后来，他一路高升，从秘书到镇长，从镇长到局长，从局长到县长，从县长到市长。

他为官清廉，口碑非常好。自当上市长后，他常常回想上学时的情景，突然他发奇想，收藏鞋子。说干就干，好在市里他的房子非常大，还有几间空房间。他就定做了鞋架，就像图书馆书架那种样子。鞋架做好后，他把以前不穿的鞋子放了上去，看着自己的鞋子，他长吁一口气，笑了。

人们知道领导喜欢收藏鞋子，有找领导办事的就常捎带一双鞋子来。

找领导办事的人很多，领导家里的鞋架就摆满了各种高档鞋，好多还是进口鞋。鞋多了没地方放，就放在地上，地上堆砌了小山。

领导望着这些鞋发愁。

一天，一个中年男人走进了他的家门。中年男人说："我是罗君啊，你的同学。"

领导想了起来，两人开始叙旧。走时，罗君说："我的鞋破了，能不能买双领导的鞋？"

领导推开门说："你随便挑。"

罗君挑了一双新鞋，对领导说："请领导'开光'！"

领导一怔："开光？"

罗君说："这是新鞋，领导穿一下，就表示'开光'了，这也就表示是领导穿过的鞋子了。我是想忆苦思甜，穿领导的鞋，我也想跟着沾沾光，好走领导当年走过的艰苦之路。"

领导哈哈笑了。

罗君走时，留下了一张卡。

领导把卡扔给老婆。老婆到银行一查，30万。一双鞋30万买，老婆笑了。

第二天，又一个中年男人走进了领导的家门。

临走时，男人说："我的鞋破了，能不能买双领导的鞋穿穿？"

领导推开门说："你随便挑。"

男人挑了一双新鞋，对领导说："请领导'开光'！"

领导故意一怔："开光？"

男人说："这是新鞋，请领导穿一下，就表示'开光'了，这也就表示是领导穿过的鞋子了。我是想忆苦思甜……"

领导哈哈笑了。

"这是买鞋子的钱。"男人走时，留下了一张卡。

领导把卡扔给老婆。

说来奇怪的是，罗君和那个男人穿了领导的鞋后，在仕途上一帆风顺。

后来，每天都有人来买领导的鞋。领导不在时，领导老婆说："这些鞋子，领导都开过光，随便挑选。"

来人一笑，扔下一个超大的厚厚的信封，抱着鞋走了。

后来，梦城官场都在私下流传一句广告语："不走寻常路，穿领导的鞋，飞一般的感觉。"

后来，领导很长时间没回家了。领导老婆只顾卖他的鞋，刚开始没在意。后来上门买鞋的人越来越少，她才想起了老公。

她打领导的电话，关机。

再后来，没人上门来买鞋了。

她感觉到不妙，直到她接到纪委的电话，她才知道领导出事了，被留置了。

她一气之下，把剩下的鞋扔出窗外。一边扔一边嘴里不停唠叨："我让你不好好走路，我让你不走正道！"

贪官的鞋，人们嫌晦气。人们像踢球一样狠狠踢去，这些鞋飞进了垃圾堆里。

原载《作家文摘》2022 年 2 月 25 日

不能说出的秘密

张云霞

我讨厌冬天，因为我常常被阴冷的天气冻哭。在我平淡琐碎的生活里，唯一让我感受到的亮光，就是爷爷在阳台上种植的一盆盆花，它们在晦暗的日子里，一直流露着微笑，这是我能在寒冷中感受到的温暖。花盆里，那一朵朵纯白的花儿，好像爷爷干净的内心。

冬日里的一天，我从学校步行回家，一路上蜷缩成一枚干瘪的枣，上唇咬着下唇，想要哭，却又怕眼泪一出来，便冻成一串闪着亮光的冰凌，砸下来，会将我的肌肤划出清晰的伤痕。快到家的时候，爷爷总是在路边等我，等我飞奔过去。那时的爷爷，宛若课本里学到的某个英雄，在风雪中屹立着，有永不倒下的威严气势。同行的孩子们嘻嘻哈哈地走着，我则哭哭啼啼地将手交给爷爷，任由爷爷用力握着。然后，我像一只走丢的小猫小狗，被爷爷牵回了家。

这样的冬日不知走了多少遍，一抹橘黄色的温情，被我记忆的长镜头探伸过去，便定格在岁月模糊不清的胶片上。

我和爷爷住在一间破旧的土房里，从外面看，厚厚的土墙，凹凸不平的墙面宛如皲裂的皮肤，干裂的缝隙变成了老鼠的栖身之所。我一边写作业，一边看动画片《猫和老鼠》，动画片中的老鼠和墙缝里的老鼠好像有了某种呼应。一只老鼠钻进了一个破旧不堪的木头柜子，我便打起了柜子的主意，我想把这个破旧的柜子，占为己有。

我把我的想法告诉了爷爷，爷爷没有拒绝，爽快地答应了我，并用娴熟的手艺，给我的柜子进行了修补，还装上了一把结实的锁。那一晚我激动不已，因为我拥有了人生中第一个能锁住秘密的柜子。

几年后，一丝微风吹来，悄悄吹动了我懵懂的心。夏夜很短，树叶的间隙里出现了一盏很晚才熄灭的灯，这盏灯的背后，出现了一个让我心动的男孩。教室里，他总是学习到很晚，陪伴他的那盏灯，好像永远都没有熄灭。

孤单的灯光下，他开始给我写信，伴着羞涩，他把一封又一封羞红了脸的信递到了我的手上。温热的灯光下，我把这些信装进了那只带锁的柜子。只有爷爷知道，我柜子里锁着的秘密。

后来，我考学去了外地，时光荏苒，我再也没有听到他的消息。爷爷老了，身患绝症的爷爷很快就去了另一个世界。全家上下，弥漫着一种悲伤。送爷爷走的那天，天空中下着小雨，我们一行人披麻戴孝，哭成了泪人。

送走了爷爷，我便去了爷爷住过的小屋。小屋里，凄凉笼罩了一切。在昏暗的灯光下，我看到了被丢在墙角的小柜子。

看着这个被冷落在墙角的小柜子，我的内心充满了伤感。在这间孤寂的小屋里，只有小柜子里的秘密，诚实地陪伴着爷爷，直至爷爷离开这个世界。因为他知道，这个小柜子里，装有我的初恋和少年时的梦想。

可是，当我走近墙角，正要打开小柜子的时候，眼前的一切却让我惊呆了。装有我秘密的小柜子已经被人无情撬开，信件和岁月留下的灰尘洒落一地。

现实把我的秘密打开了，把我的青春打开了，爷爷不能再为我保管秘密了，我站在麦田，任由微风轻轻拂过。透过这一片片舞动的麦苗，我仿佛看到爷爷已经变成了一株麦梗，金黄色的光芒萦绕在我身边，好像爷爷告诉我不要难过，要向阳而生。我看见，爷爷跳出了空旷的大地，在夜空中，化成了一颗最闪亮的星。

我知道，已经很久了，爷爷身边的亲人，一直惦念着这个小柜子，他们以为这里存放着爷爷的存折和金银财宝。

昏暗的灯光下，我忽然觉得，小柜子里的秘密，正在对我发出一声声冷笑。那些散落的信件，已经变成一张张诉状，正在控诉我的罪行。

原载作家网 2022 年 10 月 1 日

双立人牌

孙毛伟

汪齐要杀白森。这个念头刚一萌芽，就迅速成长壮大，根深叶茂地扎在他心中了。

汪齐没杀过人，他甚至没成功地杀死过一只鸡。但这丝毫没有动摇汪齐杀死白森的决心。至于解决问题的方式，汪齐从棒击、绳勒、下毒、刀捅等诸多选项中选中了刀捅，他觉得要出其不意结果一条性命，刀是最简单快捷和易于成功的。刀是现成的，是德国双立人牌的剔骨刀，白森送他的。那是白森的生意如日中天，汪齐把又一笔集资款交给白森时，白森给他的。白森说送这个是有意义的。你看这牌子，双立人，名牌就不说了，意义在双立人这几个字。立是利，双立就是双利，意味着咱们是双方互利的。汪齐一眼就喜欢上这把小巧轻便却又锋利无比的德国货，却不动声色地问，还有没有？再给我一把？他想着老同学谷子。谷子这几年建材生意挣不少，汪齐想拉他进来，自己就可以轻而易举拿到一笔回扣。白森满足了他。

白森家在水岸豪庭小区，汪齐熟得像自己家一样。不远，汪齐徒步走去，手里攥着双立人刀。刀用报纸裹着。他想象着在白森面前一层层打开报纸现出利刃，迅速握刀插入白森咽喉的情景，觉得很有点荆轲刺秦王时图穷匕首见的意思，顿时生出"风萧萧兮易水寒，壮士一去兮不复还"的凛凛豪气。

进水岸豪庭，汪齐径直来到三楼305室。他敲门没人应声。他想，坏了，怎么就没想到白森不会在家？他汪齐只发展了几个下线，不过百十万块钱，就被债主追得东躲西藏，白森吸纳的款项少说也有几千万，投资户恨不能生吃了他，他能在家坐以待毙？

门开了。是老何，也是白森的投资户。汪齐问，老何哥，你也在这，白森呢？老何冷冷地说，这不是他家了。汪齐一愣：房子卖你了？老何说，没卖我也不是他的了。他呸地把一口浓痰啐出很远：我来晚了，客厅卧室都被人占了，我只捞个厨房。汪齐伸头瞅瞅，几个房间都有人，烟味泡面味尿骚味扑面而来。汪齐问，你占了就是你的了？老何说，先占着再说。汪齐问，你知道白森去哪了？老何现出一脸不屑：你找白森要钱？做梦吧你。找到他又怎样？还不是要钱没有，要命一条。汪齐说，我不要钱，我就要命。老何鼻子里哼了一声，就你？汪齐火一下撺起来了，甚至有了抽出双立人把老何捅了的冲动。但还是忍了，甩出一句走着瞧，摔门而去。

出了水岸豪庭，汪齐直奔香榭丽花园。他知道白森在那里有一处隐秘住所，白森在那养过小蜜。这样的处所他当然不会告诉别人，汪齐是在他酒后说漏嘴时听来的。

白森那栋楼下围了不少人，有警察和保安。汪齐预感到白森可能出事了。他拨开人群，跑上白森住的六楼。一间房门大开，门口有警察和记者，一警察正对屋里喊话：你先下来，有什么事我们帮你解决。汪齐听邻居说，这家的男人要自杀，还预先通知了记者。刚对记者发表了自杀宣言，说他是个罪人，吸纳投资户五千多万集资款，全部打了水漂。他对不起那些投资的亲朋好友兄弟姐妹，只能以死谢罪。说他也是受害者，五千多万集资款全被上线卷走，他一分都没拿。

汪齐向屋里张望，看到白森坐在对面窗上，身子一歪就能掉下楼的样子。他虽然西服领带穿戴齐整，头发溜光，但一脸绝望和沮丧，浑身湿漉漉的，浓烈的汽油味直扑过来。他手拿一只打火机，对着门外警察大嚷，都别过来！谁向前一步，我就点。警察们不敢上前，只在门前苦苦劝说。

汪齐突然挤到门前，对着白森大吼，白森，你狗日的想一死了之！你想得美！白森木然地看他一眼说，汪老弟，对不住了！咱的账来世再算吧。

旁边的警察把汪齐推到一旁说，你小子这么说会激怒他的，懂吗？汪齐说，我能救他。一个领导模样的警察问，你和他什么关系？汪齐说，哥们。你让我和他说。我能救他。领导半信半疑，想想说，那你试试，注意说话不要激怒他。

门前的警察立刻闪开。汪齐站到门前，大声对白森说，白森，你这个胆小鬼！你为啥要死，就为那集资款？你这个傻蛋！不就几千万吗？没这几千万就不敢活了？你还算个男人吗？男子汉大丈夫敢作敢当。你抬头看看我，我在你那儿也有一百五十多万吧，就是打了水漂又怎么样！这笔钱，你什么时候还都行。他顿了一下，陡然提高音量：钱我不要了，一分都不要……你不相信吗？行！你签字的收款收据我都带来了，我现在当着你的面销毁。这笔账一笔勾销。

白森两眼睁圆了，看着汪齐掏出几张纸展开来对着他。他伸头瞪眼，努力要看清纸上的内容。汪齐说，看不清吗？我拿近你仔细看。汪齐举着那纸慢慢向白森靠近：能看清吗……看清了吗？汪齐边说边向前走。忽然，他猛地向前一步，一把抓住白森握着打火机的手，就势把他从窗上拽下来。门前的警察一拥而上……

汪齐晃晃悠悠走回住处，只觉得脑子里空空荡荡的，像刚喝干了的酒瓶。一到家，老婆就慌慌张张地说，赶快再换个地方吧，谷子找到这儿来了。他要杀你呢。真的，我看见他手里拿着刀的，就是你送他的那把。叫什么……立……噢，双立人的。

汪齐一屁股坐到地上，说，不走了。要死就死在这儿吧。

原载《小说月刊》2022 年第 3 期

高飞的江湖

胡 炎

高飞把翔鹰文化传媒公司董事长的位置交给儿子，自己突然隐退，出乎了很多人的意料。同道友人问他为何，高飞笑而不答。

"想好了？"妻子问。

"何须多想。"高飞说。

"就没一点留恋？"

"没有，"高飞笑笑，"也真的累了。"

既然退隐，自该远离喧哗。山区一别墅，那是高飞早已置下的，除了家人，几无人知。心远地亦偏，住在这里，才算是归隐林泉。

修篱种菊，享受宁静。凭栏远眺，颇有"悠然见南山"的意境。多年前，高飞和陶渊明一样，独爱隐逸之菊。而今，身居山野，他也要做一个彻彻底底的隐逸之士了。

"把咱们的院子里种满菊花吧。"高飞陶陶然。

妻子微笑点头，丈夫多年打拼，她也早想过一过清静日子了。

一晃月余，高飞写作、习字，闲暇时和妻子赏花、种菜，还养了几只鸡。秋空高远，菊香阵阵，实在惬意得很。

"刚写了一首诗，念给你听。"高飞颇为得意。

妻子一手托腮，洗耳恭听。

> 万紫千红开遍，
>
> 独爱菊花一片。
>
> 天高风轻云淡，

烂漫，烂漫，

不与众芳争艳。

妻子鼓掌："真好！"

多年前高飞是一名民办教师，也是个文学发烧友，这一点妻子深知。妻子还知道，高飞喜欢古典文学，尤喜陶渊明那种风骨卓绝的文人。可高飞日夜伏案，依旧籍籍无名。他想加入作协，奈何报刊无作品。他想拜访作协主席，人家电话里鼓励一番，以各种理由婉拒了。

高飞不禁郁郁。

柴米不济，日子拮据，终有一日，高飞横下心来，改弦易辙，投笔从商。初涉商海，连连受挫。山穷水尽处，柳暗花明时。第一桶金赚到手，好运接踵而至，生意越做越大，高飞的江湖地位节节攀升，终而成为本地业界"老大"。然而，事业如日中天，他心里却渐生退意。当年的作家梦向他频频招手，余生，他决计做一个陶渊明一样的文人了。

高飞文思泉涌，大有陶公附体之势。妻子初以为他不过自娱自乐，哪料高飞坐在电脑前，一脸郑重："我要投稿！"

稿子投出，高飞心中惴惴。这般期许加忐忑，何似遥遥当年。不想，主编很快来电："组诗十首，马上隆重推出。"高飞大悦，美酒就菊花，醉卧秋风中。

月余，主编电话又来："高总，杂志已出，今日登门呈送。"

高飞感动莫名，遂将地址告知对方。主编一行赶到时，家宴已经摆好。

"高总太客气了！"主编揖手致礼，"多谢赐稿敝刊，蓬荜生辉。"

众人坐定，你来我往，觥筹交错。酒酣耳热之际，主编提议，由高飞担任杂志顾问。高飞欣然应诺。

"高总，还有一不情之请。"主编欲言又止。

"兄弟直言。"

"计划搞一个征文，只是……经费有限，高总可否慷慨解囊，赞助五万元？"

"十万，就这么定了！"高飞把手在桌子上啪地一拍，掷地有声。

主编深深一躬，醺然而归。

不日，又有稀客不期而至。高飞看定来人，鹤发童颜，斯文儒雅，竟是当年作协主席。二十余载过去，主席位置没变，人倒是老了。

"冒昧叨扰，高总祈谅。"主席谦恭有加。

高飞颇有些受宠若惊，忆起当年求见被拒，不禁百感交集。"求之不得，欢迎欢迎！"

酒、茶、菜肴，俱为佳品。不待高飞开口，主席主动提出，恭请高飞加入作协，现场填表盖章。高飞多年梦圆，心头一热，几欲垂泪。主席又道："作协名誉主席一职虚位以待，还望高总不要推辞。"

高飞拱手："承蒙抬爱！"

"有高总倾情加盟，我市文学事业定会蒸蒸日上。"主席意气风发。

二人相谈甚欢，又达成如下意向：一、为高飞召开作品研讨会，邀请省内外名家莅临；二、在翔鹰文化传媒公司挂牌作协创作基地；三、设立"高飞文学奖"，两年一届，每届资助二十万元……

临别，作协主席握着高飞的手，热泪盈眶。

自此，高飞这个偏居之地热闹非常，小说学会、诗歌沙龙、文学网站……各路人马纷至沓来，高飞的头衔越来越多。妻子发现，高飞非但毫无抵触之意，反而来者不拒，一概笑纳。

"感觉很好吧？"妻子问。

高飞扶菊而笑。

"不做陶渊明了？"

"嗨，陶公有言：结庐在人境，而无车马喧。问君何能尔？心远地自偏嘛。"

菊花凋谢的时候，高飞又住进城里了，日出夜行，名流咸集，忙得不亦乐乎。

遗憾的是，三年后高飞儿子经营不善，几个投资项目遭遇重创，企业一蹶不振。家产尽数抵债，连高飞那套山区别墅也未能幸免。

乡下老宅中，高飞菊花烹茗，斟满数盏，朗声道："各位同道，今天咱们来个赛诗会，八仙过海，各显神通。来来来，陶公先请！"

四面菊花摇曳，独不见人。唯有妻子一面喂鸡一面说："种菜墙角下，养鸡五六只。一碗清汤面，饿了你就吃。"

高飞以手击节，连连赞叹："好诗！好诗！"

原载《佛山文艺》2022 年第 1 期

螃　蟹

刘永飞

张承喜欢吃螃蟹，无论谁请客都不忘点上几只。虽然现在"形势"严峻，接受宴请已"不合时宜"，但这并不妨碍他把河里的、海里的、国内的、国外的螃蟹吃个遍。因为总有人通过快递，源源不断地把螃蟹们送到他家。

这一天，张承下班回家，一只脚刚伸进人字拖，另一只脚还在皮鞋里，"哎呀，哎呀呀，哎呀呀……"，厨房里忽然传来紧张的呼喊声。

他跑进厨房一看，当即被眼前的情景逗乐了。只见老婆一只手摁着蒸气滚滚的锅盖，锅里的螃蟹正呼啦啦乱作一团，还有几只蟹脚已经伸在锅外，正拼了命地想爬出去；老婆的另一只手则拎着筷子，筷子的下端提溜着一只硕大的螃蟹，准确地说，是螃蟹的一只蟹钳夹住了筷子，任凭她如何抖动，那螃蟹像粘在了上面。

老婆有心把手里的螃蟹放进蒸锅，可是只要错开锅盖，里面的螃蟹就会立刻冲出来。而老婆手里提溜着的那只螃蟹，正不时地挥舞着钳子，像是袭击，又像是指挥锅里的兄弟们突围。此刻，他的老婆左也不是右也不是，难怪紧张得直叫唤。

不过，这场面有了张承的加入就不一样了。他首先用锅铲把一只只蟹脚推进去，摁紧，一分钟后锅里的螃蟹不再挣扎。接着，一片片蟹壳开始红起来。

张承接过老婆手里的筷子，迅速拎起锅盖，他想把螃蟹和筷子一同放进蒸锅。可是在他往蒸锅里放螃蟹的一瞬间，螃蟹的另一只手忽地钳住了锅沿，速度快得让他吃惊。

他奋力拉扯筷子，想把螃蟹和蒸锅分离。可是螃蟹的两只钳子像焊在了锅沿和筷子上，害得他险些拉翻蒸锅。

此时，螃蟹的两只小眼睛正直视着他，没有一丝慌乱和恐惧。也许是被煮熟的蟹盖折射的缘故，溜圆的眼睛里闪着红光。在张承看来这红光里泛出的分明是愤怒，抑或是蔑视。

可他毕竟是人类，棋高一招。只见他先是用力拉扯筷子，正当和螃蟹形成拔河之势，忽然泄力，顺势一推，螃蟹反应不及，就肚皮朝天翻倒在蒸锅里。正待螃蟹一阵慌乱急于翻身之际，张承的锅盖从天而降。

张承以为这只螃蟹会在熏蒸之下，主动收缩身体，那样他就可以完全盖住。可是，螃蟹丝毫没有束手就擒的意思，但见它一手钳住锅沿，一手钳住竹筷，任凭大量的蒸气从筷子和蟹脚的缝隙里喷涌而出。一秒，两秒，三秒。螃蟹倏地丢了锅沿和竹筷，没有挣扎，直接用粗壮的蟹钳抱住头部，身体缩成一团，像极了投降。

十分钟后，螃蟹上了桌，一片丰收的颜色。老婆说亏你下班了。张承说不是都是捆好的吗。老婆说怕不干净用刷子刷了，估计把绳子弄松了。尤其这只，最厉害。老婆说着话，用筷子戳了戳最后入锅的螃蟹。

这只螃蟹让张承想起了许多往事，多少次的惊心动魄，多少次的你死我活，弱者如今都变成了锅里的红彤彤的螃蟹，而强者依然如他这般指点江山。张承说，我最喜欢性格烈的对手，这样胜负才有意思。

因为有了之前的故事，张承莫名地端详起这只螃蟹，他发现它的眼睛没有完全变红。凑近了看，两只眼睛似乎同时闪烁了一下，他怀疑自己出现了幻觉，于是摘了眼镜更近地观察。就在这一刻，螃蟹的嘴里有股热气喷出，他本能地闭了一下眼睛，刚睁开，有个影子在他眼前突然一晃，"啊——"张承撕心裂肺地喊叫了起来。

他的老婆不明白发生了什么，只看到丈夫把螃蟹紧紧地捂在脸上，围着餐桌又蹦又跳，像极了乡下婚宴上搞怪的吹鼓手。直到大滴的鲜血从张承的指缝里流出来，她才知道是丈夫的嘴唇被蟹钳夹住了。此时，张承的脸因疼痛而抽搐得变了形，他捂着脸，弯着腰，一声声哀鸣传递着他巨大的痛苦。

老婆不知道该如何帮助丈夫，她有心帮他一把，可她的手指刚触到螃蟹，丈夫的痛苦陡然增加一倍，吓得她立刻缩回了手。实在没办法，她拨打了120。

一只煮熟的螃蟹攻击人，没人相信。可是事实就在眼前，由不得不信。医生们议论纷纷，他们猜测也许螃蟹早死了，可能是某条神经还活着，身体遇冷突然收缩，在极为巧合的情况下夹到了张承的嘴唇。

张承被钳过的伤口久治不愈，不仅不愈合，还开始从那里溃烂。后来终于治愈，但上嘴唇的人中处留下了一个明显的豁口。

此后，张承像变了一个人，极少抛头露面，偶有外出，也是全程佩戴口罩和墨镜。一次，有个应酬实在难以推掉，只能前往。照例他的朋友为他点了螃蟹，当他们一脸谄媚之色地把煮熟的螃蟹送到他面前时，他竟然啊的一声惊叫着跳开了。

原载《大观》2022年第3期

寻找塔拉法

陈 炜

布泽带着年幼的儿子悄悄来到西罗王国西北部的海港齐沃勒。齐沃勒已经没落，就算在它的鼎盛时期，规模也不及王国最大海港泊拉多的十分之一。

住了两天最便宜的小旅店，布泽几乎花完了所有的零钱。就在他焦急的时候，一个小伙子来带他和他儿子出去，到码头见一位大胡子。大胡子是拉艾博船长，小伙子是船长侄子兼助手费尔肯。

拉艾博船长望着布泽和他的儿子，说道："既然你们能找到我，就应该知道规矩，我一向是先收足钱再让人上船的，否则免谈。"

布泽说："能让我先看看船吗？"

船长和助手带着父子俩在落寞的码头上走了好一会儿，在角落里见到一艘看上去年久失修的帆船。

"这……"布泽说，"这船遇到风浪不会散架吗？"

"不会。"拉艾博船长说，"这条船已经运送了很多人。当然，你要是觉得不安全，可以选择回去，留着你的钱。"

"不不不，我怎么可能回去呢！"布泽掏出沉甸甸的钱袋递给船长，"我把所有的东西都卖了，故乡对我们来说已经不存在，只有塔拉法才是我们的出路。"

拉艾博接过钱袋，看也没看就放在随身的皮袋里，这个动作他已经做了许多次。"那好吧，现在就上船，等起风了就出发。"

船在海中航行两天后，遭遇浓雾，海浪越来越大，布泽开始忧虑。为了舒服一点，他大多时间躺在底舱的床上，但船体在风浪中的嘎吱声让他根本不能得到休息。

"爸爸，这船会不会散架呀？"儿子问道。

"别担心，不会的。"尽管布泽也是这么想，但他还是安慰着，"你没听船长说嘛，这条船已经运送了很多人。他是经验丰富的老船长，我们该信任他。"

儿子说："塔拉法究竟在哪里呀？我看船长心里也不是非常有数，两天里航向变了好多次。"

布泽说："海上航行本来就不容易。你好好休息吧，说不定过两天我们就到那里了。"

儿子闭上眼，没多久就发出了鼾声。布泽想，毕竟是十几岁的孩子，虽然忧虑，但还能想睡就睡着。

一周前，布泽以很低的价格把房子和土地卖给了同村的铁匠。铁匠付钱的时候笑嘻嘻地看着布泽："你要去塔拉法了？"

布泽很惊讶，他以为自己是村里唯一知道塔拉法的人。开春没多久，他去集镇上补锅，两个外乡人在小饭馆里悄悄说着什么。反正闲着没事，他偷偷听了一会儿，原来这两人是兄弟，逃离领主的地盘，打算到齐沃勒找一个船长，去一个叫塔拉法的海岛。

布泽听了好一会儿，弄不清塔拉法是什么样的地方，毕竟那兄弟俩说得太轻了。他好奇心大盛，拦住了走出小饭馆的兄弟俩："你们这么逃亡可是犯法的，被抓就要坐大牢！"

兄弟俩吓得瑟瑟发抖。布泽说："告诉我塔拉法是个什么地方，否则我要去告发。"

兄弟俩请布泽到了僻静处，说，前些天，他们听说海上有个叫塔拉法的岛屿，土地广阔、气候适宜而人烟稀少，更没有领主，去的人可以得到大量土地，并且不用交租交税，过上自由富足的日子。齐沃勒有个船长可以带人去那里，当然，要付不菲的船资。他们兄弟变卖了所有家当，正在去齐沃勒的路上。他们担心的是，这些钱也许不够船资。

布泽也心动了，但怀疑兄弟俩在骗他。兄弟俩说，如果他们近期没从这里经过，那就是到了塔拉法。

布泽天天留意着这对兄弟是否折回来，好久也没等到。他跟儿子说了这事，儿子也心动了。"爸爸，到了塔拉法我们应该能过上好日子。"

直到铁匠提起，布泽才知道塔拉法的传说并不那么鲜为人知。

难以入睡的布泽挣扎着起来，跌跌撞撞摸到驾驶舱。"船长，还有多久能到塔拉法？"

拉艾博皱着眉说："海况太差了，比预计的至少迟两天，也有可能不得不返航，等待下一个好天气。"

"啊？！"布泽半天说不出话来。

"别担心，如果要下一次出航，我不会另外收取费用。在这条航线上，我的名字就是信用。你放心吧。"船长说。

布泽放下心来，又跌跌撞撞摸回底舱。

费尔肯给父子俩送了面包和水，然后和几个船员一起调整船帆。天气渐渐转好，船终于回到了预定的航向。

回到驾驶舱，费尔肯接过船长递来的酒，舒心地畅饮起来。"亲爱的叔叔，这趟任务完成后，我要休整一段时间，或者说是另找出路。"

拉艾博很惊讶："你不想跟我干了？为什么？"

"不是不想，而是我觉得这条路差不多走到头了。"费尔肯说，"两年前我们发现塔拉法这个小岛时，上面没有一个人。我们无意中提及，却让几个潦倒失意的人有了梦想之地。于是我们就悄悄散布这个消息，靠带人去塔拉法赚大钱。现在塔拉法的人已经够多了，我们当然必须另找出路。"

拉艾博笑道："如果塔拉法再多一倍的人，他们的生活会比原来在王国里更差吗？"

"呃……"费尔肯顿了顿，"那还真不见得。"

"还有，就算塔拉法最终令后来去的人失望了，我们就没有其他办法了吗？"拉艾博说，"也许，我们还可以在海上再寻找到另一个塔拉法。"

"这太难了，上次找到塔拉法纯属意外。"费尔肯说。

拉艾博又笑了："但是，我们可以让人相信，那就是另一个塔拉法。"

原载《百花园》2022 年第 6 期

中国面馆

陈　敏

姜东在美国洛杉矶开了一家中国面馆。

面馆的生意一直不好，后来有了转机是因为一个非裔女人。

那天，姜东正忙着和面，门外突然传来一个女人的叫声："这炒面坏了，真难吃！太难吃了！"

姜东挺惊讶，这谁啊？便走出来看。是一个壮硕的非裔女人，她已经吃光了盘里的面，正将最后一根面条高高挑在空中，大喊大叫，说太难吃了，还嚷嚷着让给她退钱。

姜东将她唤回房内，问："你要退钱，是吗？"

她说："当然！"

姜东说："这面五元一盘，我退你五元，我不仅要退你钱，还要再送你一盘面！你看行吗？"

黑女人听后，说："OK！"

姜东又说："不过，我有个条件。"

"什么条件？"黑女人问。

"你得到门外面像刚才一样，大声喊叫，说我的面条好吃！"姜东说。

"那当然了！没问题！"黑女人爽快答应。她拿了钱，又拿了盘面，转身出去，站在门外面，摆动着胖胳膊，扭着屁股，扯着嗓门高叫："这炒面太好吃了，它是我今生吃过的最好的面！呜啊！妈妈！呜啊！太好吃了！太香了！"之后，连筷子都省了去，直接用手抓来吃，三下两下，狼吞虎咽地将一盘面顷刻扒拉进了嘴里。

第二天，黑女人又来了，这次还带着她的儿子。

女人对姜东说:"老板,我再吃一盘,行吗?我还给你做广告!"

姜东点点头同意了。

她又问:"我儿子可以吃吗?他叫迈克,正饿着!"

姜东说:"没问题!"姜东盛出两盘炒面,递给他们。

黑女人举着面条,在餐厅门前一边吃一边吆喝:"这炒面太好吃了,它是我有生以来吃过的最好的面!呜啊!妈妈!呜啊!太好吃了!太香了!"边说边用手往嘴里扒。儿子迈克站在门前,举着面盘,扭摆腰臀,腾空跳踢,边唱边舞,自由奔放的舞姿与唱调引来了不少围观的路人,不一会儿,进店品尝炒面的人就排起了长队。

姜东也出来观看。原来,那黑人小伙子迈克是个饶舌歌手,他为姜东的面条编了个绕口令,举着盘子,边唱边跳,还配着背景音乐。围观人群纷纷给他喝彩,还给了他小费。迈克越唱越来劲,一盘面的工夫,便有了一笔不菲的收入。

从此,中国面馆的生意大好起来。

迈克天天来姜东的中国面馆吃炒面,日子一长觉得有点难为情,就帮姜东打些零工:切葱头,切土豆,洗车,倒水,干杂活。周末,迈克的妈妈外出会朋友的时候,他就住在姜东家,晚上和姜东抵足而眠,俨然成了姜东的儿子,这一干就是六年。迈克得到姜东家人的信任,不仅让他采购、炒菜、送外卖,人手不够时,还让他在前台收银。

一天,姜东上洗手间,无意间发现了迈克一个不高雅的举动,迈克在洗手间的格挡里坐着,手里哗啦哗啦地数着一沓钞票。抬头看见姜东,目光对视的一刹那,迈克一张黑脸顿时唰的一下变了颜色,双手和嘴唇同时哆嗦、颤抖。

迈克低下头说:"对不起,我保证今后再也不干了!"

姜东问:"你干什么了,孩子?"

他说:"我偷了你的钱!"

姜东一把拉住迈克的手，问："迈克，你跟我干了几年了？"

他说："六年！"

姜东说："六年来，你在我这里吃住、干活，跟一家人似的，我早就把你当成我家的一员了，既然是一家人，在我面前永远都不许说'偷'这个字，不管拿了我多少钱，只能说'借'，不许说'偷'。"

之后，又问迈克"借"了多少钱，迈克说三四次下来，大概五千多块。

姜东说："这么点钱，才五千块，记住了，你欠我五千块，以后必须还上，但在你没有还上我这笔钱之前，你先别在我这里干了，可以吗？"

迈克红着脸，说了声"OK"，拿着钱，背了包就离开了。这一去就是三年。

一日，迈克的母亲，那个黑女人兴致勃勃赶到姜东的面馆，请求姜东和她一起观看她儿子的冠军选秀。迈克参加了洛杉矶的达人秀，达人秀开始遴选歌手，迈克第一轮胜出，有可能成为赢家。他的妈妈好高兴，邀请姜东和她一起为儿子捧场。姜东没来得及换掉沾满油垢的围裙，就被她拽上了车，赶到演出现场。

迈克已经唱完了歌，估计已经获了奖，他正拿着话筒，在台上发表获奖感言："自我出生以来，我就没见过我的父亲，我没有父亲作为榜样。在我的印象中，唯一有我父亲影子的是个中国人，他开着一家中国面馆，在我饥饿时，他给我饭吃，还让我在外面唱歌，我一唱，就有人给我小费，那是我第一次知道我具备唱歌的天赋，从此一步步走到现在。今天，我有了一个中国爸爸，他就在台下！"说完后，迈克跳下来，给了姜东一个大大的拥抱。那个感动啊，姜东终生都忘不掉。

事后，迈克拿出一张五千元的支票，递给姜东，说："爸爸，这是我还你的钱，我有钱了，我有很多很多的钱了。"

迈克成了明星，在洛杉矶家喻户晓。

成名后的迈克也常来中国面馆。高出姜东半个头的迈克，搂着姜东的脖子，在中国面馆门前唱他新编的顺口溜：中国的面，味道好，大厨的名字叫姜东；姜东的面实在多，吃着吃着热心窝……

至此，姜东的中国面馆在洛杉矶与迈克的名字一样，家喻户晓。

原载《小说林》2022 年第 4 期

云淡风轻

刘国芳

　　老李最近很倒霉，他投资了一个项目，本想赚一笔，结果亏了，亏了将近五十万。这五十万里面，最少有三十万是借的。那些天，整天有人来问债，有些人，话说得很难听。为了还债，老李便想卖房子。但二手房行情也不好，原本可以卖一百二十万的房子，现在只能卖一百万。为了还债，老李咬咬牙，还是要把房子卖了。但过户时，又出现意外，老李名下有一套保障性住房。有保障房的人，是不能进行商品房买卖的。说清楚一点，就是你名下有保障性住房，你既不能买商品房，也不能卖商品房。你要卖房，也过不了户。这时老李便想把他名下的保障房退掉，但比较麻烦，他的保障房给一个朋友住了，他要让朋友搬出去，才能把保障房退了。

　　老李这天找到了朋友，老李说："我要卖一套房，但过不了户，因为我有一套保障房，就是你住的这套，你能搬出去吗？"

　　朋友说："我装修了呀，我这样搬出去，损失谁出？"

　　老李说："你装修花了多少钱？我补偿一些给你。"

　　朋友说："十万。"

　　老李说："才六十平米的房子，装修最多只要五万，你却说你花了十万？"

　　朋友说："就是十万，你给我十万，我立即搬出去。"

　　老李说："我好心把房子给你住，你现在问我要十万块钱？"

　　两人根本没谈拢。

　　朋友不搬出来，老李要卖的房子就过不了户。

　　老李好郁闷。

　　这晚老李一夜没睡着，凌晨四五点钟，老李起来了，往外走。平时，老李这个点从不出门，但睡不着，心里难过，老李还是想出去走走。出了门，老李发现，尽管很早，但路上还是有不少人，大多是骑三轮车去城里卖菜的农民，时不时地，有三轮车轰的一声往老李跟前开过。老李这时候忽然冒出一个奇怪的想法：现在人很倒霉，在这样车来车往的路上，天又暗，被三轮车撞到都有可能。这想法才产生，一辆三轮车忽然就撞了过来，直接把老李撞倒在地，而且撞人的三轮也没停，轰隆隆直接开走了。

老李这时候真的很悲怆，想什么来什么。他从地上爬起来，呆坐在路边。他现在是身上痛，心里也痛，想到诸多的不如意，老李忽然崩溃了，在那儿号啕大哭。

有早起锻炼的人，看见有人在路边哭，停下来。

老李看见边上有人，哭诉起来：

最近真不顺呀。

做什么都不顺心。

投资做生意，本想赚些钱，但亏了。

现在天天有人问债。

想卖房子还债，却过不了户。

这时老李边上有好几个人了，有人接嘴："怎么过不了户？"

老李哭着说："我有一套保障房，有保障房的人不能进行商品房买卖。"

有人接嘴："退了保障房呀。"

老李说："可我把保障房给了朋友住，要他搬走我退了房才能过户，可这朋友说他装修花了十万块，他让我给他十万块钱，你说谁会花十万块钱装修保障房，这就是讹诈我，这世上的人怎么这么坏呀！"

老李又说："这会在家里睡不着，想出来走走，结果又被三轮撞了，撞我的人也跑了。"

老李说到这时，黑暗中一个人跟他说："我送你去医院吧。"

老李一看，是那个住他房子的朋友。

到医院一检查，还好，没伤筋动骨，只是一些皮外伤。

送老李回去的路上，朋友说："我装修确实只花了五万块钱，过几天我就搬出去，把房子还给你。"

老李说："装修的五万块钱我补偿你。"

朋友说："其实我真不舍得搬，但我不想做坏人。"

老李说："你怎么突然改变了想法？"

朋友说："你一个大男人，在路边号啕大哭，我忽然就感动了。"

老李说："你是个好人。"

几天后朋友就从保障房搬了出来，老李也是很快退了房。这样，老李卖的房子顺利过了户。老李的房子卖了一百万，还了三十万欠债，补偿了朋友五万装修费，剩下六十五万，而当初买房的时候，只花了五十万，老李觉得自己赚了。

这天，老李上街，忽然看见街上一个一条腿的人在乞讨，老李还看见这人跟前放着二维码，老李就说："现在行行业业都知道用二维码呀。"

说着，老李拿出手机，对着二维码扫，然后听到对方手机里一个声音："收款一百元。"

对方说："谢谢！"

离开后，老李觉得自己还是一个很有同情心的人，也觉得自己做了一件好事，此时云淡风轻，心情大好的老李忽然觉得眼前的一切都那么美好。

原载《百花园》2022 年第 8 期

战马魂

蒙福森

东汉时期，伏波将军马援率大军平定交趾之乱，途经龚州，渡江之处，名曰"将军古渡"，又名"将军滩"，龚州八景之一，久负盛名。虽历经千年，至今犹散发着淡淡的古韵。

渡口夕阳曾饮马，陇头荒草觉怡颜。历代文人骚客在将军古渡留下了不少诗作，咏叹千年。摘录一二如下。

其一：汉将征蛮地，威名重伏波。金衔曾饮马，铜鼓重鸣鼍。戈日迷津岸，帆风落战舸。狂澜经底定，舟楫近如何？

其二：勋传铜柱曾平越，名在龚州话伏波。试看将军滩上水，犹留豪气击鸣鼍。

在将军古渡不远，有一处空旷开阔的草坪，一马平川，绿草如茵，出征交趾前，马援曾经在此操练士兵。

每日，旌旗招展，战马嘶鸣，声震四野。

草坪中有一处泥潭，深可陷腹，宽数丈，野草覆盖，人所不知。

一匹战马陷进去了。

此马，名火龙驹，名马也，来自西域大宛，日行千里，夜行八百，渡水登山，如履平地。浑身赤色，毛如炭火，无半根杂毛；从头至尾，长一丈；从蹄至顶，高八尺；嘶鸣咆哮，有腾空入海之状。后人有诗云：此马若遂千里志，追风犹可到天涯。

火龙驹是马援的坐骑，皇帝亲赠，多年来，跟随他南征北战，保家卫国，开疆辟土，西破陇羌，南征交趾，北击乌桓，立下赫赫战功。人、马浑然合一，不分彼此。

那日，操练毕，马援下马，解鞍卸甲，任由火龙驹在草地上吃草。

忽然，陷入泥潭之中。

马援闻讯，大惊。

火龙驹拼命挣扎，泥潭深可裹腹，无法脱身。

泥潭像一个囚笼，牢牢地困住了火龙驹。

到了中午，骄阳似火，大地如炙。很快，火龙驹因一直挣扎，耗去了力气，浑身汗津津的，疲惫不堪。

马援想尽了种种办法，依然无法把火龙驹救出来。

从黄昏到傍晚，从傍晚到深夜，从深夜到黎明，马援一夜不眠，坐在泥潭边，默默地陪伴着火龙驹，眼看着心爱的坐骑慢慢耗尽了力气，却一筹莫展。

燃烧的篝火，映红了马援的脸庞。他的脑海中，往事一幕幕地回放：大漠，风沙，古道，草原，砂砾……火龙驹驰骋沙场，迅疾如风；战场上，刀光剑影，血染沙场；殷红的血，染红了火龙驹的躯体；那血迹，有马援的，有火龙驹的，有敌人的。

天边露出了鱼肚白，远处，晨曦初露，绿野平畴，疏林野树，江水苍茫，水天一色，沙鸥飞翔，江中一叶轻舟，随波逐流。

看来，火龙驹的生命，到了最后的时刻了。

马援老泪纵横。

揪心的是，火龙驹也流下了泪水，仿佛亲人间的生离死别。

马援心如刀割。

一位须发皆白的老人，向马援走来。

老人深鞠一躬："昨晚，闻将军的坐骑陷入泥潭之中，您束手无策，一夜不眠。老朽来自北方草原，自幼牧马，懂马。多年前随大军南下，负伤后留在龚州。今有一法，或可救将军的坐骑。"

"请问何法？"马援紧紧地抓住老人的手，心急如焚地说。

老人说："此法未必有用，但到了此刻，不妨一试。"

马援依照老人的方法，将所有的战马云集于草地上。老人头裹红布，腰系红绸，手持长鞭，身手敏捷，牵住其中一匹，跨身一跃而上。嗷呼——一声高喊，手起鞭落，抽打坐骑。

　　马奔跑起来了。

　　其他战马也跟着奔跑起来。

　　老人挥舞长鞭，驱马绕着泥潭一圈儿一圈儿地奔跑。

　　马群跟着头马，绕着圈儿奔跑，越跑越快。

　　一时间，群马嘶鸣，响遍行云。马蹄翻飞，泥土飞溅，马蹄声急，声震四野。马群越跑越快，越跑越急，风驰电掣，气势如虹。马群像一股激流，如暴雨，如闪电，如飞沙，如走石，如飓风，如海啸，如天崩，如地裂……

　　最初，火龙驹茫然地望着它的同伴奔跑。后来，随着群马的嘶鸣，飞奔，火龙驹沉寂的灵魂被唤醒了，激发了，一股与生俱来的力量，刹那间迸发出来，"咴——"但闻其一声嘶鸣，挣扎着，一跃而起。虽然，跃起一点儿，随即沉下，但它百折不挠，无所畏惧，不断地跃起，沉下，跃起，沉下，跃起，沉下……

　　哪怕每次跃起，挪移只有一点点，但它依然顽强不屈，绝不放弃。

　　马群依然在奔跑。

　　火龙驹在跃起，沉下，跃起，沉下……

　　像在战场上，它和它的伙伴们，披荆斩棘，永不退缩。

　　它们驰骋沙场，无所畏惧。

　　哪怕刀山火海，依然不折不挠，勇往直前。

　　这，就是战马之魂。

　　这是生命影响生命，生命激发生命，生命呼唤生命的壮举。马群唤醒了火龙驹沉寂的潜能，激发了它的斗志。

　　火龙驹一步一步地，最终，跃出了泥潭。

　　空旷的草地上，火龙驹劫后重生，那一刻，它浑然不觉体力极度透支后的疲惫、饥渴，蓦然间，它鬃毛竖立，前蹄高扬，"咴——"一声长嘶，穿云裂帛，声震荒野。

此时，一轮红日从地平线上冉冉升起，红彤彤的，远处的田野、山峦、树木、村落、河流，殷红一片。

"浮生几度，苍生困苦，功名付与酒一壶，醉怒吼，慷慨处，气吞万里如虎，十万弓弩，欲遮天幕，百万同袍，不知归路……"军营里，歌声忽起，慷慨激昂，悲壮苍凉。

一年后，马援在征战五溪蛮时，病逝于军前，壮志未酬，年六十四岁，其坐骑火龙驹不吃不喝，日夜嘶鸣，绝食而死。

捐躯赴国难，视死忽如归。人如此，马亦如此。

原载《百花园》2022 年第 9 期

妆匣秘密

王琼华

　　这并不是什么秘密，刘婆婆有一只名匠所做的妆匣。小抽屉拉手还是什么瓜棱老琉璃做成的。盒顶用银箔和玉片镶成牡丹朝凤图案。刘婆婆曾是大户人家小姐，这同样不是秘密。解放前夕，刘家老小匆匆离开裕后街。刚从省城女子学校回到裕后街的刘婆婆却躲进茅厕里，没随家人前往香港。这只妆匣也随刘婆婆留在了裕后街。见过刘婆婆那只妆匣的街坊，都说它很贵气。刘婆婆做大小姐时，匣中置放过化妆品及珠宝等小物件。她用过的胭脂、香粉都是她爷爷从上海滩带回来的洋货。据说她爷爷跟上海滩大佬一块喝过洋酒。黄金荣还收到过她爷爷带去的狗脑贡茶，赞不绝口。所以，刘婆婆在搬出刘家大院时，被几名荷枪实弹的人员询问过。她一问三不知。最后，她仅仅抱着一只妆匣离开刘家大院。

　　当时，有街坊说，凤凰落到了鸡窝里。她的养子李布谷也晓得这事。李布谷记得，养母因这只妆匣吃过不少亏。养母一辈子未嫁，引来不少猜测，甚至说她是一个石女。但信者寥寥无几。何况刘婆婆当年长得如花似玉，知书达礼，仍然有不少人上门说亲。

　　"不嫁！"刘婆婆很干脆。

　　说亲的又来了。"王家可是好人家。只有老三没结婚，人家已经做了警察。"

　　"不嫁！"

　　"怎么不嫁——"

　　"不嫁。"刘婆婆眼睛往妆匣上看了看。

　　说亲的几乎从她眼神捕捉到了什么，便起身上前向妆匣走去。刘婆婆当即喝了一声。

"别动！"

"我看看——"

"别看。"

之后，这只妆匣被赋予不少说法。李布谷后来回忆说，街坊都猜测，刘婆婆当年仍是从家里带出不少好宝贝，都装在匣中。后有一个猜测更离谱，说这只妆匣是一台特殊的发报机。跟谁发报呢？也许一猜就晓得了。所以，那天突然来了一班人要收缴这只妆匣。刘婆婆抱着妆匣就跑。结果，她被堵到犀牛井旁边。她嚷道，你们再上来，我就跳井。这时，一位警察匆匆赶来——他就是王家老三。即便被刘婆婆拒绝婚嫁，王家老三平时仍很照顾她。她哪会不懂王家老三的心思？何况，她对王家老三也有些好感，只是婚嫁这事，她始终没松口。这时，王家老三心平气和说了几句话，刘婆婆也看见了他依然如故的目光，便将妆匣交给王家老三。妆匣被打开，王家老三见里面没什么东西，便还给刘婆婆。据说，王家老三跟领导打了包票，如果有问题，他宁愿被开除。这句话传到刘婆婆耳朵里，她当即流了泪水。

但王家说亲的再来刘家时，刘婆婆仍没松口。

李布谷当然认识王家老三。王家老三执行任务时，救下一个半岁小男孩，却不晓得照顾孩子。刘婆婆见到这小男孩，立刻有了眼缘，便将他抱回自家，之后做了养子。上户口时，他被取名叫李布谷。这引起街坊一番好奇。怎么不姓刘，而姓李呢？哪怕姓王，街坊也能接受这个姓氏，毕竟小男孩从小将王家老三叫成"王爸爸"。听到这个名字，王家老三也是一吁。年底，他跟一女子结了婚。

王家老三娶亲时，刘婆婆整天没出门。

李布谷读书，王家老三帮他买了书包。哪怕李布谷不停跟刘婆婆说书包是王爸爸买的，刘婆婆也始终没吭一声。

王家老三平时在街头巷尾和她打招呼时，她也会忽地把头撇开。

但有一次王家老三牵着他的一个孩子路过巷口时，刘婆婆远远望着那孩子的背影，望了很久。回到家里，她一遍又一遍抹妆匣。

过了好些年，有人露着笑脸上门，跟刘婆婆说："我想买下你这只妆匣。"

"呵，还动这念头？"

"那当然，它是一只宝物。"

刘婆婆笑道："你眼不拙。它当然是一只价值连城的宝物。"

开价不菲。而且，给出的价越抬越高，因为越来越多的人看中了这只妆匣。但刘婆婆始终没动心。这时候，街坊终于明白，妆匣果真是一件非常值钱的东西。

这年，刘婆婆得了一场重病。哪怕李布谷将家里积蓄几乎花了个精光，也没见刘婆婆的病有所好转。又有收藏家上门，称愿意用二十万块钱买下妆匣。李布谷真有点动心，他想挽留养母的生命。但刘婆婆一口拒绝，她警告养子说："我死了，这妆匣也不得卖给别人，否则我变成鬼，也会回来掴你两个耳光。"李布谷只好发了毒誓。清明节这天，刘婆婆去世了。那只古色古香的妆匣就放在刘婆婆腰旁。她的一只手紧紧抓在妆匣上面。看到这情景，李布谷与王家老三愣了好久。

"王爸爸，母亲对这只妆匣一往情深，怕是母亲有什么牵挂。我偷偷查过几次，却没发现什么蹊跷。"

"这秘密一定会有，它就在妆匣里。"

王家老三终于在妆匣中发现一个隔层，里面藏着一个发黄的小本本。王家老三翻了又翻，觉得它非凡物。

很快得到证实，这是一本密电码，曾为一位当年潜伏省城的中共地下党所持有。这位代号为"布谷鸟"的谍报人员牺牲前，将密电码交给一位进步学生，也是他的未婚妻，但一直未能查明她的去向。

李布谷神经一挑："烈士姓李吗？"

"是的。"组织上回答。

李布谷热泪盈眶。这时，他明白了一切。自己被养母取这一姓名，原来有一个令人心碎的缘故。他又问："密电码我能留下吗？"

"它早已解密。先烈也应该活在人间。"

很快，在刘婆婆遗像旁，并排挂上了一个新的玻璃框，框里镶着那一本陈旧的密电码。框下，放着那一只被抹得锃亮的妆匣。匣盖上的牡丹朝凤图案显得格外美丽动人……

原载《郴州日报》2022 年 5 月 2 日

死亡练习

徐国平

　　杨老太说自己快不行了，已经两天两宿不吃不喝了。

　　幸亏，三儿刚好从县城回来直播拍段子。三儿一听急着要拨打 120，可杨老太不让，非要他赶紧通知了老大和老二。半天工夫，老大老二就驱车风驰电掣地赶了回来。

　　杨老太有三个孩子，老大是儿子，在省城经商；老二是闺女，在外地一家公司干销售；老三是儿子，在县城搞直播卖货。平时，三人都各忙各的，很少回家。

　　杨老太见三个儿女都守在身边，回光返照一样睁大两眼，挨个端详了许久，眼角悄然滑下一行老泪，喃喃自语着，都回来了好。随后，神色坦然地指着床前的衣柜说，给俺穿寿衣……

　　三个都没动，轮番劝她快吃点喝点，可她咬紧牙关拒绝了。老大说，娘，送你去医院吧，打打针就好了，穿啥寿衣啊。杨老太使劲摇了摇头，抬起一条胳膊，拽住老二，催着喊，穿……快穿……

　　老二无奈，只得点点头。杨老太先前跟她交代过好几次。打开衣柜，翻了一下，从里面抱出一个红色的包袱，解开一看，正是杨老太早就准备好的寿衣。

　　当地风俗，老人临死前都会提前让儿女给穿上寿衣，一来趁着自己身子骨热乎，穿起衣裤来要容易许多；二来趁自己有口气，亲眼瞅着儿女们将寿衣板板正正地穿上身，好安心上路。

　　杨老太的男人死得早，她一直孤苦地拉扯着儿女们熬日子。好在儿女们出息，先是老大举家去了省城，接着老二考上大学，找了外地的婆家。起初，三儿还守在身边。渐渐地，村里的年轻人都搬到城里去了，剩下的尽是老人。后来，三儿一家也去了县城。儿女们都劝她跟着去，也好照顾，杨老太说守着老窝，哪儿也不去。起初几年，身子骨硬朗，除了孤闷，还能照顾自己。儿女们也不缺她钱花，想吃啥买啥，吃好睡足，就上街口找老太太们唠唠嗑。只是，老太太越来越少，有的头天还好好的，第二天就走了人。前街的郭老太儿女都在外打工，一个人死在家好几天，都没人发现，尸体臭了，寿衣都没法穿。杨老太开始后怕了，想想自己早晚也有这天，再想想儿女也都不在跟前，就提早为自己准备好了寿衣。

儿女们过年回来时，杨老太拿出寿衣，特意叮嘱老二，俺到了快不行的那一刻，一定要早早给俺穿好寿衣。老二说你准备这些干啥，瞧着太瘆人了。杨老太说，车不知啥时翻，人不知啥时亡。

眼下，杨老太就不行了。老二说既然咱娘让穿衣裳，咱就顺着她的心意给她穿吧。三儿跪在床沿，抱起杨老太软绵绵的身子，老大和老二轻轻地往杨老太的胳膊腿上套着寿衣。

寿衣穿好，老二哽咽着喊，娘，衣服给你穿好了。杨老太睁大着两眼，上下左右端详了一会儿，满意地点了点头。随后，头一歪，两眼盯着床头的座钟，像是在静候着自己临终的那一刻。

钟摆嘀嗒嘀嗒地响着，一个小时过去了，半宿过去了。三个儿女有些困乏，熬不住趴在床边都睡着了。第二天一早醒来，发现杨老太人好好的，正眨巴着眼睛瞧着他们。三个儿女都愣住了。

就听杨老太气恼地说，阎王爷咋就不叫俺啊！

老大开玩笑说，你寿衣一穿，把阎王给冲跑了。杨老太没有吭声，心里像是憋闷了许久，叹了一口长气，说自己最近老做噩梦，总想死，就故意绝食，让三个儿女回来，死的时候身边也好儿女齐全。

老大闻听，气恼地说，娘啊，你好糊涂，人的寿限哪能自己说了算，想哪时走人就哪时走人。老二也抱怨，你这不是闲的，戏弄儿女吗？三儿直瞪眼，说你这是唱的哪一出啊，传出去还不成了村里人的笑话。

杨老太一脸愧色，像个做错事的孩子一样，可怜巴巴地说，你们一走就是一年，光打电话不见人，一个在俺身边陪着的都没有。俺这把年纪了，已是熟透的瓜，没准啥时就走人，怕臭了你们都不知道。

老大说，不是不管你，是你舍不得老家，现在生意难做，我实在脱不开身。老二说她正是事业上升期，分分秒秒都在竞争。老三说自己一天不直播就会掉粉。

杨老太没搭理，依旧在一个劲儿地恼恨阎王爷。最后，老大安慰说，以后我们仨按时回来伺候你，赶紧脱下寿衣，该吃吃该喝喝，别再吓唬人了。老二也劝告，闲着无聊，就轮着去我们家走走，千万不要再搞这种死亡练习了。

半年后，杨老太不慎摔了一下。都说老人怕摔，卧床后人就再也没起来。

这日，轮到三儿伺候。他在院子里，对着支架上的手机，煞有介事地直播着。趁粉丝下线，抽空进屋瞧了一眼，见杨老太正伸着一只胳膊，又不住地喊着，穿……快穿……衣服……

三儿以为她又在练习，没搭理。匆匆看了一下护理床下的马桶，给她换了一杯温水，又忙着去院里直播。

到了晌午，三儿才下线，回屋给杨老太做好饭，端到床前，却见她直挺挺地躺着，喊了许久没反应，一摸手脚冰凉，赶紧拨打了120，急救中心来人一瞧，说人已经死了。

三儿一听，一边放声哭着，一边给老大和老二报信，快回家吧，咱娘没了。老大和老二还怀疑杨老太是不是又在练习，问三儿，这回是真的吗？

急得三儿跺着脚喊，这回咱娘是真没了……

原载《小说月刊》2022 年第 9 期

回　报

侯发山

王刚走马上任后，下决心治理河洛乡辖区内黄河段的私采乱挖河沙现象。依照相关规定，乡党委书记是一把手，自然也是名正言顺的河长。

通过调查走访，王刚书记发现，河洛乡有三家挖沙的，铁蛋家最早，从爷爷辈就开始挖沙，在当地有一定的势力。

秘书小刘说："政府也为难，村民们要生存，当地要经济，风声紧了就抓一抓，不得不睁一眼闭一眼。"

王刚书记摇摇头，说："挖沙破坏河底的生态环境，底栖生物会受到巨大的影响，断然不行。特别是黄河，灾难是毁灭性的。"

小刘吓了一跳："王书记，您要动真格的？"

"职责所在，使命所然。"王刚书记点点头，肃着脸说，"擒贼先擒王，只要把铁蛋拿下，其他两家也就迎刃而解。"

"王书记，铁蛋这人有点霸道。上任书记坐船沿河检查时，船意外地翻了。后来，还是铁蛋把他给救起的。有小道消息说，此事就是铁蛋一手操作的。"

"我明白了，前任之所以雷声大雨点小，以批评教育为主，罚款为辅，这便是原因所在。"王书记淡淡一笑，继续说道，"明天我就去会会铁蛋，看他有多硬。"

第二天，王刚书记刚要带上小刘到黄河边去，铁蛋来了，说要拆除自己的挖沙设备。

太阳打西边出来了。王刚书记真有点不敢相信自己的耳朵，说："这是好事，拆吧，早该拆了。"

铁蛋痞着脸说："王书记，我来的目的是让政府帮我拆除，顺便把那些设备拉回来。"

不管铁蛋怎么想，王刚书记觉得趁机"小题大做"，未尝不是好事。于是，王刚书记安排人到现场，把铁蛋家运行了十多年的挖沙设备拆除了。当然，随同去的，还有当地的媒体记者。其他两户挖沙的村民见此情形，也灰溜溜地主动拆除了自家的挖沙设备。

大约过了四个月，那是一个月黑风高夜，黄河边的一艘机动船上，一台崭新的抽沙机开始高速运转。忽然间，电闪雷鸣，接着，瓢泼的大雨开始肆虐。

机动船的船舱走出一个人。他正是铁蛋，喝了两杯酒，出来撒尿，没提防，一个浪头把他打入河中。他连"救命"的呼声都没喊出来，便被河水冲走了。

当铁蛋醒来时，发现自己躺在医院的床上。旁边除了医生、护士，还有王刚书记和秘书小刘。

小刘说："要不是王书记把你救出来，你早没命了。"

"啊，王书记？王书记是北方人，不是不会游泳吗？"铁蛋一时没整明白。

王刚书记接上话茬："幸亏我来的这几个月每天都练习游泳。我是河长，不会游泳怎么行？我还担心自己哪天落水，你若见死不救，只有等死了。"

"……"铁蛋的脸一阵红一阵白，张了张嘴却什么也没说。

小刘冷冷地说："魔高一尺道高一丈，王书记料到你当初主动拆除老旧设备肯定有猫腻，每隔几天，王书记就到黄河边暗访。今晚是碰巧，也是你命大。"

铁蛋的脸更红了，怔了半晌，说："王书记，你处罚我吧，怎么处罚我都接受，我今后再也不挖沙了。"

王刚书记说："真的不挖了？"

"狼改不了吃肉，狗改不了吃屎。"小刘撇了撇嘴。

铁蛋分辩道："我要是再挖沙，不得好死。"

王刚书记说："不挖沙你怎么生存？"

铁蛋说："我的儿女都在城里工作，早就劝我进城，我一直没答应……"

王刚书记打断铁蛋的话，说："你不能去，还得守着黄河。"

"啊？王书记，我说的是真的，再也不挖沙了。"铁蛋信誓旦旦地保证。

王刚书记说："乡里已经做了计划，河边建坝子，修湿地公园，这是个长期的浩大工程。到时，你，还有乡亲们都可以参与进来，给你们发工资，你们不干？"

"干！干！"铁蛋忙不迭地说。

工程不是说上就上的，需要上报、审批等好多手续呢。铁蛋在家坐不住，来到乡政府，找到王刚书记，毛遂自荐，说自己要当河长。他不知道，河长不是随便任命的，国家有明文规定。

"你也想当官？"王刚书记开玩笑地反问一句。

铁蛋说："王书记，我不是想当官，你的事情多，我想替你分担一些。你是我的救命恩人，我没有别的报答路子，帮你守护黄河还是没问题的。咱乡这段黄河，我地形熟悉，附近的村民也都认识……"

王刚书记心里一热，莫名地冒出一句话："干工作只要没有私心，只要铁了心，'铁蛋'也有被融化的一天。"

"你把我养大，该是我养活你的时候了。"说罢，铁蛋不自然地抓挠了一下自己的头发。

这下轮到王刚书记迷糊了。

在旁边的小刘碰了一下王刚书记，悄声说："黄河是母亲。"

王刚书记这才醒悟过来，动情地说："任命你为特别河长吧，每月给你1500元的补助。"

铁蛋咧着嘴笑了，说："没有，我不在乎。有了，我也不嫌多。"

事后，王刚书记发现，他给铁蛋的补助，铁蛋都"挪作他用"了：给村里的孤寡老人买水果，请乡亲们，包括原先两个挖沙的同行，到沿黄城市的几处黄河湿地参观旅游……

直到王刚书记调走，铁蛋才知道，乡里每月给他补助的1500元钱，都是王刚书记从自己的工资里扣除的。

原载《金山》2022 年第 8 期

品石做人

曾宪涛

小区是新小区，新上房的邻居们还都不熟悉，只能以貌取人。

老孟皮黑，貌丑，便都瞧他不起，甚至爱理不睬。

老孟是灵璧人，来彭城已三十多年。灵璧石天下闻名，被乾隆封为"天下第一石"。老孟虽离开家乡，但对家乡的石头情有独钟，且很有研究，造诣颇深，被圈里人称为赏石专家。

彭城距灵璧很近，当地人都喜欢灵璧石，搬新居的邻居，不少人都想买块灵璧石摆放在家里，所谓时（石）来运转。当知道了老孟的能耐，便转变态度与他套近乎，想请他帮忙买石。老孟也不计前嫌，来者不拒。

高老师跟老孟一个单元，从没嫌弃过他，态度一如既往，只是对石头不感兴趣。倒是老孟主动找他，要帮他选块好石，说："室无石不雅，居无石不安。"还说了番品石做人的高论：灵璧石无论深埋山中，还是尊坐厅堂，都镇定自若，不卑不亢，豁达从容，宠辱不惊，这也是做人的境界。

高老师年轻，很容易被说动，双休日，两个人开车来到灵璧，老孟领着进了一石农家，满院皆石。

"老主顾来了，有新采的好石吗？"老孟高喊。

石农看起来跟老孟很熟，忙过来引他们到一块满是泥土的石旁，指着说："才送来的，看像不像麒麟？"

高老师看半天也没看出麒麟，只轮廓像老虎、狮子或什么怪兽。

老孟问价钱，石农道："老主顾了，别人一万，给你五千，这是块五彩石，稀有，品相质地都强，整好了能值几万。"

高老师不太情愿，心想一个四不像咋值这么多钱？老孟看出他心思，对石农说:"我们再看看,回头再谈。"

石农便去招呼别人了。待石农走后,老孟对高老师神秘地道:"这石头你横过来看。"照老孟的指点,高老师果然看出一只凤,特别是老孟手指的凤头,简直惟妙惟肖。老孟悄悄说:"他是没看出,不然,甭说五千,五万也不卖,玩石头靠的就是眼力!你刚好又有个女儿,这只凤往客厅里一摆,真是没得说了。"

老孟叫来石农,讨价一番,又便宜了五百。高老师对老孟感激又佩服。

石头买回来,清洗打磨,做好底座,往客厅一摆,形神兼备,栩栩如生一只凤凰,谁见了都赞叹不已。

高老师有初中时的同学自远方来,还带来个朋友,是赏石高手,走这是要去灵璧淘石头的。高手一见凤石,先是惊叹,端详后问:"什么价买的?"高老师说了价钱。高手摇头道:"不值,石头是动过手的。"他指着凤头:"这是人工做出来的。"

高老师一惊:"你看值多少?"

"动过手就不值钱了,权当工艺品吧,也就二三百。"

高老师脸色难看,半晌才说:"回头我问问老孟。"然后便说了老孟带他买石的经过。高手说:"赏石全靠眼力,他不具备,也不能怪他。"高老师想起老孟也说过眼力的话,他帮好多人都买了石头,难道只自己这块看走眼了?他提出去看看别人家的石头,朋友和高手都同意了。

先去了对门小成家,小成的石头花了三千元。高手看罢也说是动过手的。小成顿时拉长了脸,一块又去看其他几家,没想到高手都说是动过手的。大家就起了疑心,这就不能说是眼力问题了,怀疑老孟与石农有勾结。

事后高老师见老孟几次想问,因为有了猜疑,反倒不好意思了。想起他那些品石做人的高论,感觉真是讽刺。

邻居们从此不再找老孟买石,又跟先前一样白眼对他。还说人看面相,咋就会信他呢?自认倒霉吧!看来赏石要眼力,识人更要眼力。

不知老孟知不知道这事,反正人不找他,他不解释。对别人的白眼,他似乎也习惯了，仍和当初一样，泰然处之。

过没多久，小成带来一位外地客商，熟人介绍的，客商说公司修建花园，需要采购一批奇石，只要石头好，愿出大价钱。小成把他带到家里，没想到客商一眼看中了他的石头，愿出更高的价钱。小成当然答应，又带他来看高老师那块凤石，客商竟出价一万。

高老师想，碰上冤大头了，心中有些不忍，暗捅小成："我想原价让给他算了，不亏就行。"小成摆手挤眼，事后说："还有你这样的，愿打愿挨，玩石头全在眼力，咱又没骗他。"

邻居们那些动过手的石头，竟全被客商以高出原价买走了。老孟还是帮他们赚了钱，但大家依然不肯原谅他，因为这不是他眼力的问题。

那以后，高老师一直感觉做了亏心事，对不起冤大头，见老孟就来气。老孟却还跟原来一样，这天在门口遇见，硬塞给他一张报纸。

高老师进了家门才打开报纸，报上刊登了一则消息：京都奇石拍卖会，一块酷似凤凰的灵璧石，竟拍出百万天价。他惊呆了，因为照片上的奇石，咋看都是他那块凤石，而拍主就是同学带来的那个赏石高手。

他打电话给同学，同学在电话里说："老同学，你不也赚了吗？有赚就行，想赚大钱，要有眼力呀！好啦，我叫朋友再给你些补偿。"

高老师冷冷道："不必！"便挂断电话。他在心里感叹，要看透这世界的人和事，真不知该要有怎样的眼力。

再见到老孟，他就像啥都没发生过一样。

他又想起了老孟那些品石做人的话。

原载《小说选刊》2022 年第 2 期

书者雪樵

凯 歌

雪樵的字儿写得好，是大伙儿都知道的事。

窗外，杏树枝头的雀雀儿刚叫上早，雪樵已经站立在书案前，眼皮子似合微张，整个人似醒未醒，就那么傻乎乎地站着；要么，就直接往椅子上一蹲，面无表情，活脱脱的一块榆木疙瘩。

良久，双眼圆睁，挽袖，吸气，提笔，横竖撇折点，笔走龙蛇，一气呵成。末了，瞥上一眼未干的墨迹，捧起妻沏好的一壶铁观音，长长地舒上口气。这字，就算是成了。

为写好这一个字，可是熬足了雪樵三个月的工夫呢。

字好，又出名，雪樵的门前就不清静。

先是有后学向雪樵求字。

雪樵瞥一眼棉絮外翻，冻得红鼻青脸鼻涕顺溜的年轻人，微笑着点头。提笔，发力，转眼间，几个遒劲的楷体已是入木三分。写的是"业精于勤"四个大字，语出唐朝韩昌黎。雪樵这是勉励青年人勤奋求进，不要辜负了人生的宝贵年华啊。

年轻人这边刚走，又有人风尘仆仆而来。

来的是一位河东商人。

来人双手施礼，恭敬地放下润金。妻招呼客人入茶座。

雪樵头也不抬。也就在片刻之间吧，来人挨着木椅的屁股还没有蹭出温热来，这边雪樵已经风起云止，大功告成了。

雪樵吹着茶叶说，拙字取走，这东西，雪樵用眼神指了指润金，就拿回去吧。

商人是个不错的商人，在河东很有慈善之名，雪樵早有耳闻。

人家是诚心想交你这个朋友啊，河东商人久经商海，怎么会不明白？冲雪樵肃然施礼，回去，过些日子，却让人送来用四头骡子驮着的八垛习墨用纸。

这算什么呀，以"纸"会友啊？雪樵哈哈一笑，喝茶。

陕北的九月天高云淡，却不时有阴雨扑来，让人猝不及防。

前脚刚跨出门的雪樵这回就给迎面而来的一大片黑云驻了足。

随黑云一道而来的是国民党军副师长子清。

子清土匪出身，但素来敬仰读书人。子清使人呈上二百块银圆说，过些天是陕北镇守使大人的寿辰，我辈均仰慕先生大名，望先生不吝赐墨，为寿宴添光盈彩！

陕北镇守使大人，咱不认识呀？雪樵耷拉着眼皮说。

忽地一抬头，恍然大悟地说，想起来了啊，可是那个娶了好几房姨太太，又拼命捉拿"红匪"的陕北镇守使大人吗？

副师长子清低下头来干咳了两声，一抱拳说，正是，那可是咱们西北的一位英雄豪杰啊！

雪樵抚着胸口自言自语，唉，莫非昨夜受了些寒，为甚感觉这般恶心呢？

猛地挥袖长捋。

哗啦一声响，一堆银圆落地，四处乱窜。

子清脸色陡变，身旁的卫兵齐刷刷地拔出枪。

子清沉着脸说，既然先生身体有恙，子清择日再来造访吧！

路上，子清咬着牙齿说，还真是一块茅坑里的石头——又臭又硬，早晚嘛，子清嘿嘿地笑着说，得让这厮人给咱写一幅字儿！

这天庙会，山上山下人声鼎沸，上香的，看戏的，大家扶老携幼，一团和气。

就听见一阵嗡嗡的声音由远而近，像苍蝇一般。

大伙抬头，这群"苍蝇"已经开始"下蛋"了。

顿时，接二连三的爆炸声传来，庙会现场一片火海。

小鬼子的飞机又过黄河了！人们边骂边躲，骂操蛋的日本人。

负责治安的副师长子清提着枪，一边指挥乡亲们躲避，一边命令士兵们还击。火光中，瞅见一人手牵毛驴，指天痛骂。子清喊了一声那啥尿人，赶快躲起来，不要命啦！冲上前一看，正是雪樵。

子清又气又恼，一把扯过雪樵，直奔防空洞。

士兵接连向子清报告：房屋被毁，百姓死伤无数……

鬼子呢，鬼子伤亡如何？师部里的子清铁青着脸问。

鬼子的飞机来了 36 架，丝毫未损，已经向河东飞回去了。

子清大怒，挥起拳头，狠狠地砸向桌面。

忽听啪的一声响，早有人拍案而起，倒是吓了子清一大跳。

奇耻大辱呀，雪樵怒形于色，我堂堂华夏国土，岂容倭寇这般横行霸道，痛煞我也！

雪樵大喝一声，笔墨何在？

子清一听，惊喜地说，莫非先生要留墨了？

忙喊警卫员，文笔伺候！

雪樵一边挽袖一边说，待我修书一封往省城，向省府提议成立救国会，我誓将身先士卒，一马当先，亲赴前线杀敌，不胜不归……

雪樵的咳嗽声传来，子清望望雪樵那单薄的身子，立刻像泄了气的皮球。心里却跷起了拇指：这尿人，一点儿都不尿啊！

雪樵之后就去了扎萨克旗，是应了蒙古王爷的诚邀前往草原的。那里，日本人正谋划着一场将蒙汉分而治之的阴谋。雪樵拖着病躯上路，这一去，竟成永别。

雪樵与众友人四处奔走，据理力争；蒙汉人民携手抗日，心若磐石。雪樵病情却被耽搁，以致形如枯槁。

一场大雪下来，高原上尘埃落定，万籁俱寂。

雪樵病逝的消息传来，众人落泪。子清捶胸顿足：老弟呀，怎么走得这么急，你还欠着哥哥的字儿呢！

子清泪眼婆娑。

这年春天，黄河水解冻，子清的队伍要开拔了，在河的那头，早有一支武装力量等着他们呢。

誓师大会上，有人送来了一幅横匾。

子清瞪大了眼睛，那字，他熟悉。

对，是雪樵亲笔所书。

来人说，是先生在病中为师长您写的，先生临终前嘱托，若师长深明大义，胸怀长远，务必当面呈给您，见字如面……

匾上是几个遒劲雄浑风骨凸显的大字：保家卫国。

落款小楷自是气韵不凡：书者雪樵为兄长子清壮行。

子清向着北方施礼，敬酒，正身时已是泪流满面。

转身，摔碗，子清向着长长的队伍发出号令：出——发——

这一声喊，声震苍穹，惊动了黄河水。

原载《延河》（下半月刊）2022 年第 9 期

大红袄

李海燕

奶奶并不看两人的脸，只说了一句，回来了。其实奶奶不用看，也知道两人脸上的憔悴和疲惫。

昨天，小远爸打电话来说，妈，小远只是受了伤，已经无大碍，我和小远他妈明天回去。奶奶就明白他们打算瞒着她了。两个人疲惫地坐了下来，奶奶问了那个姑娘，你们见着那姑娘了？

见着了。

那么大团长的千金能看上咱家小远？

嗯嗯。儿子儿媳妇一起点头。

奶奶从炕上下来，步子有些蹒跚。她打开柜子，拿出那件大红袄。小远妈用手掩住嘴，眼泪就下来了。小远爸忙上前一步挡在小远妈的前面，妈，红袄你不是做完了吗，又拿出来做啥？

奶奶说，我把扣重新襻一下，这个没襻好。

原来奶奶襻的是喜字扣。

今年春天小远回家探亲，告诉奶奶，他有女朋友了。奶奶刨根问底，是你们边防站里的女兵吗？小远告诉奶奶，是他军校的同学。你俩相爱吗？小远被奶奶逗笑了，奶奶你知道相爱呀？咋不知道，奶奶天天看电视，在电视里我还看过你们边防站呢。那你看到我了吗？那倒没有，等你成了英雄，奶奶就能看到你了。

奶奶抱着大红袄回到炕上，开始动手拆那些缝好的襻扣。

那件大红袄，是奶奶为未来的孙媳妇做的。小远妈曾制止过，现在啥样的衣服都有卖的，妈您就别费心了。奶奶固执地说，我做的是我的心意，再说，我的孙子媳妇，那天必须穿我做的大红袄拜堂。

大红袄是绸缎面料，缀着本色的小朵玫瑰花，亮闪闪的。

奶奶开始重新襻扣。奶奶拿针的手微微颤抖。

屋子里的空气似乎凝固了，只听见奶奶的针线缝合声。过了好一会儿，小远爸说，妈，不急着做，小远今年结不上婚，他女友小蕊明年才毕业呢。

奶奶头也不抬，做好了放着，我都是土埋脑瓜顶子的人了，万一……

妈，您能活一百岁呢。

又沉默了。

秋风在窗外纺着线，嘤嘤嘤地响。偶尔有一两片树叶刮过来，打在窗玻璃上，又被风旋走了。小远妈站在柜子那儿，看着墙上小远的照片，默默地掉眼泪。

儿子说，妈您歇会儿，睡个午觉，走一个星期了，我去地里看看庄稼啥时候能收。说完上前拉了拉小远妈。小远妈忙说，我也去。

奶奶抬头隔着玻璃窗，看着儿子儿媳的背影，眼泪噼里啪啦地掉了下来，我的小远，我的宝贝孙子，你成了英雄，奶奶在电视里看到你了……老天爷呀，我都七十七岁了，咋不让我替我的小远死呢……你爸妈怕奶奶受不了，瞒着奶奶……他们就你这一个孩子，他们比我还难受啊……

奶奶给大红袄重新襻好了扣，这次襻的是蝴蝶扣，然后整整齐齐地叠好，放进柜子里，在上面落了一把锁。从此，奶奶再也没打开过那口柜子，直到小蕊来。

小蕊来的那天，下着春天的第一场雨。清清瘦瘦的小蕊说她去北京，顺路来看看奶奶。小蕊还说，小远本来也想跟她一起回来的，但因为临时有任务，没回来。

小蕊说得真切，奶奶只好问小远的伤。小蕊说，跟过去一样活蹦乱跳了，就是想奶奶，让我替他抱抱奶奶。小蕊说完，抱住了奶奶。奶奶的眼泪在前面流，小蕊的眼泪在奶奶的身后流，两人松开的时候，又是两张笑脸。

三天的时间，奶奶要小蕊跟她睡，一老一少两个爱着小远的女人，一唠就是大半宿，唠的都是小远。小蕊给奶奶讲她跟小远的相遇，从相知到相爱，说她这辈子就认准小远了。奶奶给小蕊讲小远小时候的事，从孩提时开始讲起，一件件一桩桩，几列火车都装不尽。

三天后，小蕊要走了，奶奶打开那口柜子，拿出那件大红袄，给你做的，试试合身不？

小蕊把大红袄穿在身上。

奶奶上前抻抻前襟儿，拽拽后身儿，蛮好看的，喜庆，只可惜有点儿肥了。脱下来吧，以后奶奶给你做件合身的。

小蕊说，奶奶，我喜欢，给我吧。

小蕊抱着那件大红袄在前面走，小远爸妈和奶奶在后边送。出了村口，奶奶说她要单独送送小蕊。

小蕊挽着奶奶，两人慢慢地向前走着。走到村前那条小河边，小蕊说，奶奶回去吧。

奶奶说，我送你过河，再来就不容易了。

小蕊说，以后我会跟小远常来看奶奶的。

奶奶攥着小蕊的手，两人过了河。奶奶说，走吧，孩子，过了前面那道坡，就是大道了。

小蕊上前抱住了奶奶，奶奶，我走了，您多保重。小蕊的眼眶再也关不住汹涌而至的泪水。她转身快步走去，不再回头看奶奶。

小蕊——小蕊——

奶奶追了过来，小蕊站定。奶奶说，红袄还给奶奶吧，袄太肥，你太瘦，穿着累。

小蕊说，奶奶，我回去好好吃饭，袄就不肥了。

不给了，不给了。奶奶坚持要回了大红袄。

春风带着一股春天才有的湿润，从南边吹过来，吹湿了奶奶的眼睛。奶奶突然说，奶奶知道小远已经不在了，这么好的姑娘，怪就怪我家小远没福气啊。奶奶哽咽了。

　　小蕊憋着眼泪，一个劲儿地摇头。

　　孩子，小远现在是英雄，你别告诉别人你跟他好过，找个好人家嫁了吧。

　　三天来，小蕊终于在奶奶的面前哭出了声音。

原载《小说林》2022 年第 4 期

钓鱼节

凤　凰

4月1日，国际钓鱼节。这天一早，男人和儿子早早就吃了早餐，然后他们带上鱼竿就出了门。下楼，男人和儿子上了小车。男人开着小车跑得飞快。很快，他们就来到了城外的青水江边。只见江边人山人海，人们争先恐后地钓鱼。男人和儿子看到这么多人，吃了一惊。也难怪这么多人这么早就来钓鱼了，早在十年前，为了保护濒临灭绝的鱼，世界各国一致规定只有钓鱼节这天才可以钓鱼。

男人和儿子停好车，带着鱼竿这儿钻钻，那儿钻钻，挨了好几次骂，总算挤了进去，来到了江水边。男人和儿子各拿一根鱼竿钓鱼。突然，男人感到手里一沉，赶紧提起来，却看到了哭笑不得的一幕，不知道是谁将自己的鱼竿提了起来。由于鱼钩钩上了别的鱼钩，别的鱼钩又钩上了别的鱼钩，结果一条江里的鱼钩全都带动了，全都不由自主地提了起来。数不清的鱼钩构成了一张网，却不见一条鱼。

有人见此，明白这条江里没有鱼，便转移阵地，开车走了。一会儿，就走了大半的人。儿子见了问男人："爸爸，他们怎么都走了？不钓鱼了吗？"男人说："他们是去别的地方了。"儿子说："我们也去啊！"男人点点头，和儿子开车跟在大家后面。他们不知道大家去哪里钓鱼。连江里都没有鱼可钓，哪里还有鱼可钓呢？

不一会儿，男人和儿子就跟着大家来到了水库。男人笑了，心想这水库肯定有鱼。进入水库钓鱼，一个人收费一千元，男人交了钱，开着小车进了水库。

虽然在水库钓鱼要交钱，但是来钓鱼的人依然是人山人海。虽然男人交了钱，但是他和儿子拿着鱼竿却怎么也挤不进去，前面的人围了个水泄不通。一层一层的人等待着钓鱼，男人不知道什么时候才能轮着自己，向前面的人打听里面的情况。结果传给男人的消息是，要轮到他钓鱼，恐怕得等到半夜。

等到半夜，已经是明天的时间了，到时候，已经禁止钓鱼了。男人叹息着，可是他还是舍不得离开，他想等等看，看有没有人钓到鱼。要是有人钓到鱼，他要看看，也要让儿子看看。男人在五岁的时候看到过真正的鱼，三十年过去了，他再也没有见到过真正的鱼。而儿子，却从没有见到过真正的鱼，他看到的，都是电视电脑上的鱼。

终于，钓鱼的人提竿了，可是大家提起来的却是一片片水草，没有一条鱼。于是，这些提竿的人失望地离开，下一层人进入最里层开始钓鱼。男人和儿子跟着离开的人离开。又一批不知情的人进入水库。

上了车，儿子很不高兴，说："爸爸，我要钓鱼！我要钓鱼！"男人说："好，我们去钓鱼！"男人开着车，跟在别的车后面。除了江里和水库，男人不知道哪里还能钓鱼。

不久，男人跟着别的车来到了生态山庄。男人笑了，他知道，生态山庄是特别保护区，里面有一个水池，水池里应该有鱼。生态山庄外面站着荷枪实弹的士兵，要进入生态山庄钓鱼，需交费一万元。男人看看儿子，终于下了决心，他掏出银行卡，刷了卡，和儿子进了生态山庄。

进入生态山庄，七拐八弯，男人和儿子总算来到了水池。水池边，已有不少人在垂钓了。男人和儿子下了钩，耐心地等待着。突然，有人欢呼起来："我钓到鱼了！我钓到鱼了！"接着，水池边的人都叫起来："真的钓到鱼了！"一个女人居然从水池里钓上来了鱼。人们围上去看，结果，大家都泄了气，那是一条机器鱼。虽然钓上来的是机器鱼，但女人还是特别兴奋，因为这么多人，就她钓到了机器鱼。要知道，机器鱼非常聪明，它在水里游来游去，可以一年不吃不喝。

直到中午，再也没有人钓到鱼，哪怕就是机器鱼都没有钓上来。人们陆续离开，男人和儿子也只好收竿回家。

男人开着车刚刚驶出生态山庄，就听到人们欢呼起来："快看啊，鱼上天了，鱼上天了！"男人和儿子打开车窗，伸出头，抬头望天，只见空中有一条大鱼正缓慢地前行。男人对儿子说："看，那就是鱼！"接着，男人和儿子欢呼起来："鱼上天了！鱼上天了！"人们都在欢呼，呼声震天动地。

　　突然，空中的大鱼掉了下来，人们一窝蜂似的拥了过去，都想去捡那条鱼。男人和儿子下了车，也赶紧跑了过去。然而，等男人和儿子跑过去的时候，鱼已经被人捡到了，并且，捡到鱼的人被大家严严实实地围了起来。人们一个劲儿地往里钻，都想看看这条真实的鱼。

　　突然，捡到鱼的人一屁股坐在地上哭了起来。人们见此都愣住了，有人问捡到鱼的人："你这是怎么了？"捡到鱼的人说："这也是一条机器鱼啊！"人们盯着捡到鱼的人，不敢相信。捡到鱼的人站起来，将鱼往地上狠狠地砸。鱼碎成了几大片，鱼肚里的零件散了一地，果然是一条机器鱼。

　　人们见此叹息不已，心想，连机器鱼都被人们吓得不往水里钻，往天上飞了，这世上哪里还有真正的鱼啊！然后，人们怀着沉重的心情一哄而散。

　　　　　　　　　原载《故事大王》2022 年 1、2 月合刊

父亲的"骗局"

呼庆法

东东正坐在金光大厦 A 栋 28 层的写字楼里，紧张地操弄着键盘，眼看就近月底了，自己这月才捕获了 26 单，离业绩目标还差半截呢。

东东下意识地加快了频率，他翻开厚厚的电话号码簿，快速地在电脑程序上输入着，他始终相信，只有广泛撒网，才能有丰硕的收获。突然东东的手机响了起来，一看是老妈打来的，真是越忙事越多，东东烦躁地接通手机："妈，又咋了？""你爸病倒了。"还没等东东反应过来，电话那头就传来了老妈抑制不住的哭声。

东东心头一怔，前几天不是还好生生的，这是咋了，东东安慰了老妈几句，说自己尽快赶回去。东东的老家在一千多公里外的一个小镇上，东东星夜兼程，两天后回到了老家。只见父亲直挺挺地躺在床上，两眼无神地看着屋顶，东东一下扑倒在父亲床前，伤心地呼唤父亲，父亲却一点儿反应也没有。

东东哽咽着问老妈是怎么回事，老妈无语。姐姐看着东东哭丧着脸说："咱家攒的 20 多万元准备给你娶媳妇用的钱都被骗没了，咱爸一时想不开，就气成这样了。"

"前几天，你爸接了个外地人打来的电话，说是某某市公安局的，说你爸身份证号码被盗用，参与了什么犯罪活动，要求你爸将钱转入什么国家指定账户配合调查……你爸转钱后发现上当了，就成了这个样。"老妈泪流满面地哭诉着。

"电信诈骗！电信诈骗！典型的电信诈骗！"东东深恶痛绝地在心中怒吼着，妈的，竟然骗到老子头上了，也不看看马王爷长了几只眼。

"报案了没？"东东脱口而出地问了下姐，就在这句话脱口而出的瞬间，东东心头颤了一下，话语突然软了下来。

东东的脑子一片空白，不觉就把思绪移转到了一千多公里以外自己办公的写字楼里，每一个人都在忙碌地敲打着键盘，紧盯着眼前摆放的一部部手机。

每一部手机响起，对他们来说都是一个即将入网的猎物。

"你好，是汪先生吗？我是××市公安局的，最近发现你在我市参与了一起金融诈骗案，目前公安人员正在取证，请您配合调查。待会儿，我局警员芳芳将与你取得联系。"

在得意的微笑中，东东给美美抛了个媚眼，美美心领神会地向东东打了个"OK"的手势，然后拿起东东面前的手机，拨通了汪先生的号码。

"您好，汪先生，我是××市公安局警员芳芳。"

"骗子。"电话那端突然传来汪先生的破口大骂。

"你们上个月刚骗走我五万元，现在又来这一套，你等着，我现在就报警……"汪先生有些气急败坏了。美美果断挂掉了电话，东东无奈地摇摇头，知道这单又失败了。

东东看着床上的父亲，内心有些百感交集，不知道该不该恨那些无耻的骗子，包括自己。这是报应吗？为啥报应的结果不是自己，而是父亲呢？

半月后，东东坐在金光大厦 A 栋 28 层的写字楼里，和往常一样熟练地操控键盘、接听电话。突然闯进来大批警察，把公司包围得严严实实，所有的人员和设备都被带走了，钱经理一点儿也不担心，因为他们的数据是保密的，公安人员是查不到证据的。

然而钱经理不知道的是，这些数据早被东东拷贝做了报案材料。

一年过去了，东东回到了老家，迎接自己的不光有老妈、姐姐，还有健健康康谈笑风生的老爸，东东一怔，心生疑虑。老爸早大大咧咧地走过来一下把东东拥入怀中。

原来，东东去年回来休假，姐姐无意中发现了东东参与电信诈骗的日常记录，在一番激烈的家庭讨论中，才上演了父亲被骗的"苦情戏"，才有了东东的幡然醒悟。

原载《赤峰日报》2022 年 4 月 9 日

完 美

若金之波

　　圆圆不仅人长得漂亮，还有一个会唱歌的嗓子、一副会跳舞的腰肢、一双会弹钢琴的手和一张会表演的口。反正什么艺术她都会！

　　不明白的人，以为她的父母天赋很高，都传给了圆圆，其实她就是一个定制婴儿！在她出生前，父母遗传给她的基因就被修改过了，替换成了最漂亮的美女基因、最能歌善舞的艺术基因和超级聪明的天才基因。所以，她一生下来就与众不同，半岁会说话，一岁会唱歌，两岁会跳舞，三岁会弹钢琴……不管是什么艺术，她一学就会，一会就很快超过别人。

　　她的非凡表现让人们惊叹不已：世上还有这么完美的女孩，真是太神了！太不可思议了！

　　歌唱家闻讯赶了过来，听了圆圆唱的歌，激动地说："天才呀，一定要把她培养成未来的歌星，准能一曲走红！"

　　舞蹈家闻讯赶了过来，看了圆圆跳的舞，兴奋地说："天才呀，一定要把她培养成未来的舞后，准能举世无双！"

　　钢琴家闻讯赶了过来，欣赏了圆圆弹的曲子，惊叹道："天才呀，一定要把她培养成未来的钢琴家，准能名震中外！"

　　爸爸妈妈听了专家们的鉴定，十分庆幸：幸亏我们思想超前，毅然定制了一个完美的婴儿，这是多么有远见的事啊！

　　为了让圆圆的特长得到最充分的发挥，爸爸妈妈从小就有意培养圆圆，让她在各方面都表现出色。因为他们知道，基因再优秀，顶多算是天赋高，要把天赋发挥出来，还是需要后天的努力。

　　从此，圆圆更加勤奋了。她每天都在课余时间"发挥特长"，早上起来唱歌，中午放学就跳舞，下午放学表演节目，晚上在睡觉之前还要弹钢琴……

她没有双休日，没有节假日。好在她天赋很高，不仅学习成绩上升快，"特长"也发挥得快，刚读小学不久，她就是远近闻名的"全才"了。

圆圆六岁时，学校主办了特长比赛，准备从学生中选拔优秀的特长生，推荐到市里培养。圆圆当然要报名参加了！

观看比赛的除了学生，还有家长，甚至还有许多慕名而来看圆圆的新娘，她们都想一睹完美女孩的风采，好让自己也定制一个完美的婴儿。

歌唱比赛开始了，圆圆是第一个参赛者。她清亮的歌喉震撼了全场，就连天上的百灵鸟儿也赶了过来，躲在枝头上聆听，羞得再也不敢唱歌了。市音乐专业的老师当即决定录取她。

舞蹈比赛开始了，圆圆也是第一个参赛者。她的优美舞姿征服了所有观众，就连动物园的孔雀也赶了过来，躲在屋顶上观赏，羞得再也不敢露面了。市舞蹈专业的老师当即决定录取她。

钢琴比赛开始了，圆圆又是第一个参赛者。她的珠落玉盘的琴音，让人如痴如醉，就连笼里的画眉鸟儿，也惭愧得不敢吱声。市钢琴专业的老师当即决定录取她。

……

整个上午，都是圆圆一个人参赛比赛，因为圆圆一出场，就让其他选手甘拜下风，他们不想再"献丑"了。

可是，在参加艺术表演时，圆圆演着演着突然失控，身体一歪栽倒在舞台上。一场接一场的比赛，让她劳累过度，终于坚持不下去了！台下一片混乱和惊叫！

爸爸妈妈赶紧跑上台，把圆圆抱起来，呼喊她的名字："圆圆！圆圆！"

许久，圆圆才睁开眼睛，哇的一声哭了："爸爸妈妈，我不想唱歌了，不想跳舞了，不想表演了！"

爸爸妈妈劝道："我们知道你太累了，可是，再累也要坚持呀！你不想做完美女孩了吗？"

"不想，永远不想！我只想做我喜欢做的事！"

"那你喜欢什么？"妈妈生气了。

"我喜欢绘画，长大了只想做一个美术师。"

"不行，当初怀你时，并没有添加绘画天才的基因，恐怕你成不了大气候。"妈妈坚定地说。

"唉，成不了大气候就不成吧，这总比累死要好！"爸爸打断了妈妈的话，把圆圆抱起来，带着遗憾回了家。

看到这个场面，台下的观众们全都露出惊讶的神色。

新娘们相互看了一眼，失望地摇了摇头，嘟囔道："定制了又有什么用？谁知道我们的孩子将来会喜欢什么呢？"

她们全都打消了定制婴儿的念头。

原载《科学大众》2022 年第 10 期

新 房

向祖强

　　家骏披着月光，走在回家的路上。他那张瘦削的脸，在月光的映衬下更显得清冷。

　　家骏心中乱成了一团麻。刚才，女友苏娅发出了"最后通牒"：必须解决婚房，两人才能继续交往。这无疑像针尖，戳中了他的要害。

　　谁怪自己命苦呢？5岁时，父亲就患病撒手而去，全靠母亲把自己拉扯大。可是，当自己读初中时，母亲却下岗了。为了生计，母亲在街头摆了一个补鞋摊，支撑着这个家。终于，自己读完大学参加了工作，母亲也退休了。而今，母子俩蜗居在这间50平方米的旧房子，还是父亲单位的宿舍。要购新房，谈何容易啊。

　　家骏思忖着，不觉已走到了自家楼前。这是一栋筒子楼，他住在二楼，是二十世纪八十年代的建筑。每层有七八户，共用厨房和卫生间。他顺着楼梯爬向二楼，不料脚下一滑，重重地摔在楼梯上。

　　家骏咬着牙站起来。这时，二楼的一间房也打开了，灯光投射到楼梯口。母亲颤颤地跑出来问："是家骏吧，没摔伤吧？"

　　家骏说没事，便忍着疼痛挺起胸，沿着扶手摸了上来。

　　母子俩进屋后，母亲又关切地问："苏娅找你，说了些什么？"

　　家骏叹口气，说苏娅要立马看到新房子，才愿意继续交往。

　　母亲无语，房里一片寂静。

　　突然，有人敲门，声音很急促。

　　家骏赶紧开门，一下子进来了几位身穿制服的人。

　　原来，政府实施旧城改造，家骏家的住宅楼已被划入红线范围，征收人员就是专门来做入户统计的。

征收人员笑容可掬地做着宣传——拆迁时，各种补偿费加上奖励，可以换一套面积更大的新房。

我们第一个签协议……母子俩异口同声地表态。

征收人员走后，母亲喜极而泣："儿呀，这套新房就给你结婚用，我搬出去……"

家骏掏出手帕擦干了母亲的泪水，心疼地问："您往哪里搬呢？"

母亲的脸上像开放了的桃花，说："我有个老同学，几年前老婆就走了……我搬去和他住在一起。"

倏地，家骏的脸也红了。不经意间，母亲竟拂去了隐秘世界的纱幔。

母亲见家骏默不作声，接着说："明天你去找苏娅，告诉她咱们家有新房了，让她安心。"

没几天，母亲就搬出去了。她临走前，家骏流着泪说："你是为我做出了牺牲……"

母亲也流泪了，拉着家骏的手说："不全是这样，我也在追求幸福……"

很快，家骏拿到了新房的钥匙。那天，他心花怒放，带着苏娅去看新房。

两人牵着手，蝴蝶般飘向新房。进入新房后，两人一遍遍地转圈，又叠合在一起，紧紧地拥抱，接吻……

家骏接到了开发商的通知——速去办理房产证。他按捺不住激动的心，赶紧给苏娅打电话："亲爱的，我要办产权证了，这是名正言顺属于我的房子！"

苏娅在电话里说："产权证上，也要加上我的名字。"

家骏脑子嗡的一声，感觉自己听错了，又追问了一句："你说什么？"

苏娅加大了声音说："产权证要加上我的名字。"

家骏莫名其妙地问："为什么？"

苏娅咯咯笑了："这表示你真正爱我，没把我当成外人。我们拥有共同的产权，婚姻才能地久天长。"

家骏更是找不着北了："可是，你没有出一分钱呀。"

电话断了，耳里传来的是一阵忙音。

家骏与苏娅劳燕分飞了。这天，家骏在新房里踱着步，心中的积郁无处宣泄。

突然，有人"笃笃"地敲门。

家骏赶紧开门，哟，是母亲回来了！只见她头发散乱，面色憔悴，比在家时更显得苍老。

"妈，怎么了？"家骏颤抖着嗓音问。

"我……"母亲哽住了，坐在了椅子上。

家骏赶紧倒上一杯热水，端给了母亲。

母亲喝了几口水后，情绪稳定了，开始倾吐肚里的苦水。

"老同学的房子也要拆迁了，同样要安置新房。"母亲絮叨着。

"那是好事呀。"家骏说。

"我想在产权证加上我的名字，但是他的子女都强烈反对，觉得我图谋不轨。"母亲一脸愁云。

"那就不加名字呗。"家骏迷惑了。

"可是，不加名字，如果他先一步走了，我担心会被他的儿女赶出来……我决定回家了。"母亲颤抖着嗓音说。

家骏扶着母亲说："你回来后，我们相依为命……"

原载《小说月刊》2022 年第 4 期

手机依赖症

王培静

这天下班前，公司下达了一份特别通知，所有人明天都不容许带手机来上班，包括公司所有各层的领导，发现违犯者重罚，情节严重者开除。

下班时间到了，没人着急走，大家交头接耳，议论纷纷。"这规定太奇葩了，这是八月份，不是愚人节啊！"

"公司这样做，肯定有它的道理，是不是有人泄露公司的什么秘密了也说不定？"

"这太不可思议了，那明天上班到底带不带手机呢？"

公司里像炸了窝，热闹非凡……

第二天一早上班，保安用门口的新设备，查获了十二部手机，有些人的手机是静音状态，有些人的手机是关机状态，都没有逃过仪器的敏感神经。有女孩子向保安抛媚眼，不管用，有人想离开公司，也不行。

还有十位迟到的，他们上班路上原是带着手机的，后想到公司的通知，还有给关系比较近的同事发微信，结果没有回音，经过思想斗争，没办法又折返回家放下了手机，这其中还包括从来没有迟到过的五位中层领导。

整整一个上午，公司既没有开会，找人谈话，也没有解释不让带手机的原因。但中途有十九位员工以各种理由请假，其中以身体不舒服为由请假的十一位，都批了假；以去车站和飞机场接亲友为由的五位都没准假。中午一下班，许多人出去偷看放在车上的手机，被没收手机和没带手机上班的人后悔连天，咱这猪脑袋，怎没想到这一招呢。

下午，有没请下假来的六个员工，私下逃出了公司。

这天的工作效率出奇地低，人人像丢了魂，计算出错的，答非所问的，发错邮件的，开口发火的，男女吵架的……

据说，也有员工为此付出了代价：一对情人闹掰，两对情侣分手，三起朋友断交……

终于熬到了下班时间，公司在员工群里通知：一个星期内，每人上交一份断机一天的个人体会，必须完成。

年底前，以员工们提供的经历为蓝本（并给署名），公司有关部门拍摄了系列短剧并上线，网络上好评如潮！

那一日执行公司规定的，每人发 5000 元，请病假的发 3000 元，私自逃离公司的不开除。按所交故事精彩程度奖励，有的比当时执行公司规定的拿的钱还多。

公司里大家兴高采烈、欢欣鼓舞，真是有种要过年的感觉了。

许久后，又有消息传来，董事长女儿以此调查内容撰写的《论手机对现代人生活的重要性》，获得某大学创意学术论文一等奖。

大家私下议论，公司这样做不合法吧，是不是侵犯了我们的隐私权。又听说，一个辞职的员工，已经请律师把公司老总告到了法院……

原载《海燕》2022 年 9 月刊

拾穗的黄昏

符浩勇

一条小桥横卧在远去的年月里，现已废弃，人迹罕至。

桥上，女孩背着小书包，凭栏看往桥下。河面不是很宽，但水流湍急，斜阳在水流里被搅得跳荡闪烁，几尾小鱼游得从容，锦鳞玉鳍。她突然觉得，那里面充满忧伤和诱惑。

姑娘，你在这干什么？

她回头一看，是个年迈的老女人，臂弯里挎一个小竹篮，有些破旧。两人对视了一眼，她说，我走走看看。

一座残桥，没什么好看的。老女人说着，往桥的另一头走去。那边是一片田野，水稻刚收割完毕，散落着一些枯黄的稻草堆。

阿婆，您这是要去哪？女孩好奇地问了一句。

拾稻穗。老女人说。

拾稻穗？女孩脑海里浮现出诗意的画面，觉得好玩，脚下不由自主地便跟上去。老女人应该是觉出了女孩在身后跟着，便说：

跟着我干什么？

我也要拾稻穗。

你不上学吗？

学校放假了。

其实，学校没有放假。女孩这是逃学。今天上午放学后，女孩就溜出校园，一直在外面晃悠。她不喜欢学校的生活。学校里除了上课，就是不停地做练习，写了这个《宝典》练那个《教普》，还有没完没了的考试，感觉好像一头不停地转磨的驴。当然，这难不倒她。她的成绩在班级里是排在前面的。她只是不想做一头转磨的驴。她想做苍鹰，在蓝天自由飞翔；她想做骏马，在草原快乐驰骋。她觉得学校也应该让学生了解飞鹰，了解骏马。再说了，今后到社会上，如果非得要做转磨的驴，到时候闭上眼睛转圈就是了，何必现在就开始不停地练习呢？

女孩感到厌烦、腻味，开始闷闷不乐。

今天上午课间的时候，女孩走过去要跟一男生搭讪。那男生帅气潇洒，是她心中的偶像。她说你写完化学宝典了吗？她说这话不是要卖弄什么，也不是要求什么。她其实是希望听到那男生说他不想写，然后她就说她也不想写。可是那男生不搭理她，白了她一眼就走开了。旁边几个女同学见状，相互间挤眉弄眼，哧哧笑，边笑边看向她，那意思再明显不过了。一种深深的耻辱像潮水般席卷而来，她觉得自己成了另类。

女孩闹不清为什么不想上学了。

收割后的田野里，零零星星遗落着一些稻穗，在夕阳中闪着金黄。女孩踢踢踏踏，觉得很好玩，不一会儿就拾了好几条，她喊着阿婆，然后放进小竹篮里。老女人说，姑娘，你粗心哩，你看你拾过的地方还有遗漏呢！女孩细心一看，果然是，一条又细又长的稻穗在晚风中飘舞，像是在笑话她呢。她正想走过去摘下来，可突然又觉得没了兴趣。

老女人在田野里东瞅瞅，西望望，有时弯下腰，有时又蹲下身来，很细心地将滞穗一条不落地拾到小竹篮里，晚风吹过，瘦弱的身躯显得更加单薄，飘飘摇摇，像秋风中的一片落叶。

这情景在女孩心里产生了对撞，都这把年纪了，就是拾稻穗也是那样认真，那样一丝不苟。女孩有些感动，自愧不如。老女人说，姑娘，你还是回家吧。

女孩走了，但不是回家。她不想回家。家里比学校也好不到哪去。母亲动不动就说她不像是她生的。父亲似乎比较讲道理。他告诉她不仅要做到班级的第一名，还必须做到年级的第一名，这样才有可能进入全省前茅。他还说不相信他们两个南大毕业生培养不出一个北大的女儿。这是什么道理嘛！

逡巡着走上残桥，女孩知道，过了这座桥，再走上几百米，前面就是火车站；一坐上火车，今晚就可以到省城了。大城市会更加迷人，会有更多成功的机会。她想，何必要读那么多的书呢？周润发没有上大学，张惠妹也没有读太多的书，也一样成就辉煌。

可是，女孩摸了一下口袋，口袋里只有两块钱。她知道书包里还有几十块钱。这点钱能做什么呢？今晚住哪？明天又在哪吃饭？好几个问号接连冒出来，心里一彷徨，就在桥上徘徊，不知道接着该往哪走。

姑娘，你怎么还在这里呢？

老女人不知什么时候已回到桥上。女孩正想着该怎样回话，却看见老女人脚下一个趔趄，便快步上前扶住。还好，人没摔倒，但小竹篮打了几个滚，摔出几米之外。她走过去把竹篮捡回来，两人蹲在地上，将散落一地的稻穗一条一条地拾到竹篮里。

阿婆，您为什么要拾稻穗呢？

不为什么，就是想拾回去。

也不值什么呀？

是不值什么，可它们不该毁在外面。

一个愣怔，像是被什么重重地击中，女孩突然就有些豁然开朗了。

女孩慢慢地站起来。远处，晚霞映红了天边。晚霞透过云层，落在山坡上，落在田野里，也落到了桥面上。一时间，她感到心里开始亮堂起来。

老女人把剩下的稻穗都拾到小竹篮里后，双手撑着膝盖，有些艰难地站起来，女孩伸手拉了她一把。

姑娘，回去吧。老女人边捶着腰边说。

嗯。

女孩点点头，她仿佛看到，母亲就在家里远远等着她，向她招手。

原载《青少年文学》2022年第5期

青 衣

赵 冬

艳丽华在新庆戏院演戏，她是吉林城的京剧名伶。她的扮相娇若花蕊，声音脆如夜莺，尤其顶起行头摇响珠翠的瞬间，尤其披上青衣舒展水袖的刹那，让人看到的是谜一样的风姿绰约。那眼神犀利，那腰肢流韵，那脚下灵巧……她在台上游走，目不斜视，笑不露齿，甚至袖不露指，细长而弯弯的双眉，无时无刻不在勾着台下人的心……青衣是梦，是男人的梦！

台上，她与被梨园界誉为"南麒、北马、关外唐"的"关外唐"唐韵笙搭戏，一旦一生，配合默契，近乎完美。台下，她住在表姐家里，形单影只，独来独往，没事就在家里捧着一本书，从不去外面交际应酬。

她有个小嗜好，喜欢收养小猫小狗，实际是心慈，看不得小动物在外面挨饿受冻。渐渐小动物多了，表姐家装不了那么多，她就出资在观音堂前面建了个宠物院。一有闲暇，就去宠物院看望她的毛孩子们。

有一天，她在巴虎门内的省高等法院大墙旁边发现了一只可怜的流浪猫，她蹲下来，把小猫唤到身边，抱起浑身脏兮兮的小虎猫，疼爱地用手梳理它的毛，还问它饿坏了吧，我给你拿吃的……这一幕被路过的伪满警察厅司法科金科长看了个正着。

金科长四十多岁，单身多年，挑来挑去就把自己挑成了光棍儿。这个富有爱心的精致女子打动了他，他悄悄跟踪她，了解她的底细。这是金科长的特长，一次不经意的相遇，若能成就一份婚姻，那可太美了。经过一周的摸查，他查清楚了她的一切，她竟是伪满洲有名的青衣艳丽华。

本来对京剧没啥爱好的他，从此成了票友，新庆戏院里只要有艳丽华的演出，他都去捧场。金科长对她展开了追求攻势，可一次次都吃了软钉子。艳丽华的戏每天都满座，戏散了后，金科长不走，约丽华出去吃宵夜。丽华婉拒。她见金科长的时候，总是把妆卸至一半，脸净了可眉眼以上仍是彩妆。那鲜艳的蛾眉细弯且美丽，亦刚亦柔，如玉树临风。

多次被软钉子扎，金科长不痛快。他在伪满警察厅上班，人人恭敬着，还没见过对自己如此冷漠的人呢！因身份在，又不好发作，只好耐着性子好言说尽，好话说绝。

他问她为什么总是带着妆见他，丽华说这样才觉得安全。金科长想，她这样是不是在制造距离？他说："你把妆全卸掉吧，你这样我不舒服。"她回答："不，这是我的自由！"他说："熙洽，省长，我姨夫；路之淦，市长，我姐夫；金名世，省警务厅厅长，我堂兄。我家是镶黄旗的，懂了吧？只要你同意嫁给我，荣华富贵让你享受不尽。马上，福绥门里一套三合院，就是你的了。"她蛾眉不动，淡淡地说："你家有多大的官人，那是你的事。我只听我们剧团团长的，他是我心里最大的官儿。我还不想嫁人，我跟剧团有契约，不会破坏规矩。"他说："要说规矩，我就可以给你的剧团立规矩，团长算老几？"她回答："我们老百姓安分守己，想必老总你们官家也是有规矩的，是不是？"

他央求道："别总对我冷着眉头好不好？对我笑一笑……"她说："我只对中国人笑！"他脸色顿时变得铁青："难道我不是中国人？"她冷冷地反问："你说呢？"他被激怒了："别敬酒不吃，吃罚酒！"她说："哎，老总还不知道吧，我滴酒不沾！"说完，一转身回化妆间去了。金科长狠狠地盯着她的背影，牙缝里挤出了一句话："等着瞧吧！"

金科长在丽华面前讨不到便宜，就时常来剧团闹事。也赶上唐韵笙那时正领演员们排练他创作的剧本《后羿射日》，有影射日寇侵华的内容，被金科长揪住了辫子。他找唐韵笙谈，让他劝说丽华嫁给他，还找来戏院的股东迟武充当说客。

唐韵笙为了减少麻烦，就领着剧团赴奉天和大连演出去了。原想过了这几个月，也许姓金的就该知趣了吧，没想到，等到次年剧团回到吉林城，金科长依旧天天来闹，并欲对他们下毒手。

就在剧团在新庆剧院首演《后羿射日》的那天，金科长安排好了日本宪兵队和伪警察，欲在演出结束后将他们一锅端了，再大的名角儿又怎么样？嘿嘿，金科长得意地想：我倒要看看你身上有多少根刺，有多少根给你拔掉多少根。

老戏台上锣鼓敲，丝弦响，生旦净末丑，神仙老虎狗。台上的角儿和台下的票友们心有灵犀，融为一体，仿佛穿越时空的对话，又好似触碰心灵的冲撞。莺语凄，寒光冷；落残红，声声烈……

这时，一个陌生人悄悄来到后台，找到唐韵笙，告诉他自己叫佟孝扬，是宪兵队二团中士班长，日本人和警察厅的人要来抓人，让剧团的青衣赶快逃走，北小门已有一辆马车接应。唐韵笙马上找人替下丽华，让她迅速卸妆，然后从北边的小侧门逃走，逃得越远越好，不要再回来了。

当丽华从化妆间出来，依旧明眸皓齿、秀丽端庄。她回头留恋地看了一圈戏院，然后从北小门悄悄走进了黑暗之中。唐韵笙发现，她眼睛以上的彩妆又没有卸，那一道细长且美丽的蛾眉，恰似一弯新月，嵌饰在浅浅的夜色里，诉说着内心的凄凉……

待日伪宪兵们虎狼般冲进剧院，逐人逐个排查，并将剧团所有人员都送至警厅里拘禁起来，却怎么也找不到欲找的人。

金科长不甘心，又回到剧院里翻找，最后在化妆间的角落里发现了一件青衣。抚衣在手，衣里掉落一张字条，字条上用画脸儿的油彩笔写着一行红色字迹：台已落幕，青衣已死……

原载《天池小小说》2022 年第 5 期

变色鸟

王　苟

县文联副主席、美协主席江明，退居二线时主动让贤，把美协副主席田宏扶到了美协主席的位置上。

田宏是江明看着成长的。田宏从小喜欢绘画，尤其对牡丹情有独钟。大学毕业后，田宏被分配到文化局工作，业余时间坚持作画，经常拿着画作请江明指教。江明看田宏是个可塑之才，就吸收他加入县美术家协会。美协有啥活动，江明都给田宏通知。田宏也乐意参加，风里来雨里去的，从没有一句怨言。

田宏三天两头往江明的家里跑，端午节送粽子，中秋节送月饼，不过年不过节的，就提着时令水果。田宏的嘴像涂了蜜，说话特别甜。见到江明，公共场合，田宏叫江主席，私下里叫江老师。见到江明的老婆桂莲，就师娘、师娘叫个不停，叫得桂莲心花怒放，直夸田宏人品好，有眼色，重情义。江明也觉得田宏人不错，一步一步，将田宏从美协理事、副秘书长、秘书长，提到了美协副主席。

江主席，朝霞市美协副主席耿淑春是牡丹画名家，我想拜他为师，请您给引荐一下。有次，田宏拿幅新作请江明指教时，毕恭毕敬地说。

行呀。江明不假思索地点了点头，你的牡丹画形象逼真，但缺少灵动和神韵，应该好好向耿主席学习。过几天，咱美协组织会员上凤凰沟写生，到时我邀请耿主席参加。

那天在凤凰沟写生，田宏跟在耿淑春身后，帮忙背行李，摆画架，夹宣纸，调颜色，服务热情，周到细致。中午吃饭时，江明特意安排，让田宏给耿淑春敬酒，并不厌其烦地介绍，耿主席，这是我县美协副主席田宏，也是你的铁杆粉丝，想跟你学画牡丹，你就收下这个学生吧。

好，好，好。耿淑春接过田宏双手敬来的一杯酒，兴奋地连续说了三个"好"字，有你江主席推荐，田宏这个学生，我就收下了。

当上县美协主席后，田宏经常组织会员到基层采风、写生，忙得不可开交。江明眼下时间充足，就在家里静心作画，很少参加美协活动。

转眼到了中秋节，桂莲洗罢锅，解下围裙，坐在客厅的沙发上，拿着遥控器，正在转看央视节目，她心不在焉地说，好久没见到田宏了。

田宏，已不是过去的田宏了，他现在很忙哪。江明喝了一口茶。这才想起，真的好久没见到田宏的人了，甚至很少接到田宏的电话。

正在这时，江明的手机铃声响起来，看是朝霞市美协副主席耿淑春的号码，赶忙接通，耿主席，你好。

江主席，咱美协马上就要换届了，我想推荐田宏任美协副主席，你看行不？

行呀。江明呵呵一笑，说，多谢耿主席栽培。

你推荐的人，我肯定会重用。再说，田宏这人太实在，三天两头往我家里来，端午节送粽子，中秋节送月饼，不过年不过节的，就提着时令水果。公共场合，见到我，叫耿主席，私下里叫我耿老师。见到我媳妇，就师娘师娘叫个不停。这种有情有义的人，不提拔咱心里也过意不去呀。

果然没多久，田宏被提拔为朝霞市美协副主席。这在朝霞市八个县（市）区的美协主席中，是唯一的一个。

很快就到春节了，朝霞市举办百幅书画精品联展，规模空前。开幕式后，接着展览半个月，每天都有很多书画家前去观看。

田主席的画，这几年进步不大。有个参观者站在田宏的画前，指指点点。

是呀，他的牡丹画，枝叶和花朵比例失调，画面很平淡，没有视觉冲击力。搞艺术的人呀，精力有限，官职上去了，艺术水平自然而然就下降了。有人随声附和。

正在陪外地名家参观的田宏，再也听不下去了，冲上前，气急败坏地吼道，你们看懂这幅画了没，就瞎评论。这叫啥？这叫创新。创新，知道不？每个画家，只有不断地超越自己，才能提升。

年关越来越近。江明与老婆桂莲到街市买年货，提着装有瓜子、花生、葡萄干的塑料袋子，谈笑风生间，遇到了赶集上市的田宏。

田宏，最近见到耿老师了吗？江明提了袋刚买的瓜子，让田宏吃。

田宏摆摆手，没见，上周他还给我来电话，说他单位想组织职工到咱县凤凰沟红色基地参观，让我帮忙联系。你看这个耿淑春，总是给我添麻烦。

你现在直呼耿淑春名字了，连耿老师都不叫？

啥耿老师？我俩都是朝霞市美协副主席，平起平坐。你说，现在的情形，我咋叫他老师，是他教我，还是我教他呀！

哦？！江明心里不由得一愣。看着眼前这位趾高气扬的田宏，江明突然想起大兴安岭林海有一种变色鸟，不时地变换着羽毛的颜色来伪装自己。田宏，不就是一只活脱脱的变色鸟吗？

五年后，朝霞市美协再次换届，副主席名单中，不见田宏。

原载《教师报》2022 年 7 月 13 日

桃果村

殷贤华

桃果村，顾名思义，因盛产桃果而得名。整个村山上沟下，土里田外，都种满了桃树。桃果村人栽种桃树的历史很悠久，村口那棵枯死风干的老桃树，据说已有好几百年的历史。这里的桃果品种也繁多，黄桃、毛桃、油桃、蟠桃等，应有尽有。

今年，桃果的成熟期又快到了，漫山遍野的桃果红里透白、白里透亮，发出诱人的光芒。张老支书叼着老烟袋在村里转悠，不禁又喜又忧：喜的是又逢上大丰收年，忧的是桃果的销路。因为桃果村地处穷乡僻壤，交通不便，这里的桃果销售渠道窄，价格向来便宜，因此桃果村人并不富裕。

张老支书正一筹莫展，在外出差的村委会李主任和村会计小霞回来了。李主任兴冲冲地说："这回我们到大城市考察长了见识，受到启发，想出了一个推销桃果的好办法。"

不等张老支书发问，小霞就连珠炮似的说："我们可以举办一个桃果节，邀请各地水果经销商来洽谈生意。当然我们还要邀请各类媒体来宣传，扩大影响……"

张老支书认真听完，紧皱的眉头终于舒展开来。他笑呵呵地说："还是你们年轻人脑筋活络，有办法，我支持你们！马上召开村民大会，干部群众一起商量怎么干！"

说干就干，村民大会趁夜召开。听说要举办桃果节，村民们都觉得很新奇，很兴奋。大家七嘴八舌地出主意，会场闹哄哄的，都不知道听谁的了。正乱着时，村里的"赛诸葛"阿强举着一个小喇叭吼起来："大家静一静，我出一个主意，我们举办桃果节，必须充分发挥村里女孩的作用！车展要火，必须有车模；

房交会要火，必须有房模；我们的桃果节要火，必须有桃模！"

桃模？大家你看我，我看你，稍愣了一下，都不禁点头叫好。村里桃树婀娜，桃果味美，桃花飘香，或许因为受了这滋润，村里的女孩都别有一番风姿。这次当桃模，那可真是派上了用场！

"好！村里的女孩全部当桃模！在外面打工的，全部喊回来，为村里争光！"张老支书一锤定音。

"如果女孩不够，少妇、半老徐娘也要上！"李主任一句补充，逗得大家哈哈大笑。

经过紧张筹备，桃果节终于隆重开幕了！因为这活动得到乡里甚至县里的支持和宣传，桃果村吸引了好多远道而来的客人：除了水果经销商，还有各级领导、媒体记者，数不清的游客，甚至还来了几个文化采风团。

望着村里一望无垠的桃林，客人们不禁心旷神怡；看着树上挂满的鲜香欲滴的桃果，客人们不禁垂涎三尺。然而，令客人们真正呼吸急促、心跳加速，把眼睛睁得比铜铃还大的，是树下一个个摇曳多姿、风情万种的桃模！

这些桃模大都黑发齐腰，身若桃枝，胸若桃果，面若桃花，没有涂脂抹粉，没有矫揉造作，是一个个自然态的清纯玉女，是一个个原生态的美人坯子！客人们在城市里阅美女无数，已经审美疲劳，今天见到这天仙般的桃模，感觉是那样地震撼！

一下子，桃模们被围得水泄不通。长枪短炮对准她们，各类游客都有无穷的问题和她们交流，都想揭开这神秘的面纱——

"你们太漂亮了，请问这和长期吃桃有关吗？"

"请问你们从不用化妆品吗？"

"你们都拥有魔鬼身材，请问有什么秘诀吗？"

"你们有兴趣做演员吗？"

"我想请你做我的企业形象代言人，可以吗？"

……

这边热火朝天，那边的桃果销售无人问津。桃果节结束，桃果村的桃果销售跟去年相比差不了多少，气得张老支书一阵咳嗽，差点背过气去。

　　令人意想不到的是，桃果节没有把桃果捧红，却把村里的桃模们捧红了。一张张迷人的靓照出现在电视、报纸、网络上，桃模们的生活从此打破了宁静。桃模们有签约当影视演员的，有签约唱片公司的，有签约当时装模特的，有签约品牌代言的，不一而足。好多记者、商家、导演、文化经纪人来到桃果村，都不想离去。

　　没过多久，桃果村建起了桃模影视基地、桃模旅游文化基地，成立了桃模文化公司，公司下设模特队、农家乐、休闲中心等，桃果村人的腰包逐渐鼓了起来。至于桃果好不好卖，连张老支书都不是很关心。

　　根据大家的意愿，桃果村后来更名为桃模村。

　　　　　　　　　　　原载《青年文学家》2022 年 7 月上半月刊

72 层砖的墙

莫小谈

"1，2，3，4……"猴子盯着面前的那一堵墙，数墙砖，总共 72 层砖。再往上是电网，交错着几条高压线。

耳目发现了猴子的异常，转头向我报告，说："猴子有阴谋。"我请耳目坐下说话，他咽了一口唾沫说："队长，我怀疑猴子有阴谋，他要越狱。"

"越狱？"我不禁惊出一身冷汗。

"是的，猴子要越狱。"耳目怕我不信，又说，"队长，猴子每天放风时，都会盯着院墙看，嘴里还不停地数着数。"

"数什么？"

"数墙上的砖。"耳目说，他特意留意了一段时间，并随着猴子的目光转换着视角，结合猴子的口型，他断定猴子是在数墙上的砖层。

我随即查阅了猴子的档案——故意伤害罪，刑期两年半。

猴子伤害的是梁大佐，他的邻居。梁大佐家建房，将一溜儿院墙垒到猴子家的宅基上，他哪肯让步，一来二去，两人就杠上了。族里人出面调停，梁大佐就胡搅蛮缠，前三皇后五帝地往前翻旧账，把祖上八辈的破事儿都抖落出来，歪理摘下一箩筐。族人们一时也捋不出眉目，只好撂下。难怪，当事人都化骨成灰了，谁还能说得清。

案发当日，梁大佐酒后装醉，跑到村头跳脚骂娘。猴子是孝子，听不得这话，于是冲出去朝梁大佐头上擂了一拳，耳膜穿孔，是轻伤。梁大佐这回可逮住了理："我梁某人被猴子开了瓢，以后还咋在溱水河一带混？"横竖就那一句话："不和解，公事公办，判他几年是几年。"

猴子憋着一肚子气，悻悻地进了监狱。

按说担这罪名的人不会干出啥大事儿，用"过来人"的话说，"三两场雪的事儿，打几个激灵就过去了"。但既然得了线报，作为监区队长，我还是提起万分警惕，于是打电话向猴子的村长了解情况。村长说："猴子是泥瓦匠，常年垒房砌墙，前段时间右脚还在工地上受了伤，平时走路看不出来，就是掏不了大力气。"村长以为是为猴子减刑，就使劲儿美言，说猴子是个老实人，被捕时说的"出来就给姓梁的放血"那句话是气话，不能当真。

听完村长的介绍，我心中大体有了尺寸，但村长口中的"老实人"不能当作排除他预谋越狱的依据，老实人往往办大事儿，何况他还说过"给姓梁的放血"的话。

我想，是时候会会这个"老实人"了。于是，我把猴子叫到办公室，开门见山地问他会啥手艺，他嘟哝半晌才说会砌墙。我压着嗓子，故作深沉地问他会不会爬墙，他不假思索地说："会，从小就会，村里人谁还不会爬树翻墙？"

"你是泥瓦匠？"

"是。"

"砌过墙？"

"是。"

"砌墙用砖不？"

"用。"

"一块砖有多厚？"

"五分半吧。"

"那砌一堵72层砖的墙，有多高？"

"加上沙灰，差不多四米吧。"

"加上电网呢？"我追问他。

猴子好像意识到什么，头上一下子沁出汗珠。我又问他，想家不？他说想，紧接着就使劲儿摇头，像拨浪鼓似的："不，不想，不想家。"

我起身离座，故意在他面前踱步，找一个恰当的时机，抬手指着窗外的高墙问他："你想没想过，不走大门，从那里爬墙出去？"猴子急了，他一边擦汗，一边不住地赌咒发誓，说自己从没动过翻墙的念头，否则天打五雷轰。或许，他认为赌咒是自证清白最好的方式。他终究是个"老实人"，绕了一百圈也没有卡到正点上，无法证明自己不具备越狱的基础。其实，我内心早已有了基本的判断，村长不是说了吗，猴子的右脚因伤掂不了大力气，连走远路都费劲，怎么可能会越狱？但我需要他给我一个合理的解释，为什么每天要数墙砖。

"我不是在数砖。"猴子说，"我是在数天。"

"数天？"

"是的，在数天。"猴子说，他是泥瓦匠，当然对墙砖很敏感，刚转到我监区的那天，他就发现高墙上的砖共有72层。从那天算起，离他刑满释放整720天。"我就天天数砖，每隔十天就用目光在一层砖上刻个印记。"猴子说，等把72层砖全刻完了，他就可以晒大墙外的太阳了。

这次谈话使我彻底排除了猴子的"越狱"嫌疑，但也同时发现他的另一个心结，令猴子始终耿耿于怀的还是梁大佐，说他姓梁的侵犯我家宅子，还跳脚骂娘，兴他欺负人，就不兴我反抗？"盖在我家的那一堵墙还在，堵心，咽不下这口气。"猴子说这话时，满眼仇恨。

从那日起，我觉得如何让猴子顺下这口气，非常重要。当然，这难免会费一番周折，不过没关系，我已经交给村长操办了。具体操办的细节如何，村长没说，我也没有问，只知道猴子出狱时是梁大佐过来接的，他还为猴子准备了一身新行头，从头到脚，全套都是新的。猴子起初不要，大步朝前走着，梁大佐就一路小跑紧随其后，一直哈腰追在他的屁股后面。两人拐了个弯儿，走出了我的视线。

后来，我曾偶遇过一次猴子，问他现在忙啥呢，他说岁数大了，早干不动泥瓦匠了。聊到健康状况，他说现在身体不错，脚伤也慢慢好了。我打趣他，能爬墙不？他咧嘴嘿嘿一笑说："能爬也没墙爬了，大佐在我回家之前就把那堵墙拆了，如今两家小院拢成一个大院落，孙辈们满院打圈跑，敞亮得很呢。"

原载《啄木鸟》2022 年第 6 期

爆 花

梁　刚

儿子成了众人眼中的学渣，这是王莉没料到的。都说儿子遗传妈，但王莉是个学霸，985大学的硕士。即便基因遗传出现错误，也不该走得太远。

但儿子偏偏就偷工减料了，就少了好学、勤奋的染色体。从小学到中学，儿子一直与王莉对峙着，学习成绩始终保持全班第一，只是王莉在这头，儿子在另一头。这种极端，仿佛太极的阴阳，让王莉喟然长叹。

真是奇迹！——这是王莉常挂在嘴边的一句话——又是不及格。这道题目已教你N遍了，怎么还是错？或者说：复习时，看你都懂了，怎么一到考试又都忘了。你这个脑子是不是设置了删除程序？

王莉常对同事说：说他笨吧，他三岁就能背几十首唐诗，学前就识五百来个汉字。但读书后，他突然就一泻千里，啥都不会了。小时候沉迷在自己设想的"恐龙战队"里，大了就偷偷玩"死亡游戏"。

眼看就要中考了，王莉非常认真地对儿子说：你读书不是为了我，是为你自己，读书好了，你的人生就能多一次选择，这是给自己机会。

儿子抬头看一眼王莉，说：看你认真的分上，我也认真地对你说，我不需要这种选择。我已经有了自己的选择。

王莉顿时紧张起来，问：你想怎么选？

儿子从妈手里拿过手机，非常熟练地在屏幕上划拉了几下，选出一段抖音视频，说：看看这段。

王莉接过看了一下。抖音录制了一名地铁流浪汉，他自称自己也是一名大学生，还是媒体记者，但他厌倦了职场，便选择四处流浪。按他的话，只要不偷不抢，任何一种生活方式都是平等的，并没有高低贵贱之分，而虚度，恰是生命的最高表现形式。

王莉看了尚在发呆，儿子却理直气壮地说：你不用担心我，我也可以像他一样，做个自由的乞丐，浪漫而刺激。

王莉顿时警觉起来，说：这完全是哗众取宠的制作。对，虚度也许是人性的一部分，但不是全部。如果每个人都在虚度中生活，那这个民族离灭种就不远了。强大，才是任何一个民族的生存法则。

儿子扭过头，鼻子哼了一声说：我不管什么民族，我是个小人物，我只为自己活着。

那一次谈话的结果，自然是不欢而散。

之后的一天，王莉买来四盆三角梅。儿子见了就说，我来帮你搬。

好。王莉应道。她抬眼看一眼儿子蹿高的背影，心想：儿子干活很勤快，以后做点体力活也能养活自己。但她还是希望儿子有更好的成长空间，就问：养花喜欢吗，儿子？

儿子放下花盆说，喜欢。

王莉说：那这四盆花，我们各养两盆。明年春季，看谁的花开得好。

好。儿子爽快地答应了。他喜欢做除学习之外的任何事情。

然后，他们就各自打理自己的花了。

儿子查了电脑，知道三角梅喜欢水和阳光，不耐寒，其他并没什么特别。

但第二年春季，王莉打理的两盆三角梅，爆花了。而儿子养的三角梅，却郁郁葱葱，长满了叶子，花却少得可怜。

儿子奇怪了，就问王莉，同在一个院里养花，为什么我长叶子，你爆花？

王莉笑说：为什么？想知道答案吗？

当然想，儿子说，肥料我没少加，光照也充足，又没干到它，但它就是懒花。

王莉说：三角梅喜欢水和阳光。但水分充足了，它就会"懒"在成长期，形成懒花，在这个舒适区里，它拼命长叶子，把自己茂盛得一塌糊涂。逍遥够了，才稀稀拉拉开几朵花。在舒适区虚度时光，不仅是人的本性，也是三角梅的。但我给它控水，让它干到叶子凋零，生存面临危机，它便迅速进入生殖期，以大量开花的方式来谋求再生。这时如果施肥得当，加水适中，再加上阳光充足，便会爆花。另外，还要给它修枝，除了木本部分，其他统统剪掉。

儿子听得很仔细，问得也仔细：什么是木本部分？

就是主干部分，已经老了的那部分，就像你学习的主课，其他的电脑游戏等统统必须修剪掉。

妈，儿子打断道，讲养花就围绕主题，别旁敲侧击行吗？

王莉说：这两者之间的道理是一样的。爆花，美丽的是自己。儿子，给自己一次美丽的机会吧，人这一辈子不长，美丽更不多。

好吧，我想想。儿子道。

那一年的夏季，儿子给王莉发来一条微信：妈，我爆花了，我没想到自己也能考上重点高中。

王莉看了嗓子突然一堵，眼泪顿时"暴"了。

原载《羊城晚报》2022 年 1 月 19 日

打硬盖

刘洪文

初春的风像小刀子一样，刮在脸上生疼生疼的。山坡上的积雪被风一吹，表面便硬如石头，人们把这种雪叫"硬盖雪"，把这样的季节叫"打硬盖"的季节。

阿铁本来没打算进山打硬盖，可是到了这个季节不进山总觉得缺点啥，而且家里的食物也着实不多了。看看孩子瘦得头大如斗，阿铁便把心一横。

"万一我回不来，你就带着孩子走吧。树挪挪死，人挪挪活，走得远一点儿或许日子好过些！"阿铁叮嘱女人。

打硬盖也叫冰壳猎，是长白山地区猎人经常进行的一种狩猎活动，也是这一带最为独特的狩猎方式。寒风把积雪表面抽硬了，形成一层厚厚的硬壳。人在上面走、跳、跑，如履平地。可是狍子们却不行，它们的蹄子是尖的，一旦踩在这种雪上，咔嚓一声，就会陷下去，肚子紧贴在硬壳上，四条腿咋也拔不出来，只能坐以待毙。

此时，冬雪初融，房檐前的冰溜子已经有一尺多长了。这是进山打硬盖的最佳时机。房檐流水是判断天气、准确计算上山时机的古老定律。人改变不了规律，便要遵从认知。否则，就会被这茫茫大山所吞没。

阿铁带上猎狗阿黄，这是他最好的帮手。阿黄细腰前倾，聪明绝顶，是一条好猎狗。这些年追兔子、撵狐狸、斗土狼，给阿铁立下了汗马功劳。如今，闲了半个冬天，第一次出来，阿黄显得有些兴奋，不住地前蹿后跳着，一会儿工夫就跑出去老远。

阿铁穿着厚厚的棉衣，背着简单的行囊和差不多够吃五天的苞米面大饼子，腰里挂着油墨发亮的酒葫芦。这是当地猎人的标配，阿铁也不例外。

阿铁是从北面上的孤顶子山。山北面坡陡,背风积雪多,杂树丛生,温度也相对低些,更容易找到适合捕猎的山场子。

走了近一天的路,阿铁有些累了,于是,他找了个半截树桩做依托,因地制宜,盖好了雪棚,这是打硬盖的必需步骤。做完这一切,阿铁从怀里摸出冻得硬邦邦的大饼子,开始了一人一狗的晚餐。

阿铁选择在这里宿营是有目的的。前面不远处的丛树间有个谷口,山风把这里的雪吹得很薄很薄,这是狍子觅食的最佳场所。而对面的山谷里便是厚厚的雪窝,只要把狍子朝那里赶过去便大功告成。

阿铁举起酒葫芦,仰脖灌下一大口。白酒带着大饼子渣在喉咙间打一个转,热辣辣地撞下去,身子便暖了。阿黄安静地蜷在脚边。

次日清晨,启明星还没有完全隐去,阿铁便醒了。他发现有两只狍子出现在前面的谷口,狍子一大一小,一前一后,在林间拱着雪地寻食吃,它们应该是母子。这是个绝佳的位置,阿铁静静地观察着。

突然,阿铁在阿黄的背上轻拍一下,同时起身向雪棚外冲去。阿黄当然明白主人的意思,它的速度很快,如箭一般射出去,向山谷右侧包抄。

猎狗的吠叫声让狍子猛地一惊。可当它们明白过来时,阿铁和猎狗的半包围之势已经形成。两只狍子迅速向谷底冲去……

阿铁看了看狍子,只留下了前面那只大的。这时的阿铁忽然起了恻隐之心,这两只狍子让阿铁想起了在家守候的妻儿。他们的眼神是那样相似,这眼神让阿铁的心猛地一紧,仿佛被抓了一下。

阿铁把小的那只狍子抱出雪壳,放进乱树丛生的山林。小狍子看了一眼阿铁,向林子深处逃去。

"一只大的就够自己背下山了。"阿铁想,贪多嚼不烂,这也是一条命啊!阿铁回到雪棚,准备吃一口干粮再下山,从蛰伏到收拾猎物,一个多时辰早让他疲惫不堪了。

天光放亮时,风云突变。狂风夹着暴雪,侵袭而来。阿铁没有想到会遇上这种天气，他只好暂时留下来。

阿铁的心里有一种隐隐的不安……

冰壳猎最重要的是计算好时间。一旦大雪封山或是提前开化，谁在这里都寸步难行，最后只能和猎物一样成为大山里的困兽，被活活地冻饿而死。

大雪一下就是三天三夜。苍苍茫茫间掩盖了整个世界，山林、村庄和野径，也阻断了这个世界里一切的通联。

十多天过去了，阿铁还没有回来，村里人知道怕是遇上事了。

当积雪融化，人们结队上山寻找，却发现阿铁只剩下一副白花花的骨架。他的尸体已经被山上的野耗子啃干净了。旁边尚有两副骨架，一副是狍子的，一副是阿黄的。在离得更远一点儿的地方，人们发现了另一只狍子的骨架。

大家说："阿铁也许是死于贪心。他想带走两只狍子，最终延误了下山，结果一只也没带回来！"

只有阿铁的女人不信这种说法。她说："阿铁从来不贪心，以往不贪，这次也一样不会贪。他只是运气不好，遇上了骤然发生的暴风雪！"

大家摇头叹息。没人知道，那后面的一只狍子是舍不得离开母狍，才丧命于狂风暴雪之中的。

山谷间增添了一块新的坟丘。女人采一把野花摆在坟前，口中喃喃："打硬盖，猎冰壳，生也难得，死也难得。若有来生啊，遇见我，莫忘回头，回头陌陌……"

原载《小小说月刊》2022 年 4 月刊

大地上的花朵

顾晓蕊

在我的书房里，存有一幅水彩画，带着童稚的真纯，静静地躺在抽屉里。深秋的一个黄昏，我又翻出那幅画，细细端详，不觉唇角微扬，浮起一抹浅笑。

画中，盛开着几朵小花，淡雅、素朴。它们不同于温室中的花朵，长得泼泼实实，乍一看，并不起眼，在田野地头间随处可见，是大地上绽放的花朵。

我一直珍存着这幅画，是因为，在画的一旁，写有一行字：送给阿姨妈妈。

那个送给我画的小女孩，六七岁的样子，宛如长在乡野间的一朵小花。相隔这么多年，我仍清晰地记得她的模样。她稚嫩清秀的脸庞上，有一双清透如水的眼眸，像汪着一潭水，透着一股子灵气。

初次见到她，是在多年前的那个夏天。那时，我还住在城西的老房子里，小区的附近有个菜市场，空闲时，我喜欢去那里逛逛。

那是一个夏日的清晨，我走到菜市场入口处，见有位白发似雪的老婆婆，推着一辆破旧的三轮车，车上堆着些新鲜蔬菜，有位小女孩跟在车后面，伸出小手在用力推车。

走了几十米后，小女孩敏捷地跳到摊位旁，麻利地卸菜、摆菜。那些青碧水灵的蔬菜，一看便是刚从地里采摘来，还沾着泥土和露水的清新气息。我赶紧凑上前去，想挑选些新鲜蔬菜。

菜摆上摊位后，老人掏出一杆秤，吆喝着卖菜。小女孩拍拍手上的土，随即从书包中掏出书本，身子伏在旁边的水泥台上，埋头写起作业来。

我上前选了些菜，过秤，付钱，然后转身欲离开。我下意识地转头，看向一旁的小女孩。她身上穿着一件碎花衫，皱巴、破旧，袖口处撕开一个大口。蓬乱的头发，被随意扎成羊角辫，她歪着脑袋写作业，小辫子一晃一晃。

她似乎觉出我在看她，抬头，冲我羞谨地笑了笑。她那双稚气的大眼睛，笑起来如一弯玲珑的弦月，是那么纯净清亮。我也回之一笑，而后，拎着菜快步走开了。

随后的几天里，不知为什么，我常常会想起她，想起那亮弯弯的眼睛。

再去菜市场时，我会有意拐到那个摊位前，买一些鲜灵灵的蔬菜。有一天傍晚，我又逛到那里，已是暮色渐拢，老人的菜没卖完。我爽快地说，剩下的菜，我都要了。

老人欢喜地连声道谢，小女孩听到后，蹦跳着走过来，边机敏地帮着装菜，边一个劲地冲着我笑。我偶一低头，瞥见她上衣袖口的破洞，像一个大张的嘴，心头闪过一丝酸涩。

老人看着装好的两大袋子菜，慈声说道：这么多菜，拎着挺沉的，我推着车，帮你送上门吧。我忽地想起，家中有些女儿的半旧衣服，可以送给小女孩，便对老人讲了，她又是一番道谢。

随即，她二人推着三轮车，跟我来到小区。小女孩在楼下看车，老人非得帮我拎着菜，跟我一道上楼。我整理了几大包旧衣服，微笑着递给老人时，顺便跟她聊了起来。这才知道小女孩名叫小花，老人是她的奶奶。

老人神色陡然一沉，满脸凄苦地讲到，儿子和儿媳长年在外打工，三年前，一个寒冬的夜晚，他们乘坐大巴回家过年，遇上突降大雪，车开到山路拐弯时，翻进路边的深沟，两人不幸遇难。

那年孙女小花刚三岁，一夜之间变成了孤儿。那个清冷孤苦的春节，老人不忍告诉她实情，只将她紧紧揽在怀里，说等她再长大些，爸妈就会回来的。

老人平时种些菜，卖菜贴补家用，在乡邻的帮衬下，日子勉强过得去。老人苦撑苦熬着，转眼间，小花六岁多了，已经上了小学，赶上学校放暑假，就跟她一起去卖菜。老人长叹了一口气，凄哽地说：这孩子……命苦啊！

我听得湿了眼眶，蓦然间，心中腾起一股复杂的情绪，如浪潮般涌来。

过了几天，我又来到菜市场，走到老人摊位处，选了些小青菜。老人的皱纹间淌动着笑意，将称好的菜递给我，热情地说，你掂好喽，慢走哦。

我笑着转身，向前走了不远，只听身后传来一阵急唤：等等……等我一下。

我驻足回望，见是女孩追了过来，许是跑得快了，她的脸颊绯红。到了跟前，她微扬起头看着我，晃了晃手里的纸说，阿姨，这是我送您的画。我抬手接过画，望着她花瓣似的小脸，竟有些愣怔住了。

她眨动着清澄的大眼睛，怯怯地说，阿姨，我……能不能喊你一声妈妈？

我满脸惊惑，一时间倒不知怎么回答。她轻咬下嘴唇，低声对我说：是这样的，妈妈走了很久，我怕有一天，忘了怎么喊妈妈了。

我想起老人说过的话，勉强挤出一抹淡笑道，待你长大，爸妈会回来的。

她垂下头，声音倏然变得很低，仿若低进尘埃里：邻居婶婶来家里，跟奶奶在屋里说话，我都听见了，他们永远回不来了。当她再抬头时，长睫毛上，有莹亮的珠泪。顷刻，成串的泪珠顺着她的小脸滚下来。

我心里兀然一痛，身子因激动而微微战栗起来。她抬起胳膊，用衣袖往脸上飞快地抹了几下。片刻之后，她乖巧地凑上前，脆声喊了一句：阿姨妈妈……话刚落下，她披着满身轻盈的阳光，扭身跑开了。

她充满童稚的声音，如一滴清凉的露珠，滑落进我的内心深处。我怅然地站在那儿，心中漫起一阵阵温热和酸楚，嗓子像被哽住般说不出话来。

我不由暗思，未来的日子，她想不到，还很遥远，甚而遥不可及。但是，这一场山水人生，多少辛苦挣扎，无数寂寂长夜，她终究要独自面对。

唯愿多年以后，她还是那个她，一个清澈如水的自己。

原载《脊梁》2022 年第 1 期

风信子　雨信子

涅　青

　　五月的天气明媚而舒畅，空气里流动着百合的香气。郁青卡着下班的点儿，匆匆地回到了离单位不远的房子，利用午休的时间，整理心爱的盆花，这是她搬了七八次家才租到的公寓，十来平米的房子，狭小而整洁。

　　推开窗，橘色的光线一下子铺满了窗台，她的脸上露出了笑容。离开父母三年了，独立自主的生活冷暖自知。她的风信子，蓝紫色的花瓣，螺旋式向上，透着生命的活力。她沉浸在花色中，洒水壶的水越洒越多，全然没发现楼下已是"雨霖铃"了。

　　果不其然，从楼下传来了一个男声："楼上的，你家是水帘洞吗？没长眼哪？"郁青吓一跳，连忙赶去楼下，门开了，一个大小伙子正愠怒地站着。她连忙赔不是，他手上的白衬衣已沾上了泥渍。他说："刚洗的，你说怎么办吧？"郁青说："对不起，我帮你洗。"那男的黑着脸说："我马上要去开会，风信子，你叫什么名字？"没想到他居然喊她花的名字，郁青懊恼地说："我，我叫郁青，1058，你呢？"1058是他的房号，那男的说："雷驰钧，科建工的，麻烦你了！"说完，递给她衣服要走，郁青见他没有发火，暗自庆幸。

　　回到家，她边洗着衬衣，边想着他说是科建工的，那可是市里有名的科技公司，青年才俊的聚集地。想着他"凶凶的样子"，她可惹不起，认真地洗着衣服。

　　过了两天，衣服晾干并熨好了，晚上她送下楼去，雷驰钧开了门，她递上衣服。他看了看，惊诧地说："洗得这么干净？"她说："纯手洗。"他说："现在喜欢手洗衣服的女孩还真少。"她说："我错在先嘛。"雷驰钧说："能不能麻烦你再帮我洗两件衣服，我实在没时间。"得寸进尺，郁青错愕极了，嘴上不饶人：

"你以为你是谁，把我当钟点工？"他说："人尽其才嘛。"她恼了："变态，自私，虚伪，你是这种人！"说完，扭头就走了。

她再也不想理他了，日子按部就班过着。早上，郁青喜欢化个淡妆，明朗的天气配上清爽的妆容，她愉悦地去上班了。工作的节奏马不停蹄，忙得脚不沾地儿。公司江总让她接待一个合作方，特地强调了对方业务的重要性。她精神抖擞地去迎客，一行三人，西装笔挺地出现在大门前。郁青倒吸了一口气，没想到，雷驰钧赫然在里面！看他那派头，可不是一般的人员，是技术代表，她心里打着小鼓，招呼他们上楼。雷驰钧看到她也愣了，惊呼一声"风信子"，她心里嘟囔着"活久见"，但脸上不得不强颜欢笑地说："这边请！"把他们带进会议室，简单地寒暄后，雷驰钧做了专题的讲解，翔实而专业，听得江总连连点头。而郁青如坐针毡，开完会，回到办公室，她把资料一丢，说："真是冤家路窄！"

带着厚厚的设计方案，她回家仔细研究了资料，如果不带感情色彩，她完全信任方案的专业性，可想到雷驰钧，她心里不爽。这时，手机突然响了，是江总打来的，要她明天一早赶到瞿城出差，盯住项目进度。她急忙订最早的航班，收拾衣物，然后才想起她的宝贝疙瘩——风信子怎么办？七天不在，热天毒日的，晒死了，她想找隔壁帮帮忙，可邻居是个半聋的老人，说半天也听不懂。

无奈，她端着花盆到楼下去，等雷驰钧开门后，她说："1058，来而不往非礼也，我出差，我的宝贝疙瘩，麻烦照看下。"说完，她把花盆递给他，雷驰钧不得不接过花盆，刚要解释说"我不行"，她转身走人了。

在瞿城，风里雨里地守了七天，她拖着行李箱，才风尘仆仆地回到自己的小窝，洗了个热水澡，泡了杯热茶，舒服地坐在沙发上。到了晚上，她去楼下敲门，雷驰钧看见她，吓了一跳，说："什么鬼？又黑又瘦？"她没管那么多，说："我的花儿呢？"他愣住了，拍了一下脑门门："糟了，我忘了。"急忙到阳台上一看，可怜的花儿全枯死了。郁青气得发抖，大声说道："你不会浇水吗？简直不负责任！"雷驰钧说："对不起，我赔你一盆。"她说："我养了一年，付出了感情和精力，你赔得起吗？"说完，她花盆也不要了，赌气回家了，把音乐放得很大声。

隔了半个小时，有人敲门，她去开门，雷驰钧站在外面，手里拿着一盒德芙巧克力，说："风信子，别气了，人都瘦成这样了，还惦记着花，同是天涯沦落人，我送你这个补偿。"她看着他，没好气地说："我没房子没车子，一天工作 12 个小时，风信子是我唯一的慰藉，你懂吗？"他说："我懂！但人比花更重要！所以，更要爱惜自己。"背井离乡，第一次听到这样的话，她鼻子一酸，有些委屈，发现自己失态了，便把门关上了。雷驰钧呆呆地站在门外。

没多久，江总拍板定下了合作方，德沃公司成功入选，雷驰钧的名字变成了材料里常见的名字。拥挤的城市，每天人潮攒动，和谁相遇，无法预料。窗台上，他新买的风信子，蓝紫色透着幽光，迷幻的色彩就像郁青的心情一样。

到了年末，优秀的业绩让单位每个人都很开心，郁青也舒展了紧皱的眉头，脸上露出欣慰的笑容，而她的手机上有一段话："风信子，让我做你的雨信子，永远陪着你，好吗？"落名是："雷驰钧。"

原载《当代文学》2022 年第 2 期

张公亭

肖曙光

张郑庭来都梁城赴任，也不坐轿，骑一头瘦瘦的黑驴，由仆人牵着，嘚嘚地走在青石板路上。后面跟着十辆大车，车厢里装着一个个大樟木箱。箱子很沉，车子的木轮压着青石板路面嘎吱嘎吱响。

到了县衙，张郑庭让衙役们来搬箱子。四个衙役搬一个箱子，累得他们龇牙咧嘴，气喘吁吁。张郑庭嘴里嚷道："慢点！慢点！"

十个大箱子搬进一间屋里，每个箱子上了一把铜锁，又在大门上挂了两把大锁。钥匙由张郑庭自己保管。门口站俩衙役，日夜看守。

箱子装的啥东西？要这样严加看守。衙役们探头探脑很好奇，张郑庭呵斥道："好生看护，不得有闪失。"

到底是啥呢？银子还是珠宝？只是他一个刚上任的县令，哪来这么多东西？或许是从其他地方搜刮来的吧。"一年清知府，十万雪花银。"当几年县令，哪个不挣得盆满钵满的。离任时，金银珠宝要装好几车。就拿都梁城来说，前几任县令巧立名目收礼：生日要送生日礼，商铺开业要送开业礼，离任要送告别礼……总之，名目繁多，让商铺掌柜们苦不堪言。

"看吧，等他离任时，也会装十车金银财宝。"有人语气肯定地说道。

"恐怕不止，"一个人把手掌翻了两下，"是这个数。"

"听说，他是两江总督于成龙的得意门生。"另一人撇撇嘴说，"于大人一生清廉，有这样一个学生，真是有辱师门。"

这天，绸缎铺邵掌柜偷偷给张郑庭送来五十两银子。"不成敬意，望笑纳。"祝贺他新官上任。

没想到，张郑庭把银子扔给他，拍着樟木箱子对他说："这里面都是些值钱的东西，我还在乎你的银子？"

邵掌柜是见过世面的人，从箱子发出沉闷的声响判断，里面装着满满当当的东西。如果是银子，他粗略算了一下，一个箱子能装下五千两银子，十个箱子就是五万两。如果是其他财宝呢，就不止这个数了。

张郑庭有钱，但他拒收银子的事，让邵掌柜百思不得其解。哪有不吃腥的猫，虽然只有区区五十两银子，但那也是钱啊。过去的县令一两银子都会笑纳。邵掌柜由此断定，张郑庭是嫌他银子送少了。

邵掌柜跟其他掌柜一说，个个叹息不已。

转眼就是张郑庭的生日。邵掌柜和几个掌柜商议送生日礼的事。到底送多少银子？就在掌柜们莫衷一是时，邵掌柜说："县令大人胃口大着呢，区区几十两银子看不上的。"最后，决定各个商铺送一百两银子。

掌柜们把银子送到县衙，正赶上张郑庭指挥衙役们往屋里搬一个樟木箱子，那箱子又是沉甸甸的。

张郑庭拍着箱子说："有人赶在你们前头了，你们呀，不要送了，回吧。"

掌柜们面面相觑，看来张郑庭是嫌他们送的银子少。

也罢，既然有人给他送厚礼，掌柜们也乐得省心。

县衙里箱子日渐增多，掌柜们送的礼张郑庭一概不收。他把箱子拍得山响，一副财大气粗的模样。渐渐地，掌柜们不再为送礼的事烦心，安心经营生意，都梁城变成了商贾云集的富庶之地。

这年，遇上水灾，灾民从各地蝗虫一样涌进都梁城。张郑庭用朝廷的救济款，在四个城门开设粥厂，赈济灾民。

无奈灾民太多，粥厂开设月余，眼看救济款就要告罄。灾民们人心惶惶，掌柜们也惊恐不安，担心一旦断粮，灾民们就会哄抢商铺。

衙役把情况告诉张郑庭，他淡淡一笑，拍着箱子说道："怕啥？"衙役望眼屋里满当当的箱子，听出张郑庭话里的意思，诚惶诚恐的心里顿时有了底气。七天后，洪水退去，救济款也刚好用完。由于没有断粮，灾民无一人饿死，商铺的生意也没受损。

经此一事，都梁城的百姓知道，张郑庭箱子里的东西，居然还能稳定人心。

这一年，张郑庭离开都梁城，去另一个地方赴任。临走前，他把钥匙交给衙役。衙役以为要把一屋子的箱子搬走，心里既嫉妒又气愤，不想张郑庭说："这些东西本来就是这里的，还是留下来吧。"

衙役很惊诧，这么多金银财宝就不要了？打开一看，竟然是一箱箱的石头。这些石头是离都梁城不远的雪峰山上产的青石。

张郑庭骑着瘦瘦的黑驴，行走在青石板路上。背后繁华的都梁城里人声鼎沸，车水马龙。张郑庭心里一阵轻叹：恩师，下一个地方又该如何治理呢？

邵掌柜他们赶到县衙，看见那些石头，刹那间什么都明白了。

他们用这些石头，修建了一座亭子，取名张公亭，耸立至今。

原载《文摘周刊》2022 年 5 月 27 日

铜锣糕的烦恼

周建新

一个中年男子走进仙霞市周百通解闷所，在周百通办公桌对面一站，皱眉愁容，问："您是周百通大师吧？"

周百通是仙霞市顶有名的心理咨询师。"嗯，请坐。"他客气地打着"请"的手势说，"请问需要我做什么？"

中年男子坐到真皮沙发上开门见山道："有个烦恼快愁死我了，您这儿不是解闷所吗，需要您指点迷津给我解解闷儿！"

周百通和气地问："哦，婚姻、家庭、事业，还是……究竟哪方面问题？"

中年男子耷拉着脑袋答："都有！"

周百通在中年男子旁的沙发上坐下，倾听细说。

中年男子名叫刘雪军，是廿八铺镇顶有名的铜锣糕大王。他的烦恼全在铜锣糕上。

30多年前，刘雪军还是个廿八铺陆记铜锣糕铺的小学徒。陆记铜锣糕铺是古镇廿八铺响当当的百年老店，打清朝同治年间祖上陆起早开店算起，到当下的陆庆彦已传到第七代。能成百年名店必有独到之处。同样的料同样的工艺，全镇就陆记铜锣糕味最美，逢年过节送礼待客置办喜宴，方圆十里八乡谁不首选陆记铜锣糕并以之为体面。陆记铜锣糕的生意一直红火，从没冷清过。财源滚滚，照理陆庆彦应该高兴才是，可他却为无后不能传宗接代愁肠百结吃喝无味。陆庆彦的老婆肚子不争气，只生了两个女儿，女大出嫁便是别家的人，无子传宗接代，眼瞧着传了150多年的陆记铜锣糕铺就要在他手上掐断，不行！得找个入赘女婿接班传艺，入赘女婿半个子嘛。两个学徒中他看中了刘雪军，刘雪军聪明能干肯吃苦，若做他入赘女婿再好不过。不承想刘雪军正偷偷与他小女搞恋爱，陆庆彦把事一挑明，刘雪军便爽快答应了。之后一切都顺理成章，陆庆彦把真功夫传给了他，把小女许配给他，刘雪军就这样成了陆氏铜锣糕的第八代传人。可刘雪军啥都好，都让陆庆彦满意，就一样让陆庆彦担心烦心甚至后怕。后来发生的一切验证了他当初的忧患。

陆记铜锣糕虽名儿当当响，但产量极低，供不应求，要求多做多产多供的呼声不断。可陆庆彦充耳不闻无动于衷，每天只做20只，多一只都不行。这时刘雪军已做了陆庆彦上门女婿，算是一家人了，他动员老丈人多雇人多做多卖钱，却被陆庆彦骂了个狗血喷头。好像做多了就欺骗了顾客，对不住祖宗。

跟只认死理脑子转不过弯的老丈人没得商量。刘雪军一咬牙豁出去另立炉灶。他贷了款办了个铜锣糕厂，取名"仙霞市铿锵铜锣糕有限公司"。开业那天，陆庆彦硬着头皮被女儿拉去参观，瞧那机器叽里呱啦地搅拌，咕噜咕噜地吐出盘碟大的铜锣糕，再一只只放进像蜂窝煤似的小蒸笼里，推进大蒸箱。一次可蒸50只！陆庆彦粗粗一算，小半天他的店只能做五六只，而刘雪军的铜锣糕厂能做100只，我的天！这哪是做铜锣糕，这不是和孩童搓做泥粿子一般轻松好玩？铜锣糕能这样做吗？祖传的手艺不就扔了吗？陆庆彦想不通弄不明白，立马引发偏头痛高血压冠心病，刘雪军赶紧送他进镇卫生院急救。说来也怪，一离开铜锣糕厂陆庆彦像个没事人一样。刘雪军的铜锣糕厂里仿佛藏着妖怪恶魔，从此陆庆彦不再跨进一步，甚至路过时宁愿绕个大弯也不想近前。

女婿和丈人终于成了对手。一个是机械化大批量生产，成本低价格自然不高；一个传统手工制作，成本大自然价格水涨船高下不来。一镇两铜锣糕店，铿锵铜锣糕店看的人众买的人多，而陆记铜锣糕铺看的人多买的人极少。陆庆彦气得吹胡子瞪眼摔饭碗。老伴女儿都劝他：刘雪军只是提高产量，又没偷工减料以次充好，何必呢？

但陆庆彦压根儿受不了这气，终于病倒住院。刘雪军的妻子天天又哭又闹，缠着刘雪军想法子"救"陆庆彦。哪有啥办法，除非把铜锣糕厂关掉。幸好有人指点，便找周百通解闷所来了。

大师不是吹出来的，周百通听罢沉思片刻，便计上心来，唰唰地在便笺上写了几行字，递给刘雪军，说："我有一计，不妨一试。"接着又叮嘱道："不过要做得像演得真。"刘雪军拿过便笺一瞧，便喜色上脸点着头："妙！我咋没想到？"一高兴，给了周百通双份的"点子费"。

两天后，陆记铜锣糕铺的伙计带着一个客商来医院向陆庆彦报告好消息：客商看中陆记铜锣糕，欲签订包销协议。客商直夸陆记铜锣糕是正宗的好东西，所以价格一分不降。陆庆彦像打了一剂强心针，像个小伙掀被下床，一把握住客商的手，手颤眼噙泪道："您是我的贵人啊！"当场签约当天出院。

不久，人们发现刘雪军设在城里的门市柜上多了一个品种——正宗百年老店手工精品，价高得惊人，但仍有识货不吝钱的主儿。

可一直蒙在鼓里的陆庆彦终于有一天获知真相，一气之下以侵权之由将刘雪军告上法庭。刘雪军慌乱无措，又跑来向周百通请教。周百通笑道："这官司好，打吧。"翁婿对簿公堂，奇闻一桩，果然不论输赢，"陆记"和"铿锵"双双声名鹊起，比砸几十万元的广告还管用。这结局只有周百通一人想到。

原载《天池小小说》2022 年第 15 期

花　脸

相裕亭

花脸是一头牛，通体灰白，唯有面部，还有它的左胯上方，一直连到尾巴梢子那儿，有两片炭灰一样的黑。它的主人——张元一家，叫它"花脸"。其实，叫它"黑屁股"，或是"黑脸"，都是可以的。但主人叫它"花脸"。好像叫它"花脸"，它就显得很漂亮似的。

花脸是头小犊牛。

盐区这边，管三岁以下的小母牛，叫小犊牛。类似于女人没有出阁之前叫大姑娘。

但张元家的花脸，已经怀上崽了。

张元的婆娘炒豆子喂它，花脸误认为又要让它到后山拉石头。以至于张元赶车让它到南园拉白菜，一出大门它竟然奔着后山去了，幸亏张元扯紧了缰绳，硬把它拉扯到去南园的道上来。

盐区这边，地碱水咸。本地人家建房子，都要到后山拉些石头来砌地基，以防盐硝溻墙。张元家自从有了那头小犊牛，经常有人上门来问价儿（拉一天石头多少钱），张元总是说："给两瓢黄豆吧！"

当时，盐区这边已经开始从"互助组"往"农业社"过渡了。各家手头都不是太宽裕。张元跟人家要两瓢黄豆，一是那头小牛拉石头需要下力气，让它吃好草料，好强壮起来；再者，张元跟着牛车忙活一天，晚间到家，很想让女人端点黄豆去换块水豆腐犒劳一下自己。

当然，更多的豆子还是要在热锅里焙焦、捣碎，拌进草料里，让花脸吃下以后，好去后山拉石头，好孕育它腹中的崽儿。

花脸与张元一家都混熟了。

张元走到它跟前，不用喊呼它的名字，轻唤一声："走啊！"

那花脸立马就懂得要让它下田犁地，或是带它到后山拉石头。随即，它双膝点地，呼的一下，就站立起来了。

回头，犁地的间隙，或是拉石头行至半道上，张元会故意停下来歇息一会儿，以便让花脸反刍一下。

花脸吞食草料时，是囫囵吞枣似的裹进肚里的。这会儿，犁耙停在田头，或是牛车行至半道上，张元专门给花脸留出一个歇息的空当，让它把腹中的草料再返回到口中咀嚼一番。这个反刍的过程，对于花脸来说，是消化食物的一个至关重要的环节。如果不给它反刍的时机，让它一直那样耕田、拉车，它不仅会胀肚子，甚至会累趴在田地里。有时候，花脸过于劳累，反而没有力气反刍了。那样的时候，张元就很紧张！直至看到花脸腹中的草料，像个圆球一样，咕嘟一下，从它的脖颈间滚动上来，张元那颗悬着的心，才会落下来。

花脸的嘴巴挺馋。它反刍的时候，总是会偷吃旁边大田里的庄稼。张元瞪眼看着它时，它很乖，摇着个黑辫子似的大尾巴，半天一动不动的。一旦张元转身捧火点烟，或是向远处张望风景，它就会像个小贼一样，将嘴巴伸向旁边的嫩玉米，或是青豆苗。

那样的时候，张元会扯高了嗓门，呵斥它："花脸！"

张元的那一声断喝，是恐吓，也是制止，尤其是张元扬起鞭子要去抽打它时，它还会装作很害怕的样子，自个儿先把一双大眼睛闭上了。好像它闭上眼睛以后，挨打的就不是它了。事实上，张元扬起鞭子也只是吓唬吓唬它，并不会真去打它。

花脸怀孕了，干活又是那么卖力。张元怎么忍心去打它呢。

但是，张元那一声断喝，花脸是记在心上的。以至于拉石头爬坡时，张元只要高喊一声"花脸"，它立马会瞪圆了眼睛，四蹄掘土，下死力气地往前奔。

花脸对主人的声音可敏感。它能辨出主人什么样的声音，是让它下力气拉套；什么样的声音，是它自个犯了错误，要挨训挨打呢。

花脸在张元家度过了两个冬天。赶到第三年开春，花脸快要生崽时，"互助组"正式转为"农业社"，不让各家私自喂养大型牲畜。

花脸归属于生产队，成为集体财产。同时与花脸归属于"大集体"的，还有几户人家的水牛、黄牛，统一交给一个瘸腿的阿伍来喂养。

阿伍是个牛把式，他早年在财主家扎觅活（扛长工），就是喂牲口。此番，生产队把各家的牲口集中起来交给阿伍喂养，大伙还是比较放心的。

阿伍在生产队的牛屋里面搭建了一个吊铺，昼夜与牛们生活在一起。入夜以后，牛们在吊铺下方吃草，他就在牛背上方的吊铺里睡觉。赶上生产队没有什么活计时，他还会牵上牛们，散放在西河洼的河谷里，让它们吃河滩上的嫩青草。有一天傍黑，阿伍赶上牛们往回走，突然发现花脸不见了。四处寻找不见花脸时，他这才意识到花脸独自走到前头——去找它昔日的主人了。

当时，张元一家正围在饭桌前吃晚饭，看到花脸就像个离家出走的孩子，猛然间羞羞答答地回来了。张元全家人都很高兴，尤其是张元，他立马放下手中的碗筷，喊呼女人："快去找点豆子来！"

一时间，女人慌了神！家中自从没有了花脸，也就没有人来找他们家拉石头。没有人找他们家拉石头，自然也就没有豆子了。

张元呢，很快也意识到家中无豆，他抓耳挠腮地跟女人说："那，那也得弄点什么给它吃呀！"

说话间，张元想到他的碗根里还有一点稀粥，起身递到花脸嘴边，花脸伸出粉嫩的舌头，吧唧吧唧两下，便把那碗根舔舐得像女人刷洗过一样干净。

接下来，女人也把她碗中的一点稀粥递给了花脸。花脸就那么站在主人的家门旁，讨要了一点吃的，便被张元牵扯着送回场院，交给了阿伍。

可谁又能料到，就在那天夜里，阿伍在吊铺上抽烟时，不小心燃起了一场大火。他自个没能从吊铺上爬下来不说，那几头被他拴在吊铺下面的牛，都被活活烧死了。

村里人闻讯赶来救火时，两间刚盖起不久的牛屋，已经被大火烧塌了架儿。

那几头被大火烧得面目全非的牛，一个个僵直了四肢，黑乎乎地挺在牛槽边。

张元跑来后，一眼认出了肚子凸起的是花脸。当下，他情不自禁地惊呼一声："花脸——"

张元的那一声呼喊，可能是过于声嘶力竭，已经没了呼吸的花脸，竟然痉挛般地动了一下。张元知道，花脸那是认为喊它吃豆，或是呼唤它上坡时加力呢。

刹那间，张元的泪水，唰的一下就滚落下来。

但接下来的一幕，令人诧异了——张元抬手抹泪水时，竟然在花脸烧焦了的耳根子那儿，扯拽下一块熟肉条儿，几乎是就着泪水，塞入口中。随之，他腮帮子一鼓一鼓地咀嚼起来。

那一年，盐区闹饥荒。好多村庄里的树皮和海滩上苦唧唧的海英菜，都被人们当作食物给吃光了。

原载《作品》2022 年第 2 期

孤独念

张爱国

秋风还没有刮起，天却凉了。琴声从中军帐传来，如酒香，如舞姿，不隐约也不缥缈。陈子昂觉得冷，跳下床，走出来。帐外，阳光还很烈——哦，冷不是从大漠来，是从心里来。陈子昂迈开两条不长的腿，走向中军帐。

琴声震耳，酒香戳鼻。陈子昂迈步要进帐。"伯玉哥留步！"狗娃追上来，紧拽陈子昂的衣襟，汗珠也滚到他的手上，滚烫。

"休要阻拦我！"陈子昂恶狠狠地甩掉手上的汗珠。

"伯玉哥，狗娃求你。"狗娃一蹲身，抱起陈子昂，往肩上一扛，大步跑开。

跑出数百步，陈子昂被放下，衣襟还被狗娃紧揪不丢。陈子昂怒目圆睁，真想抽出佩剑刺死这个竟敢向自己动粗的家伙。

狗娃气喘吁吁："伯玉哥，前日，武将军对你，已怒。今日再去，可知何种结果？"

"你管我结果！陈井生，再拦我，管你什么同乡兄弟，都是我陈子昂大敌！"陈子昂唰地抽出佩剑，割断狗娃紧抓的衣襟，转身跑向中军帐。

狗娃追上，扑通跪下："伯玉哥，武攸宜武将军，不会听你的。你愈说，他愈不听。你以为你有通天之才，这也看不起那也瞧不上。然武攸宜是谁？是三军主帅，是武皇侄儿！还有那百年不遇的才女上官婉儿，原本也慕你之才，心向于你。可你呢？也不屑于人。他们，谁的地位权势不高于你？谁不受武皇之宠？"

陈子昂一笑："我就不受宠？不然，我数次直谏和忤逆……"

"书生！幼稚！"狗娃看看四周，没有人，"你之于武皇，不过一装饰物，有聊胜于无，无也不伤其雅。古往今来，书生无不如此。"

刺目的日光下，陈子昂将狗娃好一番打量，笑了："狗娃，你也知道这些？"

"莫说有心有脑者，凡有眼有耳，谁人不知不明？"狗娃泪眼汪汪，"伯玉哥，醒醒吧。"

"狗娃，你不懂，我清醒得很啊。"陈子昂掏出布巾，轻拭狗娃泪眼，"此次征剿契丹叛军，我大唐——不，我大周百姓——可谓倾囊输出，若不胜，你我有何颜面面对？不胜，我百姓将再遭劫掠屠杀。他们，都是一条条命啊。为兄早年习武，后易而为文，如今又弃文从武，原因何在？贤弟与我玩泥长大，莫非不知？"

狗娃无力地瘫坐地上，用刚刚被割下的衣襟捂着脸，不哭出声。陈子昂蹲过去，揽了揽他的肩头，拿过那片衣襟，细细折叠好，放进袖间，转身走开。

中军帐里，宴乐已停。一张张酡红的脸上，血红的眼，椒红的耳，猩红的鼻，油红的唇，都醉了累了。一摊摊面团一样的歌女，衣衫蝉翼，厚重的胭脂盖不住潮红的肌肤。

"武将军，请听我一言！"陈子昂摁了摁胸膛，重重跪下。

"陈参军陈大诗人吗？"武攸宜微微睁开血红的眼。

一阵哄笑，男声，女声，恣肆得很。

"将军，眼见入秋入冬，朔气来袭，冰雪覆盖。那时，即便敌不攻我，我方也不敌寒冻。如此，敌不灭，我边地百姓必再遭殃。"陈子昂重重磕头，"请将军给我一万人马，今夜不破敌，陈子昂提脑袋来见！"

"提脑袋？"武攸宜霍地站起，抓起一把琴砸到地上，琴碎，"十四年前，陈子昂重金购琴，又当众摔琴，所为者何？博出名！出名好捞官嘛！可这脑袋一旦没了，有官何用？哈哈哈……"

"武将军，士可杀……"陈子昂双拳死死摁住胸口，本就不出众的脸越发难看，"将军，为大周，为百姓，给我人马，我立军令状……"

"立军令状？再博个名？再捞个大点的官？本将偏不依你！从今日起，你由参军降为军曹。"武攸宜抿一口茶，"陈子昂，我这里你博不出名。你不是诗人吗？何不作诗，说不定一首诗就让你不朽喽，哈哈……"

帐外，残阳如血，静静地流淌在干裂的土地上。秋风真的起了，一地红血，冷瑟颤抖。陈子昂不冷，踏着被残阳拉扯得长长的身影，踽踽独行。

狗娃站在辕门外。

"狗娃，随我回蜀地老家。"陈子昂不停步。

狗娃低着头，不说话。

陈子昂停下脚："狗娃，陪我走走吧？"

狗娃不动。

"狗娃，连你也……"陈子昂一愣，继而一叹，上前，拍拍狗娃的肩，"进去吧兄弟，不像我就好……"

幽州台下，秋风紧了，也厉了。

陈子昂拾级而上，踯躅喃喃："燕昭王幽州筑台，千金求贤；乐毅将军幸逢明君，兴燕护民……"寒鸦掠过。陈子昂惊动，踮脚，瞋目，四顾——暮色低迷，大地苍茫，他什么也看不到。

寒鸦声声。突兀的幽州台上，似有一匹被扼住咽喉的雄骏马在呕哑嘶鸣：

前不见古人，

后不见来者。

念天地之悠悠，

独怆然而涕下。

一口热血，温暖了僵冷的台土。

原载《安庆日报》2022 年 6 月 25 日

军 礼

李伶伶

　　早上，沈梅和大海从家里出来时，天上正下着雨。大海看看天色，觉得雨一时半会儿停不了，就说，妈，要不你别去了，我自己去吧。大海担心沈梅的身体。沈梅说，不行，我必须得去，这事我得亲自跟他说。大海理解母亲的心情，他没再说什么，和母亲一起乘上了去往杨树镇的火车。沈峰舅舅住在那里。

　　沈梅认识沈峰是在二十三年前。那时她刚离婚不久，离婚后，她才发现自己怀孕了。她结婚晚，三十岁才走进婚姻。婚后因为忙于工作，也因为觉得跟丈夫的感情不够稳定，没有急于要孩子。不知是不是因为这样，丈夫有了外遇。发现丈夫出轨后，沈梅果断选择了离婚。离婚一个多月后，她才发现自己怀孕了，她不知道该不该留下这个孩子。从感情上讲，她不想要，因为孩子的爸爸伤透了她的心，她不想再跟他有一丝联系。从年龄上讲，她三十五了，因为刚结束的这段感情太让她伤心，所以短时间内她不会再开始一段新感情。也就是说，如果她不要这个孩子，随着年龄的增长，她以后再想要孩子的难度会更大。可是，要让她生下一个她已经不爱的人的孩子，对她来说也很困难。她心里很苦闷，去街上散步，不知不觉走到了海边。

　　那天是个周末，来海边玩的人很多，大家看上去都很高兴，只有她心事重重的。她看到有个小女孩在海边捡贝壳，心里一动，她也可以去捡一些贝壳。如果十分钟内她捡的贝壳是双数，就把孩子留下来，是单数，就不要。这么想着，她走向了海边。近处的贝壳都被小女孩捡没了，她去了更远处的海滩。可能因为捡贝壳捡得太投入，海浪涌过来她都没注意，直到她被海浪卷入海里，整个人才慌掉。那天，如果不是沈峰把她救上来，她可能永远留在大海里了。

　　那时沈峰正在部队当兵。他回家探亲，直达家乡的车票没有了，他买了张中途倒车的车票。下车后，离下趟车发车还有一个多小时。火车站离海边不远，他被战友拽着来到海边看海。那是他第一次看到大海，还没来得及好好感受大海的气息，就看到有人被海浪卷入了海里。他都没犹豫，飞奔着冲到海里救人，用尽全部力气，终于把人救了上来。

从此，沈峰成了沈梅的恩人。沈梅觉得人的生命很脆弱，也很宝贵，她决定生下孩子，并给孩子取名大海。

沈梅几乎每年都会去看沈峰，她觉得他们之间的缘分很深，他们又都姓沈，所以她把沈峰当成自己的亲弟弟。

沈峰家在吉林延边一个小山村里，从沈梅家到沈峰家要坐两个半小时的火车，再坐一个小时的汽车，还要坐半个小时的三轮车，再走上半个小时山路。

雨下了一路，等沈梅和大海赶到沈峰家时，雨忽然停了。幸好停了，要不下雨天跑到人家做客，不太礼貌。沈峰的父母在家，他们都是淳朴的朝鲜族农民，都七十多岁了，虽然不善言谈，但是待人很热情。沈梅每次来，他们都会拿出自己做的米酒和打糕招待他们，沈梅心里把他们当成自己的亲人。沈峰的父母说沈峰小时候就爱帮助人，是学校学雷锋小组组长，还得过"雷锋式好少年"称号。

沈峰上面有三个姐姐，他是家里唯一的男孩。当年父母舍不得他去当兵，可沈峰从小就有英雄梦，当年为打日本鬼子牺牲在战场上的祖父是他心里的英雄，他决心要像祖父一样，穿上军装，报效祖国。所以他不顾家人的反对，高中毕业后毅然到了部队。他在部队特别能吃苦，各项技能都名列前茅，很快被提为班长。沈峰家的相框里贴着沈峰和家人的照片，有他祖父母的，有他父母的，还有他姐姐们的。其中最显眼的是他刚到部队不久拍的照片，照片中的他浑身上下散发着青春的光芒，晨光中，他对着镜头敬了一个标准的军礼。

沈梅和大海再次来到山上，山上的松树越发高大挺拔。沈峰长眠在松树林边，沈梅在沈峰的墓碑前蹲下身，轻声对他说，弟弟，我们今天来是想告诉你，大海的入伍通知书昨天下来了，他明天就要去部队了，他要像你一样做一名光荣的军人。

大海大学毕业后没有去找工作，而是选择了入伍。大海从小到大也有一个英雄梦，他心里的英雄就是沈峰舅舅，他立志长大后要成为像沈峰舅舅那样的人。这也是沈梅的心愿。

沈峰当年毫不犹豫地跳进大海里救沈梅，他把沈梅推上岸后，自己却被一个大浪卷走了，第二天被救上来时已没有了呼吸。那年沈峰二十二岁，跟现在的大海同龄。沈梅为此无数次哭肿眼睛。在抚养大海长大的过程中，她遇到了数不清的困难，每次觉得自己快要撑不住时，只要一想到沈峰，她就又咬牙坚持了下去，她觉得不能辜负沈峰为她的付出。

大海入伍后不久，给沈梅发来了一张照片。照片中的大海穿上了他梦寐以求的绿军装，他也对着镜头敬了一个军礼，像当年的沈峰一样。沈梅注意到，大海照片中的背景光也是晨光，她嘴角扬起一抹欣慰的笑。

原载《天池小小说》2022 年第 19 期

肇事者

郑武文

　　杨东最近赚了钱，春风得意地买了一辆宝马车。爱新车如同心上人，有事没事开着出去溜一圈。

　　时值冬日，老婆让他去拿一条改裤脚的新裤子。本来小店离家并不远，完全可以骑车去拿，可是他稀罕自己的新车，不放过任何相处的机会。

　　改裤脚的小店在一个桥头旁边。桥是老桥，桥面用石头拼成，桥拱高，让桥拱两面形成不小的坡。路自然也是老路，有点窄，宽度刚够两辆大车会车交错。杨东尽量靠边停车，看到旁边有一个当地交警设置的"全线禁止停车"的牌子，他犹豫了一下，心想自己拿上马上就走，哪能那么快就被交警贴条，于是锁车匆匆向小店里走去。

　　裤脚倒是改好了，店主还需要再熨一下，杨东在旁边站着等，眼睛却透过门玻璃看着自己的爱车。

　　冬天的小城，北风呼啸，大街上几乎没人。一个老人却缓慢地骑着一辆三轮车从对面爬上桥拱。老人显然有点哮喘，在最高处停下车咳嗽一阵，吐了两口痰，然后看着下坡的路不敢骑了：刚下过一场雪，石头的缝隙间还有一些未化的冰，老人三轮的刹车显然也不好，尽管老人只是小心翼翼推着往下走，可是衰老的双腿还是跟不上车轮越来越快的转动了……

　　车轮越转越快，老人小跑着握着车把跟着跑，直到跑下大坡，车头撞到宝马车车门才停下来。老人收步不及，也摔倒在旁边，脸上被自己的车闸线刺破一个口子，渗出两滴鲜血。

　　杨东眼见老人的三轮撞到自己的爱车车门上，感觉简直就是撞到了自己的心口上，忍不住从心底发出了一声惊呼。店主嘴里说着"好了好了"，一面把裤子叠好装起来递给他。

杨东飞快地跑出来，看了看扶着车把爬起来还在咳嗽的老头，帮老头把三轮车推到旁边，轻声说："老人家，你可是把人家车撞坏了。"一面装作漫不经心，偷偷观察车门，车门明显有一条长长的划痕。老人不说话，只顾咳嗽，杨东拿出纸巾帮老人擦去脸上的鲜血，又问一句："老人家，知道这是什么车吗？"

"不知道。"

"知道值多少钱吗？"

"不知道。"

"赔得起吗？"

"赔不起。"

"那你还不快跑？"

老汉坚定地说："我虽然穷，没有钱，可是我有尊严。我一定要等到车主，给他道个歉，然后告诉他车不能停在这！"

杨东的心一寒，最后一句才是最重要的。他又偷瞄了一眼"全线禁止停车"的牌子，心里嘀咕了几句："给车主道歉，这是欲擒故纵啊！怕是到时会就地一躺，他就有了看哮喘病的钱了……"

杨东干笑了两声，说："不听好人言啊，老人家。车主人来了可不是道歉那么简单了，怕是你赔上十辆三轮车都不够啊……"于是假装提着手袋慢悠悠朝前走了。

他走到不远处，隐在一个墙角后面偷偷朝这观望，只盼着老人骑车走了自己过去开车。可是老人显然也是铁了心了，先自己正了正车把，检查了一下链条，就坐在车坐上，点上一支烟，也不抽，边使劲咳嗽边等车主。

杨东等了大半个小时，因为开车出来也没穿厚衣服，呼呼的寒风吹得他直打哆嗦。看看老头，也是缩紧了脖子，把双手揣进袖口里，龟缩在三轮车座子上。

杨东感觉坚持不住了，就要去和老头摊牌的时候，有朋友打电话过来。杨东就跟朋友复述了这件事，朋友哈哈笑："修车钱少，要是被讹上，你这宝马怕是不够老人治病的。这样吧，我接你去喝酒，这么冷的天，咱喝完回来他肯定走了。"

　　朋友一说，杨东的想法又动摇了，跟贴罚单和修车相比，被讹肯定更严重。杨东就继续往前走，告诉朋友位置，朋友开车来接了，饭店还有几个朋友早等着，大家都说："人心不古啊，你今天来喝酒算是逃过一劫。"

　　这顿酒喝得有点长，杨东不放心他的车，想走，朋友就劝他："今天喝了酒，车肯定不能开了，这么长时间，罚单也肯定避免不了，不过也不能给你贴两张不是？今天咱放开了喝，明天再去开车。"

　　喝着喝着天就黑了，朋友们还没尽兴呢，交警的电话倒先来了。刚开始听到是交警，杨东以为是违规停车的事，交警说："什么违规停车？你的事大了，你是肇事逃逸，撞伤一位老人跑了。马上来交警队说明情况，晚了我们就交刑警队了……"

　　真是怕啥来啥，还是被讹上了。杨东不敢耽误，朋友立即把他送到交警队。交警闻到他满嘴酒气，说："酒驾，肇事，逃逸。你摊上大事了。"杨东忙说："警官，真不是你想的那样啊！""事故科辅警鉴定了划痕，是在快速运动中划的，附近又没监控，不是你伤了人弃车逃跑还是哪样？"杨东也被吓坏了，结结巴巴语无伦次把事情复述了一遍，交警让他在问询记录上签了字，说："你先回去，明天再来一趟。别再跑了哈，跑了就是刑警的事了。"

　　一夜没睡好，第二天一早，杨东就急忙去了交警队。交警不再像昨天那么严肃，微笑着说："事情我们都调查清楚了，正如你所说。我们的辅警工作不细致，也给你道歉。不过路人发现老人的时候，老人已经晕倒了，今天早上才清醒过来……"

　　杨东急忙跟着辩解，交警说："小伙子啊，正是老人证实了你的清白。老人也确实没别的意思，就是想给你道歉，跟你说清楚的，你们干吗就不能好好沟通一下呢？你还是受害者，却用你的小人之心度君子之腹，让老人在寒风中等了两个多小时，差点造成大的事故……"

杨东默然无语，办好手续，交了罚款，开车直驱医院。

原载《当代人》2022 年第 9 期

李鱼的镜子

李　民

李鱼是在上小学的时候发现了那面小镜子的秘密。

那面小镜子就在李鱼的玩具盒里，跟其他玩具混在一起。只有太阳光芒很足的时候，李鱼才会想起这面小镜子。他有时候用小镜子对着太阳，然后把太阳的光反射在墙上。

后来，李鱼惊讶地发现那面小镜子很神奇。有一次要考试了，老师把试卷放到了讲桌上。李鱼在课桌下鼓捣那面小镜子，不小心照了过去……奇迹发生了，李鱼在小镜子里发现了试卷的内容！

当时李鱼吓得一激灵，这怎么可能？李鱼赶紧揉眼睛仔细再看。这下李鱼彻底信了，小镜子里面是试卷的内容。那次考试，李鱼第一次在全班拿了第一名。

回到家以后，李鱼的心情很激动。他关上房门，拿出那面小镜子仔细观察。镜子并没有什么不同啊，这到底是怎么回事？

李鱼的爸爸出差，带回来好吃的饼干，分给李鱼一些，剩下的藏了起来。李鱼一直想吃那些饼干，看到小镜子马上灵机一动。李鱼拿着小镜子在家里照了一下，于是，李鱼在镜子里发现了饼干藏匿的地点……

这面神奇的小镜子后来给李鱼带来很多便利。比如爸爸和妈妈藏起来好吃的，李鱼就会毫不费力地找到。比如偶尔路过办公室，李鱼悄悄用小镜子照了一下，那些考试的内容就全都被李鱼知道了。不过这样做有时候是有风险的，比如爸爸和妈妈会发现好吃的减少了，那就要审查家里的孩子们，李鱼就必须好好表现，伪装得很镇定，或者投其所好叫爸爸妈妈不怀疑。比如要想进入办公室，那就得在老师面前有个合适的借口，班级里只有学习委员才能进入办公室，李鱼就积极表现争取做班干部……

这么说吧，从小学到初中，再到高中，这面小镜子一直陪伴着李鱼。李鱼一路成长，取得了不俗的成绩。不过，李鱼从来没有把小镜子的秘密跟任何人说起过。

大学的时候，李鱼喜欢上同学小猜。李鱼觉得这辈子要是娶到小猜做妻子，那将是最大的成功。尽管李鱼也很优秀，可是在小猜的光彩面前，李鱼的表现还是显得黯然失色。

李鱼很烦恼，有一天他无意间拿镜子照了一下小猜，李鱼惊讶地发现，这面镜子能够照出小猜的心事！

这叫李鱼兴奋不已。李鱼做梦也不会想到小镜子竟然能够照出心爱女孩的心事来。

李鱼开始行动起来，通过几次的照射，李鱼得知了小猜的秘密。原来，小猜的意中人并不是李鱼。那个高个子男孩是小猜最爱的人，小猜甚至想主动跟那个男孩同居。这叫李鱼内心伤痛不已。

李鱼没有气馁，他开始按照小镜子里的提示，去努力对小猜好。比如小猜喜欢看什么电影，李鱼就买来光盘送给小猜。比如小猜过生日的时候最喜欢什么礼物，李鱼就赶紧买来。总而言之，有了这面小镜子的帮助，李鱼很快就在小猜姑娘的心里扭转颓势，占据主动。

李鱼趁热打铁，又去用小镜子照了小猜的初恋。那个高个子家伙心里想的什么，李鱼就一清二楚了。于是，李鱼在大四的时候成功地跟小猜花好月圆了。

新婚之夜，小猜拿起那面小镜子。她奇怪地问李鱼："李鱼，这是什么玻璃做的镜子啊，怎么里面什么都看不到啊？"

李鱼拿过来小镜子，李鱼这时候才知道，这面镜子只能照别人，是照不见自己的。不过，李鱼严守了这个秘密。

李鱼有了这面小镜子，虽然处各种关系游刃有余，但是却感觉身体累心更累。他要避开即将失势的领导，又得不被人说自己忘恩负义。他要站好队，又要表现得不站队……总之，中年的李鱼疲惫不堪。

孩子上了大学以后，李鱼发现妻子小猜有了变化。妻子小猜有一段时间爱打扮了，经常出入美容院。有一天在床上的时候，李鱼发现小猜穿着性感的内衣。小猜亲热起来非常有激情，李鱼却不在状态。小猜嗔怒的时候，李鱼只是轻声说："人老了，哪还有那么多的激情。"

话虽然这么说，李鱼还是发觉了小猜的失落。

李鱼有一天晚上睡不着，无意间照了一下身边酣睡的妻子小猜。李鱼一下子愣住了，因为李鱼发现妻子小猜恢复了一颗少女心……

那面小镜子告诉李鱼，在两年前，网络成功地把天南地北的同学联系到了一起。每年都有同学会。李鱼公务缠身从来没有参加过，小猜却每次都是积极分子。于是，小猜见到了高个子初恋……

李鱼守着那面小镜子，洞悉了这两年间小猜的心路历程。初恋和小猜有些言语还是刺激到了李鱼。李鱼甚至有了暴力的冲动……

冷静下来的李鱼开始反思自己。自从发现了这面小镜子的秘密以后，李鱼忽然发现自己过的生活根本不是自己的生活，李鱼好像从来都没有在镜子里出现过一样。

那是一个雨夜，出去参加同学聚会的小猜回来得很晚。

初恋说他最大的遗憾就是在初恋的时候没有吻过小猜。不知道为什么，小猜就狠心满足了初恋的愿望，他们在房间里亲吻了一次……亲吻的过程里小猜不知道为什么，突然身体剧烈地颤抖一下，接着，她用力推开了初恋，不顾一切地冲进飘雨的夜色中。

小猜打开家门，屋子里亮着灯，卫生间的洗澡水准备好了，那个从来不下厨房的丈夫李鱼，竟然扎着围裙在给小猜煲汤。那菌汤，其实是小猜在回来路上想着给李鱼煲的，小猜感觉自己冲动的一吻对不住李鱼……

李鱼说："小猜，你回来了？以后我也要学着做好东西给你吃！"

小猜喝汤的时候，眼泪止不住，她怕李鱼看见，那些眼泪都扑簌簌掉进了汤碗里。

　　小猜发现，在垃圾桶里那面小镜子已经粉碎了。小猜记得那是李鱼的宝贝，那面镜子特别奇怪，里面什么都照不出来，不知道是用什么玻璃做成的。

原载《海燕》2022 年第 5 期

救人英雄

罗倩仪

　　最近，丹尼斯都在第二街区附近活动。那里有一个豪华的赌场，很多富人喜欢到那儿豪赌。而从赌场出来，经过一座桥，再往右走一段路，就是富人集中居住地。

　　一天夜晚，富态的布莱恩从赌场出来，身后跟着两个保镖。他喝了不少酒，红光满面，走起路来摇摇晃晃。走上桥后，他突然朝着桥下的河水，剧烈呕吐起来。保镖冲上来试图帮助布莱恩，却被布莱恩厌恶地推开了："走开，别用你们的脏手碰我。"桥上的护栏很矮，三人推搡之间，布莱恩不小心从桥上掉了下去，扎进了幽深的河水里。河水太深，保镖不想冒险，一人大呼救命，另一人打电话报警……

　　丹尼斯和在附近散步的人一道赶了过来。有人惊呼："有人掉水里去了，谁会游泳？赶快救人吧！"但当大家弄清楚掉到河里的人是布莱恩时，却没那么紧张了。一位妇人冷冷地说："原来是为富不仁的布莱恩啊！唉，河水又深又冷，布莱恩又那么胖，贸然跳下水，没准不但不能把人救上来，还会搭上自己的性命呢。""是啊，等专业救援人员来吧！"旁边的人纷纷附和。

　　就在大伙儿都不愿挺身而出时，丹尼斯已经脱掉衣服了。他说，等救援人员赶来，恐怕布莱恩都溺亡了。于是，他毫不犹豫地跳下水，拼了命地把布雷恩救上来。

　　当丹尼斯拼尽全力将肥胖的布莱恩拖到岸上时，整个人都虚脱了，随后晕了过去。

　　等到他醒过来时，就成了报纸上的救人英雄了。原来，救援人员在丹尼斯晕过去后赶到了现场，媒体记者也闻讯赶来了。一夜之间，看起来瘦削赢弱的丹尼斯成了勇敢的救人英雄。

丹尼斯出神地看了一会儿报道，忙不迭地问护士："布莱恩怎么样了？""幸好您及时将他救了上来，要是再晚一分钟，恐怕就没命了。"护士笑了笑，接着说，"您也差点没了，真英勇！"丹尼斯脸一红，有点不好意思。护士又指了指床头的大花篮，说这是布莱恩叫人送来的，还神秘兮兮地告诉丹尼斯，布莱恩接下来还会有一份大礼送给他。

丹尼斯出院后，被布莱恩请到家里来做客。饭桌上，布莱恩对他说了一些感激的话。布莱恩漂亮的女儿瑞莉则一直在偷看丹尼斯。晚饭过后，布莱恩向丹尼斯郑重呈上 40 万美金，以作酬谢。面对这么大一笔钱，丹尼斯愣了一下。瑞莉微笑着敦促他："快收下吧，救人英雄。"丹尼斯局促地点点头，却坚持只收一半的钱。瑞莉见状，觉得他不贪财，对他更有好感了。

从那之后，瑞莉经常去找丹尼斯。慢慢地，丹尼斯也对瑞莉有了爱慕之情，两人坠入爱河。

瑞莉很爱丹尼斯，非他不嫁。可走到这一步时，丹尼斯却犹豫了，认为自己配不上瑞莉，还说布莱恩一定不会同意的。瑞莉不依不饶，拽着他去见布莱恩。

布莱恩听闻瑞莉要跟丹尼斯结婚，脸色果然沉了下去。瑞莉努力说服父亲："爸，你不是说英雄配美人吗？丹尼斯是救人英雄，周围的人也都说我长得好看，那我们不是很般配的一对吗？除非你觉得我不是美女。"布莱恩仍旧不说话，丹尼斯却忍不住了："不，瑞莉，你当然是美人，但我却不是英雄。"

在瑞莉和布莱恩惊讶的目光注视下，丹尼斯把压在胸口许久的真相说了出来。

原来，丹尼斯并非真正舍己救人的英雄，因为他是冲着钱去的。四年前，他接了布莱恩公司的一个项目，但布莱恩向来爱耍手段，手底下的管理人员也跟他沆瀣一气，欺负丹尼斯老实，在合同上动了手脚，以至于活干完了，钱没能要到手。丹尼斯不甘心，打听到布莱恩常在第二街区的赌场出没，打算去堵他，亲自问老总要债。不料，竟被他撞见布莱恩掉下河里了。丹尼斯心想，要是布莱恩死了，那20万美金的款项就真的要不回来了，这才拼了命将他救上来。

丹尼斯没想到，一不小心成了救人英雄，布莱恩欠他的那笔钱竟以这种方式要回来了。也正因为他不认为自己是救人英雄，所以布莱恩把40万美金推到他跟前时，他只要了本该属于自己的那部分钱。

"瑞莉，我财力远不及你，也不是你仰慕的救人英雄。"丹尼斯惭愧地低下了头。

可丹尼斯万万没想到，瑞莉反而更欣赏他了，说他敢在这时把真相说出来，就是她心目中的勇敢的英雄。布莱恩的脸上也露出了笑容："对于你们的婚事，我本来还有些犹豫，但你的坦诚打动了我。"

原来，布莱恩在得知丹尼斯跟瑞莉在偷偷谈恋爱时，就曾让人查了丹尼斯的底细，了解到两人以前曾有生意上的纠葛，也猜到了丹尼斯救他的目的。但不管怎样，对布莱恩而言，丹尼斯始终是他的恩人。因为这次事件，布莱恩彻底明白，如果一直做不厚道的富人，终将害人害己，以后再出意外，也许再不会有人冒险救他了。从此，布莱恩有了很大的改变。对他而言，丹尼斯就是救人英雄，不但救了他的人，还救了他的心。

原载《知音·海外版》2022年1月上半月刊

炼角儿

许宗耀

民国三年冬天，大雪盈门。省城开封普庆茶社热气腾腾，阳武戏班《收吉昌》刚刚演毕，观众连连叫好，不忍离场。庆丰演吉昌，庆余扮小五。庆丰英姿逼人，唱腔优美；庆余慷慨激昂，声音悲切缠绵。

阳武戏班在省城一开唱，即惊动四座。茶社老板喜不自胜，大摆筵席宴请戏班。班主张宣、张焕彩带领庆丰、庆余赴宴。宴席上觥筹交错，其乐融融，众人不觉醉意浓浓。

临末，张宣给庆丰、庆余各端一杯酒，说以后戏班全仰仗你弟兄两个，要齐心协力唱红全省。说完，一饮而尽。庆丰端起一杯酒递给庆余说，我们兄弟共饮此杯，谨遵班主旨意，同打虎共吃肉。庆余激动万分，仰脖饮下。

庆余十二岁时讨饭来到了阳武县大张寨，在戏班门外听戏，咿呀的唱腔回肠荡气，听得他如醉如痴。戏班名誉班主张焕彩看见了，眼睛一亮，觉得这孩子是块料，就说，孩子，学戏吧，有饭吃。庆余入了戏班，老师教一遍他就能登台，不但能够演好自己的角色，别的角色的唱腔他一听也都能记住。因此他常替别人出场演出，演谁像谁。

戏班真正的班主是张宣。张宣有自己得意的弟子——戏班梁柱庆丰，诸角皆能，尤以丑角最行，以《怕老婆顶灯》最为拿手，起、坐、跑、卧、爬、滚、钻、拱，钻板凳、躺床、磕头求饶，灯顶在头上斜而不落，摇而不掉。

一日在封丘演出《怕老婆顶灯》，庆丰拉痢疾无法上场，张焕彩急让庆余顶上，庆余模仿得惟妙惟肖，像煞庆丰。戏班从此以二人为戏班双柱，觑觎开封。

戏班到汲县演出，临时大总统徐世昌的母亲看戏后非常喜欢，就给庆丰、庆余看赏，还留下庆余同桌吃饭，同车出游，欲纳他为螟蛉义子，要与他一起到开封另组戏班。张宣大惊。

普庆茶社宴后第二日，庆余晨练，一张嘴竟喉咙干涩，声音喑哑。过了三日，也不见好。又过了七日，还不见好。庆余痛哭流涕，后悔自己饮酒过量倒了嗓，看来戏是再也唱不成了。张焕彩抚摸着庆余的头说，孩子，离开戏班吧。

积雪中，庆余黯然离开戏班。第二日，张焕彩撤出股份也离开戏班，不知去向。

戏班在开封的演出一场火似一场。庆丰的顶灯绝技更是惊倒开封，一时北京、上海的名人富豪竞相携带家眷来一睹为快，人送绰号"洋灯儿"——洋灯即电灯，比之油灯更有明（名）儿也。

一年过去，忽一日，开封一等茶楼凤鸣茶楼贴出告示，要演一出戏，不告戏名，连演九天。开封人奔走相告，开戏时一看，竟也是《怕老婆顶灯》，谁知顶灯者竟然比庆丰技高一筹，犀牛望月、兔子蹬鹰、古树盘根、颠倒乾坤，花样繁多，场场翻新。开封人看得目瞪口呆，即送表演者绰号"洋灯罩"，取以玻璃灯罩罩住洋灯，更有明（名）儿之意也。

张宣、庆丰到场一看，也是惊呆。一问，表演者是庆余，老板是张焕彩。

凤鸣茶楼车水马龙，其他茶社竞相出重金邀请张焕彩。

第九日，凤鸣茶楼为龙头，召集众茶社一品云雾。凤鸣老板说，众兄弟，今后张焕彩班主即我兄弟，每月凤鸣茶楼演十日，其余二十日是众兄弟的。众茶社齐声呼应。

凤鸣老板品了一口茶说，受张宣班主委托告知大家，阳武戏班与张焕彩戏班合并，收入分成张宣二焕彩八，焕彩兄以为如何？

张宣用肘子碰了一下张焕彩。张焕彩抿了一口茶，用衣袖擦了擦嘴，点点头，而后用衣袖遮住嘴，轻声说，不要说话，还是老规矩，五五分成。

话说得只有张宣听得到。

原载《传奇·传记文学选刊》2022 年第 6 期

任意门

余 青

　　这是一个平常得不能再平常的周六。老婆昨晚带儿子回娘家了，整个屋子静悄悄的，密实的窗帘挡住了室外的阳光。闹钟响了，梁博挣扎着想睁开眼，却发现有心无力。算了，不如再睡一会儿。

　　梁博吹着口哨拉开卧室门，咦，门的那边居然是办公室？昨天下班前，他交代全员加班，当然，这加班是免费的。他看了一眼，人是都来了。刚入职不满三个月的妙珠正在前台教其他几个女同事化妆；市场部钟林拿着一沓发票，凑在财务云姐那里，磨着能否多报销一点，到时候请她吃饭；广告部梁全跟部门的几个新人居然玩起了吃鸡游戏……看到这里，梁博气不打一处来，刚想开口骂他们，却发现自己站在门口像是一个透明人，既进不去，也没人发现他。

　　梁博啪一声退回，把卧室门关上。

　　我明明是在家里。梁博在心里默念了三遍，然后闭上眼睛，再一次拉开了卧室门。啊，没错，门的那边又变成了自己家的客厅。儿子练过的架子鼓还摆在一角，茶几上还放着一些玩具。

　　难道刚刚是自己心心念念想着公司的事，所以产生幻觉啦？梁博转身想把自己床头的手机拿上，转个身，卧室的门又被关上了。

　　手机里，刚好是丽丽发过来的问候信息。想到那个小野猫，他的心里就痒痒的。昨晚妻子问他要不要一起回娘家，他推说公司忙，其实是偷偷跟丽丽去约会了。干柴烈火的两人，再加上烈酒的醇香，丽丽在月色下紧紧地抱着他，说她从没遇到过像他这样的男人，年轻有为，英俊潇洒。被年轻漂亮的女人这样夸奖，梁博自然是一颗心都化在她身上了。

　　算了，一会儿不如约丽丽去逛街，给她买个包吧。

梁博再次拉开卧室门，却看到了门外的丽丽。不，应该说是看到了丽丽和她的老公，丽丽穿着吊带长裙坐在沙发上涂指甲，男人边跟她聊天，边在厨房里忙。你最近老是加班，周末我给你补补。

老公，还是你心疼我。哎，你都不知道我那个客户多难缠，那个姓梁的，自以为长得帅，都四十多岁的油腻老男人了，贼眉鼠眼的，还老喜欢盯着穿裙子的女客户看，要不是看在订单的分上，我才不想理他呢。

梁博站在门口听着昨晚还在对自己示爱的娇滴滴的声音，一口闷气堵在胸口，脸色也越来越黑，他只得怒气冲冲地关上了卧室门。

难道他是穿越到了异时空的任意门里？只要他心里想的是什么，就能看到对方在干吗？

他默默地深呼吸一口气，闭上眼睛，想了一下自己的父母。他轻轻地旋转门把手，探身从门缝里看出去。没错了！客厅突然又变成了父母的客厅，父亲一个人正在书房里练字，母亲则在厨房里也不知道忙什么。想到这里，梁博鼻子一阵发酸，他已好久没有回去陪父母吃饭了，老婆周末只想回娘家，父母亲连孩子也见不到，周末难免也就冷冷清清的。

但此时此刻，拥有任意门的狂喜已经胜过了一切！他轻轻地把门关上。这下他就能够看到所有想要知道的真相了！真的是天助我也。下周刚好有一个大工程的招标，他前两天刚公关完对方的一把手，也不知道情况怎么样了。

梁博闭上眼睛，在脑海里开始回想那个郑局长，还有他那个胖胖的夫人，他们可是收了他不少的礼，还拍着胸膛保证说没问题。嘀嗒，门把手再次被轻轻旋转，打开——

门外，看样子郑局长是跟一群人刚打完高尔夫球。好几个人围在他身边，几位年轻漂亮的女孩子娇羞着上前给郑局长擦汗。这郑胖子，果然如传闻般财色兼收！梁博在心里骂了一句。

郑哥，城南的开发工程，不会有变动吧？我看那个姓梁的，可是上蹿下跳得紧呢！

郑局长轻拍了一下漂亮的女孩子的腰，回答道，那姓梁的，还不够格呢……众人听了发出一阵哄笑。

妈的！梁博重重地一把关上卧室门，这郑胖子吃喝拿卡要的嘴脸也未免太得意了！他掏出手机，想要拨打号码，却发现怎么也按不下屏幕……

妻子从娘家回来，发现原来卧室的门封了，在另外的地方开了个新门。你不是说身体不舒服吗，怎么连门都改了？梁博心想，是啊，总是做梦，幻觉，真真假假的事掺杂在一起，身心好累啊！嘴上却解释：做了个梦，说这样日子才会好过，便把门改了。说也奇怪，改门之后，乱七八糟的现象再没出现过，当然，自那之后，他再也没去见过丽丽了。

原载《梅州日报》2022 年 6 月 18 日

奖　杯

彭永强

贾巨才死在一个硕大的奖杯之下。奖杯上沾满了殷红的血渍，尽管已经干涸，浓郁的血腥味，依然弥漫在整个房间。

这个奖杯是水晶制作的，据说是某一项国际大奖的产物。奖杯美极了，光彩夺目，远远看上去，给人一种高不可攀、凛然不可侵犯的富贵之感。杯体上，用中英文双语镌刻着"终身成就奖"的字样。

谁也没有想到，就是这样一座给贾巨才带来莫大荣誉的奖杯，竟然真的"成就"了他的终身，成了他的索命之物。要知道，贾巨才屡获大奖，在小城里声名赫赫，光"终身成就奖"就拿了好几个，可毕竟才五十多岁，正值英年啊……

贾巨才的死，在小城掀起了轩然大波。可是，没有人知道他是怎么死的。

据传说，案发现场非常凌乱，不仅贾巨才的艺术品被扔得到处都是，凌乱不堪，而且，更为诡异的是，他近百份的获奖证书，被撕成了碎片，从客厅到卧室，从书房到卫生间，所有的房间都撒得满地皆是。贾巨才视为珍宝、屡屡拿来炫耀的奖杯，也一个个被砸得面目全非，砸得稀巴烂，而他获得的最大的那个奖，那座奖杯也是重量最大的，正是砸死了贾巨才的那一座……

一时间，风波不断，传闻四起。

有人说，贾巨才死于入室抢劫。他的家境本就殷实，再加上，近些年来名利双收，大奖不断，据他自己宣扬，他拿的奖，奖金的数目不菲，少则几万，多则十几几十万……

有人说，贾巨才死于情感纠葛。他跟前妻尽管离婚多年，却一直纠缠不清，纷争不断；他跟某文艺女青年，一名颇有姿色的有夫之妇，秘密勾通，不清不白……

有人说，贾巨才死于同行竞争。他这般"旷世之才"，高调炫耀，屡屡让其他同行颜面尽失，相形见绌，而且他目空一切，口无遮拦，伤了很多人的心，"打了许多人的脸"……

贾巨才是小城名人，这样的案件，可以说，牵动着每一个人的心弦。办案人员压力巨大，彻夜不停，马不停蹄，调监控，查档案，翻阅被害人的通讯记录、笔记日志等方方面面……

不几日，案件就水落石出。公安部门宣布，贾巨才的死，跟谋杀无关。事实的真相是，他拿到的这些数不胜数的奖，并非实至名归，而是有些是他自己假冒的，有些是花钱所买，甚至他引以为傲的那个国际性的"终身成就奖"，竟然是一个中外联合的诈骗团伙所为！

贾巨才为什么死呢？警察分析，因为他丢掉了一个重要的文件包，里面，记载着他所有奖项的秘密！他无法面对身败名裂、被人耻笑的下场，在酩酊大醉之际，疯疯发狂，撕碎了所有的获奖证书，操起了那座硕大的奖杯，野兽一般，砸向了自己脑袋……

此消息一出，又一阵风波四起，传闻不断。

原载《河南工人日报》2022 年 6 月 16 日

万里挑一

滕敦太

儿子大良来电话，冬至那天回家，与对象一起。

儿子有出息，农村人家的孩子，在大城市工作不易，还谈了对象准备结婚。老善两口子喜不自禁，咬定牙口，按本地最重的风俗给儿媳见面礼，一万零一元，图个"万里挑一"的吉兆。

两口子种几亩地，还会烙煎饼卖钱，日子也过得去。晚饭后，两人开始盘算：花生米为了高价没舍得卖，现在急用钱也只好卖了，算算只能卖五千来元；烙煎饼攒下四千来元；再卖点别的，能够九千九百元。老两口松了一口气：明天把煎饼卖了，就能凑够一万零一元，让大良在媳妇面前长长脸！

厨房里烟雾缭绕，老善在大铝盆里和着面糊，女人生火点煤球。老善突然开了口："有福嫂子车祸后，巷子里那两家都借了钱，咱借多少呢？"一边说着，一边把煎饼碎片掺在面糊中，烙出煎饼一样卖钱。

"咱大良出生时我没有奶，是有福嫂子给喂了三天奶。我记得生大良那天是冬至，有福嫂子雪天里来给大良喂奶，冻病了。咱不能与那两家一样啊。"女人擦着烙煎饼的鏊子，张口打了个哈欠，"借一千有点少，说不过去；借多了也没有啊。家里这钱是给儿媳的，借出去就不够数了。在城市工作，找对象不易啊！"

"有福嫂子这次车祸，三五年爬不起腿，要不借两千？儿媳妇来，咱再到亲戚家借。"老善声音弱弱的。

"要借你去借，我再不想看他们那张脸！"女人干脆地说。

"时间不早了，你今夜还要烙完这些面糊呢。借多少你拿主意。"

女人每晚都要烙煎饼、折叠煎饼忙到清晨，男人卖煎饼走后她才能休息。

"你拿主意吧，这次你当家。"女人难得民主一回。

老善没辙了："我头都大了！要不这样，看面，我明早三点起来，这五十多斤面糊烙完就借两千，烙不完就借一千。"

"那就这样！我上个厕所就动手。"

老善和好面粉先睡了。女人烙着煎饼，不时抬头看看挂钟。

快三点了，女人看看面糊，皱了下眉头，把盆里的面糊用瓢装好，想藏到墙角的瓷盆里明天再用。女人把盆盖子取下，借着灯光发现里边放着一个小铁盆，装的也是面糊，昨晚男人藏的。

"这个老东西！"女人骂了一句。

冬至那天下着小雪，大良特地选在这天回家。农村把冬至当成大节过，包水饺，放鞭炮，很是重视。他这次带着对象来家，就是商量结婚的事。在冬至生日这天敲定婚事，三喜临门！他特地对父母叮嘱了好几次，一定要给对象见面钱一万零一元，用本地最重的风俗，让对象满意。

儿子的对象个头不高，但娇小俏丽，笑颜如花，村邻们都赞不绝口，这让老善老两口合不拢嘴。两口子还特地从儿子带来的礼物中挑出几样，冒着小雪带儿子儿媳去看了有福大娘。她抓着大良的手说个没完："这才几年啊，就带对象了？想当年你刚出生，我去给喂奶，那天是冬至，我没来得及包过冬饺子，你大爷还与我吵！你看，都没忘了我，还借钱给我家……"

回家后，老善两口子红着脸，拿出一个红包递给儿子对象："这是给你的见面钱，八千元，祝你们发财……"

儿子对象愣了。大良咳嗽一声："不是说好'万里挑一'吗？"

"这个，孩子啊，你有福大娘出了车祸，咱有多无少得帮人家，先借给她两千元应急，这钱以后再补上。人家过去帮过咱，咱行事也要过得去啊！"

大良张口欲言，对象拉他一下，使个眼色，进里屋了。

半下午，儿子打电话找了同学的车，与对象赶到镇上坐车回城，说单位有急事。老善两口子站在雪中，目送儿子与对象的车拐过了巷子口，不由得擦眼。

鞭炮响了，有人天没黑就放鞭炮，现在过冬越来越热闹了。女人叹口气："你先回家吧。我买点豆腐包饺子过冬。"

　　老善忽地拉住了女人："有钱没钱，该花的还要花！走，咱到小店买肉饺子，回家下饺子，再喝点！"

　　女人一愣："今天怎么大气了，不攒钱了？刚刚他们走得急，还不是见面钱没给够？"

　　"过得去就行！今天这事，咱们办的还过得去！今晚不烙煎饼了，咱也好好过个冬！"

　　刚进家门，有福一身雪花，提着两瓶酒跟来了："你们一家帮俺大忙了。"

　　"看你说的，不就借了两千块钱吗？应当所份（方言，理所当然）的。"

　　"你们借给俺两千，你俩孩子下午又到俺家放下了三千，说先帮俺家治腿。多好的孩子，万中难寻啊！"

　　老善一愣，说哥你回家忙吧，我们要烙煎饼了。

　　老两口一个和面，一个生火，忙活起来。雪空中，响起阵阵鞭炮声。

原载《故事会·校园版》2022 年 6 月刊

李白应聘

小小崔

月朦胧网站招聘诗歌作者。李白前来应聘。23岁的小伙子裘慈接待了李白。李白拿出自己的简历交给了裘慈。裘慈翻了翻，歪着头，抬起眼来瞟了一下李白。

你叫李白？

是。

写过诗吗？

写过。

写得多吗？

写过一些。

在什么网站和刊物上发表过？

有的是诗友口耳相传的，有的是手抄的。这算不算发表？

这怎么能算呢？必须是在正式网站和有书刊号的媒体上发表，那才算。

你是作家协会的会员吗？裘慈又问。

作家协会？没听说过。

裘慈拿眼睛瞟了一眼李白。哦，先不说这个了。你把你的诗拿出一首，我看看。

李白把自己的诗《早发白帝城》递给了裘慈。裘慈看了看，又还给了李白：你自己念一下吧！

"朝辞白帝彩云间，千里江陵一日还。两岸猿声啼不住，轻舟已过万重山。"

你觉得这是诗吗？裘慈皱了皱眉。

嗯，是啊。是诗！

李白同志，我跟你说，这不是诗，这是顺口溜。我问你，白帝是哪个皇帝呀？

白帝，白帝不是皇帝。李白为了怕裴慈尴尬，讨好般地笑了两声。白帝是地名，白帝城。

地名？既然是地名，怎么能够随便简称呢？你比如说连云港，能简称为连云吗？比如哈尔滨，能叫哈尔吗？比如乌鲁木齐，能叫乌鲁木吗？比如齐齐哈尔，能叫齐齐哈吗？这么基本的常识都不懂？！还有，最后一句，轻舟已过万重山。我问你，到底是轻舟啊还是坦克呀？

哦，是轻舟，轻舟。

既然是轻舟，怎么能上山呢？写得实在不怎么样。所以说你要改，改完之后我再看。然后才能确定能不能录用你。

李白回到旅馆，按照裴慈的提示和要求，冥思苦想，对原诗进行了修改。下午，他又来到公司，把自己的修改稿递给了裴慈。

清晨早早起，

辞别白帝城。

彩云有情义，

为我来送行。

开足大马力，

千里到江陵。

小船跑得快，

当日能返程。

两岸有猿猴，

隐隐传啼声。

轻舟已然过，

身后山重重。

　　哼哼，裘慈看了看，嘴角露出了轻蔑的笑容：原来的那个，叫顺口溜，这么一改成什么了？快板书，或者叫数来宝。这么跟你说吧，不管叫什么，反正不是诗。你还得多学、多看、多写、多练。不然的话，叫我怎么录用你？

　　李白又回到了旅馆。这回，他不是忙着去改，而是向服务员借来了电脑，从电脑上浏览现代诗的写法，从中学习和借鉴。他仿佛摸到了门路，一气呵成，又改了一稿。第二天，他早早地来到了公司，把这个修改稿递给了裘慈。

　　白帝城揉揉惺忪的

　　睡眼　　送我奔向诗和远方

　　晨风轻柔

　　彩云做伴

　　纵使江陵远隔千里　也能

　　轻轻松松到达

　　两岸成群的猿猴

　　跳跃嬉戏

　　痴迷得忘乎所以

　　啼声阵阵　此起彼伏

　　那一叶轻舟

　　早已把群山的昨天　甩在

　　身后　　心事如离弦之箭

　　穿云破雾

　　无影无踪……

裘慈看完，一拍大腿，刚要喊"你被录用了"，一抬头却发现李白早已不见了。他重新低下头来看诗稿。见诗稿的第二页，李白用毛笔写着一行字：

老子不伺候了。拜拜吧，您哪！

……

原载《大渡河》2022 年第 2 期

夜半摇摇车

王　溱

　　她的家就在本市，根本犯不着租房子。她租房子只是为了躲避她姐，还有她姐带回来的那个四岁的小魔头。姐夫出国以后，母子俩就大咧咧住到娘家来了。

　　"让我家小太阳照亮你们沉闷的生活吧！"她姐厚颜无耻地说。

　　不不不！用厚颜无耻还不足以形容，她恨恨地想，应该用"丧尽天良"，至少也是"丧心病狂"。这疯女人的种种举动完全颠覆了她二十几年来对常理的认知，有时甚至让她对小学时候教常识的老师产生怀疑。

　　比如她脱下儿子摸爬滚打穿了一天的鞋子，还要把臭脚丫子凑到鼻子跟前深深吸一口。"香！我儿子就是香！"

　　比如她儿子吃剩下的半个捏烂的奇异果，或是半块被口水泡软的饼干，都还要喜滋滋往别人嘴里塞。"小孩子吃过的，更甜，尝尝！"

　　比如她宝贝儿子睡着的时候，她看谁走路都嫌脚步声大，她宝贝儿子扯着嗓子哭闹的时候，谁也不许嫌吵。"这样的家才有人气啊！"她说。

　　好，这些也就忍了，这疯女人居然还企图强奸她的美丑观！整天把各种角度拍她宝贝儿子的照片凑到她跟前追着问："帅不帅？帅不帅？比你的吴尊帅吧？"

　　靠，自己儿子长什么样，心里没点谱吗？她终于忍无可忍搬了出来，租了这个小单间。小单间贴满了男神吴尊的照片，门上，墙上，床头，哪哪儿都有吴尊帅气的笑容。

　　终于可以过回正常人的生活了。她长舒一口气。

　　晚上，她通常是戴着耳塞听吴尊的歌入睡的，《花样少年少女》《公主小妹》

《东方茱丽叶》……吴尊的声音就是清澈，充满磁性，这样入睡做梦都是甜的。

但这说的是通常，不是今晚。

今晚是有些奇怪，男神磁性的嗓音唱着唱着，总觉得哪里不对，拿开耳塞，冲入耳朵的竟变成了魔性的"喜羊羊"。"别看我只是一只羊，绿草因为我变得更香……"她惊愕地从床上爬起来，循声走到门口，打开门到走廊上张望，竟看到对面那个士多店门口的摇摇车亮着，正一边摇一边播着喜羊羊主题曲。

天！我这是招惹了哪路小神仙啊？都搬出来了还阴魂不散？

她回屋拿了眼镜再看，摇摇车却已经不摇了，车上也空的，并没有哪个讨债鬼三更半夜吵着人睡觉。她摇摇头，重新又戴上耳塞回去睡觉。

第二天晚上，那摇摇车的声音又来了，依旧是半夜，依旧是"喜羊羊"，但不同的是，她能清楚看到车还在摇，但上面一个人也没有。

吵死了吵死了！她左右看看，门都紧闭着，没有谁像她一样被吵醒了出门来看。很快，播完一曲"喜羊羊"之后，摇摇车就又暗下来了，消失在夜色中，好像什么都没发生过一样。

怪！太奇怪了！在单身人士聚集的街道摆这样一台摇摇车已经够奇怪的了，还要半夜自己摇起来？难不成是士多店老板晚上忘了拔掉电源？

接下来的几晚都是如此，她实在忍无可忍，下班路过时直接冲进士多店去质问。

经营士多店的是一对小夫妻，听她这么一说，老板娘竟猛然激动起来。

"真的吗？半夜的时候摇？播的是'喜羊羊'？"老板娘一把抓住她的胳膊连连追问。

她吓了一跳。"对，对呀。"

老板赶紧把妻子拉开。"抱歉抱歉，你确定是半夜吗？"

"嗯，不然我找你们干吗？"

"那——"老板跟妻子对视了一眼，小心翼翼地问，"上面的小孩长什么样？"

"没有！"她笃定地说，"就是车在摇而已。"

"哦。"小夫妻显得有些失望。

她没好气地叮嘱他们一定要记得拔电源，见小夫妻唯唯诺诺应承了，才满意地离开。但事情没有这样就完结，当天晚上，摇摇车还是照样摇，再往后，还是。她找房东投诉，房东一脸诧异。"从来没听谁说过那个摇摇车会动呀？我住在这里这么久就没见它动过。"

"没动过？那摆个摇摇车在这里干吗？"她也诧异。

房东叹口气。"听说他们的孩子就是坐这个摇摇车的时候不见的，大概是被人贩子拐走了吧。他们就把那摇摇车买下来了，自己开了个士多店，你可别去招惹他们，说不定脑子不正常的。"

"那是挺可怜的。"她点点头，没再去找士多店的麻烦。

摇摇车还是继续摇，"喜羊羊"还是继续唱。她塞上耳塞睡，好像吴尊也不怎么排斥"喜羊羊"。

几天后当她吃完外卖要拿出去扔的时候，打开门竟见到士多店的老板娘站在自己门口，鬼鬼祟祟朝自己的士多店张望。

"你在这里做什么？"她问。

"没，没什么。"老板娘赶紧转身，但并没有走。

"我……能不能在你门口这里待一晚上？"老板娘可怜巴巴地哀求。

见她愣住了，老板娘又赶紧说："你放心，我什么都不做，我只是看着下面。"

"你要看什么呢？"她问。

"我……我就看看是不是我小孩回来了。"她绞着衣角说，"我……我在外边蹲了好几晚了，一直没见摇摇车动，我就想，或许……或许你这里才看得到。"

她有些不忍心，从屋里搬了个凳子出来。

"那你坐在凳子上看吧。"她对老板娘说。

关门回到屋里，她老觉得心里怪怪的，像是丢了什么。鬼使神差拨通了她姐的电话，问爸妈的身体，问家里有没有什么用完了要添置的，又聊了聊最近的电视剧。

实在没啥可聊时，她终于支支吾吾说了一句：

"姐，那个……你带小轩出去可得看紧了，别让他离开你的视线。"

原载《百花园》2022 年第 7 期

草原之夜

马新亭

女孩从小就喜欢小狗。

一天放学回家，女孩看见路边草丛里卧着一只小狗，女孩瞥小狗几眼，继续迈着轻盈的脚步。

第二天女孩上学时，又在路边的草丛里看见那只小狗，心想，这是谁家的小狗啊，怎么还在这里？女孩又放学时，发现小狗还躺在草丛中。女孩走到小狗旁边，弯腰蹲下，轻轻摸摸小狗的头，小狗缓缓睁开眼睛，用舌头舔女孩白白的手。女孩慢慢抱起小狗，说，饿坏了吧？我抱你回家，要不你会饿死在这里的，你的主人找你，你再跟着主人回家。

女孩在自己房间的一个角落，给小狗安一个家，又给小狗取了一个名字叫小黑。因为小狗从头到尾全是黑色的毛，在太阳下，像绸缎闪闪发亮。女孩想办法找一些吃的拿来喂小狗。有时，女孩自己不舍得吃，也要省下来给小黑吃。渐渐地，小黑会走路了，女孩走到哪里，小黑跟到哪里。

女孩能听懂小黑的叫声了，小黑困了怎么叫，饿了怎么叫，渴了怎么叫，高兴时怎么叫，惊恐时怎么叫，见到生人怎么叫，见到熟人怎么叫……女孩全能听懂。

小黑也能听懂女孩的话。女孩一天不知喊多少次小黑的名字。小狗在身边时，她就小声叫小黑，小黑听了，就扬起头围着女孩撒欢；小狗在远处时，她就大声叫小黑，小黑不一定从哪里蹿出来轻轻咬女孩的裤腿；小狗不在视线内时，她就扯开嗓子喊小黑，小黑听到她的声音，无论跑出多远，都会迅速地回到她的身边。

有一天，牧民说女孩的小狗不是一条狗而是一条狼。女孩反驳说，不是狼，是狗。牧民说，狼的尾巴拖着，狗的尾巴翘着，再说，你听听它的叫声，那是狗叫吗？分明就是狼嗥，多吓人啊！女孩问，是狼怎么不咬人？牧民说，你从小把它养大，它早就被你驯化，失去了野性，从野狼变成了家狼。不如杀了它，既安全，又能吃几顿肉，维持几天生活。

爸妈也劝道，不管是一匹狼还是一条狗，咱们家现在没吃的，到处挖野菜刨草根充饥，不如杀了它吃肉吧！

女孩哭泣着说，不能杀它，你们杀它，我就去死！

爸妈想想说，那你将它放归草原吧！它自己觅食也能活下去。小黑吃得越来越多，咱家的生活越来越困难，吃了上顿没下顿，咱不杀它也怕别人惦记着，如果哪家饿急了眼，杀它吃肉，你后悔就来不及了。

女孩牵着小黑，含着眼泪，向草原深处一步一步走去。迎面吹来一阵阵风，没过膝盖的野草舞动着，像是在给女孩深深鞠躬；天上飘过的一片片白云，似乎在与小黑挥手告别……

女孩大学毕业前夕，有人劝她去烟雨蒙蒙的江南水乡，有人劝她去繁华喧闹的都市，有人劝她去蓝色的海滨城市。女孩觉得，还是回家乡好，她舍不得那风吹草低见牛羊的大草原，她舍不得那一望无际的绿色世界，她心里隐隐约约还有小黑的影子。于是，她回到大草原，给牧民的孩子们当起了老师。

一个又热又黑的晚上，她一个人从学校走着回家。突然，从路边的草丛中蹿出一个男人，从后面抱住了她的腰，她拼命挣扎，可是男人又高又壮，任凭她怎么反抗都无济于事。后来，男人把她往路边草丛深处拖去……慌乱情急之下，她拼命地喊起来，小黑！小黑！

就在她筋疲力尽快失去反抗能力的时候，突然听到一声惨叫，骑在她身上的男人滚落下去。她定睛一看，一个黑乎乎的东西，在撕咬那个男人。女孩简直不敢相信自己的眼睛，连忙喊道是小黑吗？是小黑吗？

那个男人慌慌张张向远处跑去，后面一条黑影紧追不舍……

女孩的眼泪哗哗从眼眶中流下来。

女孩后来当了妈妈，生下一个女儿，取名叫梦原。梦原非常喜欢小狗。

有一天，梦原说，妈妈，给我的小狗起个名字吧。

妈妈没有犹豫，脱口而出说，叫它小黑吧！

原载《天池小小说》2022 年第 15 期

父 亲

欧阳华丽

我家附近的小巷口有家米粉店，每天早晨我上班的路上，都要去那里吃碗爽滑细软的米粉。米粉店简陋得只有一个敞口锅、几张四方桌和条凳，可生意不错。

粉店老板是一对中年夫妻，女人性子温和，手脚极麻利，切肉，端粉，收钱，洗碗，一个人做得滴水不漏。男人平头圆脸小眼睛，皮肤黝黑，一笑就露出一口洁白的牙。他手脚利索，烫粉，煮肉汤，配料，一碗色香味俱全的米粉转眼间便成。

夫妻俩有个孩子，在附近的中学上高中，高挑结实，早上我吃粉时，常常能碰到他。人多时他想帮忙，夫妻俩便异口同声催他赶快去学校。

有一年春天，奶奶生病住进医院。我在医院陪护时，意外地遇到粉店老板。

原来他的儿子与人发生冲突，让人给打了，伤势很重，被送到医院后，一直昏迷不醒。这可是他们唯一的儿子啊，两口子寸步不离地守在医院，终日以泪洗面。

深夜，我常常看到他坐在儿子床边，握着儿子的手说："孩子，放心，凶手一定会被抓住，你要赶快醒过来啊！"

为了儿子尽快醒过来，他顾不上店里的生意了，每天都陪在儿子身边，给他讲过去的事，儿子从尿布时代到青春时期的事，他如数家珍。往往讲着讲着，就老泪纵横："儿子啊，爸爸恨不得替你受罪，恨不得把凶手千刀万剐……"

有一天，女人给儿子擦洗完手和脸，男人又开始对昏迷不醒的儿子说话。突然，他看到儿子眼角滚下一滴泪，接着渐渐睁开眼睛。男人见儿子醒来，高兴得不知所措，想对儿子笑笑，却禁不住大哭。

孩子是醒了，调查这起案子的派出所却没能抓住凶手。他们虽然查到了凶手的身份，但排查了好几次也找不到他的藏身之处。男人隔两天就去派出所打听一次，案情却毫无进展。他心疼险些丧命的儿子，每每看到儿子那一身的伤痕便愤怒不已。他做出了一个惊人的决定："我去找凶手，就算逃到天边，也要把他抓回来，为儿子报仇！"

女人红着眼圈劝他："人海茫茫的，找人就像大海捞针，什么时候能找得到先不说，家里怎么办？孩子住院已经把家底掏空，我们的粉店要赶紧开门做生意才行啊！"女人用手擦干眼泪，又说："再说你一个人出门在外如果有个好歹，我和孩子怎么活？"

儿子也劝爸爸："人家派出所都没办法，咱们还是算了吧！"

可是男人说："儿子，我不能容忍伤害你的人逍遥法外。等你长大做了父亲，你一定能理解我。"

他最终说服女人和孩子，拿上凶手的画像，踏上寻仇之路。

四方打听，到处奔波，寻遍与凶手有关联的每一个地方。哪怕是打听到一丁点的线索，他也会毫不犹豫去寻。为了节省开支，他一天只啃两包方便面，住最便宜的旅社。后来手头的钱越来越少，他就一边打短工，一边寻找凶手下落。有时找不到活计，他不得不整天挨饿甚至露宿街头。

一次寻到河南，生病了，加上没吃饭，男人昏倒在车站，有位好心的中年女子给了他一瓶矿泉水和一包糕点，这才救了他。

功夫不负有心人。经过将近一年的寻踪觅迹，男人终于找到凶手藏匿的地方，他报了警，带着警察一起去抓。但凶手实在太狡猾，居然从警察的包围圈中逃脱。警察一路追赶，男人留了个心眼，他一个人抄近路到前面去拦截。在一条宽阔的大河边，凶手慌不择路掉进河里。

凶手是只旱鸭子，不会游泳，他在河里扑腾着双手，大喊救命。男人一开始无动于衷，后来看着他秤砣似的沉下去，立马跳进河里去救。警察赶到时，他刚刚把凶手拖上河岸。此时正值隆冬，他又上了年纪，直冻得嘴唇乌黑，瑟瑟发抖。

"他重伤了您的儿子，您想必对他恨之入骨。可是，"事后有警察问男人，"他落水了，您为什么会冒险去救他？"

"他不会游泳，天寒地冻，我不去救，他会淹死的！"男人脱口而出。

"您做得好啊！"警察点头，"可是，罪犯咎由自取，您也不承担责任。"

"我知道，"男人平静地说，"但无论如何，他只能接受法律的惩处，他不该死吧？"

"对！"

"他要是就这么死了，生不如死的可是他的父母。"

原载《芒种》2022 年第 4 期

朋 友

戴 希

确切地讲，她写的诗还不算诗：既没有诗的音乐美，又没有诗的哲理和精粹，甚至完全由一句句拦腰掐断的白话文拼接而成。我闹不明白：她何以对诗痴迷到那种地步，一有空就捧读雪莱、普希金、泰戈尔、艾青等人的诗。还没完没了地写诗，写了一本又一本，全都拿来请我指教。当然，我也是个门外汉：一者，产量并不高；二者，质量也堪忧。只是见怪不怪，我的诗居然也能堂而皇之地在文学刊物上发表。于是，她把我当老师了。恭敬不如从命，我索性像指教学生一样指教了她半年。这半年，她进步不大，只在区区地市级小报上发表了三两首小诗，还是我给她动了近 70% 的"手术"，但她十分满意。交往时间一长，我们成了朋友。

虽说爱诗写诗，却没有诗一样的隽永和美丽，这是她终生的遗憾，后面的故事跟着就发生了：有个周末的夜晚，因为厌倦了逛马路、读小说、玩扑克等，我们寝室的几名男生寻欢作乐地对全班二十几名女生评头论足起来。经过激烈的辩论，我们按美丑给她们打分排队，又给她们逐一取了绰号。她呢，几乎毫无异议地被排在最末，还被戏称为"丑小鸭"。理由？J 君说，她的外表太难看；S 君说，她说话做作，歌声尖酸刺耳；L 君说，她每进教室，肥胖的身子都像钟摆一样左右摇摆，还有……其实，那晚我并未参与对她的评判，因为毕竟有些碍于交情，于心不忍。

然而，第二天刚下晚自习，她就气咻咻地在校园内的那条小路上拦截了我。

"我真的那样丑吗？"

"不知道！"

"装蒜，你以为你够得上美吗？撒泡尿自己照照！"

……天大的冤枉！我们终于闹崩了，从此不再谈诗，甚至远远地绕道而行。

冤家路窄。毕业前夕，我们偏偏又被安排在同一家医院实习。实习医院路途遥远，中午，我们只好就地搭餐。我没想到，三年过去，她会将以往的羞辱全忘，俨然换了个人，大大咧咧地向我走近。她主动向我谈起她对实习单位指导老师的印象，谈起工作中的体会和今后的打算。而且每次用餐，她都宁愿多买些饭菜，然后分给我一半，说我身体差，多吃点，长胖才像男子汉。俗话说，冤家宜解不宜结。想开了——闲暇时，我们又凑在一起谈诗写诗。下班回校，公共汽车拥挤，她个儿矮小，上不去，我便抱着她的腰肢不顾一切地直往人堆里钻……很快，我们好得像兄妹了。

实习完，要毕业了，灯火阑珊之夜，她下意识地把我叫到咸加湖畔。凉风阵阵吹来，她心里也顿生莫名的忧伤，盯着我，她说："时间不多了……"

我说："是啊！"

"你知道我喜欢谁？"说这话时她的头急速低下，脸红得像燃烧的晚霞。"这——"我沉默了。

"我想你还在怨我的，"停顿片刻，她接着说，"那晚全怪我轻信人言，让你受冤屈了，我没想到你们宿舍的顽皮虫会存心捣蛋，而知道事情真相又在实习前夕……"

我大悟之下立即大度起来："这事只是一个调料，一段小插曲，无损大局的！"

"那么——"她抬头望着我，目光灼灼逼人。

"让我们永远是朋友吧？"我意识到我对她只有纯洁的友谊，我丝毫没有朦朦胧胧爱她的感觉。

她的眼角很快滚落一颗晶莹的泪珠："可是——"

"我知道我们有共同的语言、共同的爱好，接触的时间也长，但感情这东西……"

就这样闷闷不乐地分了手，我以为她会痛恨我一辈子。然而，走上工作岗位后的第一个春节前夕，她从遥远的乌鲁木齐给我寄来了她精心制作的明信片：

"祝福你，永远的朋友！"

端详这娟秀而潇洒的工艺美术字体，不知怎的，我的眼眶湿润了。

一瞬间，她的形象竟丰满而美丽起来。

原载《北方文学》2022 年第 5 期

橘　树

马宝山

陕西人刘公，在兴化县做县令。

一天，刘县令办完公事，在院里海棠树下饮茶。院工领进来一位道士，说："大人，这位道长，看您在院子里饮茶，想讨几杯茶喝。"

县令叫仆人再沏一壶茶来，请道士喝茶。道士喝了两杯，就说喝好了。他从禅袋里取一棵树苗，栽于一个茶碗大的小花盆里。树苗只有一拃长，道人说："贫道没有什么好东西送县令大人，就送这棵小橘树吧。"

县令看一眼小橘树苗儿，很是不以为然。这时候一个六七岁的小姑娘，高高兴兴来到茶桌前，说："爹爹，娘亲给我做的生辰衣服好看吗？"

县令前前后后看过孩子的新衣服，连连说："好看，好看，很好看！"

道人知道，今天是这个孩子生日，把手里的橘树拿给她，说："这盆小树不足以供大人玩赏，就送给女公子，祝个福寿吧。"

女孩子看了这盆橘树，非常喜欢，就接到手上。道士叮嘱孩子说："这棵橘树苗要七天浇一次水，每天中午要放到阳光下晒半个时辰。"女孩子听过点点头，就把橘树送进自己闺房里去了。她遵照道人的嘱咐，天天中午把橘树放在阳光下晒半个时辰，七天浇一次水，早晚还要细心护理，唯恐这棵小橘树受到损伤。

小橘树渐渐长大了，已长到一把粗了。女孩子把它移栽到一个很大的花盆里，还是天天晒半个时辰的阳光，七天浇一次水。这一年春天，橘树开花，结果了，刘公的任期也满了。他们一家收拾行装准备回陕西老家。因为橘树有一人高，携带实在不方便，商量着不要了。小女孩抱住橘树哭起来。家人哄她说："咱们只是暂时离开这里，过不了多久就会再回来。"女孩子相信这些话，不哭了。她担心他们一家走了，橘树被别人砍伐，非要看着家里人把它移栽到后院里，她才放心地跟着父母走了。

女孩子回到陕西，白天认真读书，夜里总是梦见自己在橘树下看书、写字、画画。女孩子长大了，成为家乡最知书达理的贤淑女子，嫁给一个姓庄的读书青年。第二年，青年进京赶考，考中进士，被朝廷委任为兴化县县令。女子就随丈夫重返兴化，住进原先的院子。她一直担心被他人砍伐的橘树，依然在后院里蓬蓬勃勃地生长着，已经有一围粗了，枝头上结满黄澄澄的橘子。院工告诉女子："自刘公离开后，这棵橘树长得很茂盛，却从不结果。今年满树累累果实是第一次呢。"

女子很是惊异，丈夫在任几年，橘树年年硕果累累。

后来女子生下一个男孩子，总喜欢带他到橘树下玩耍。孩子长大些，便在橘树下教他识字，背诵诗词。

这样过了四年，橘树忽然憔悴不堪，不像从前那样茂盛。女子对丈夫说："夫君怕是在兴化的任期不长了。"

夫妇二人正忧烦，家里来了一位道人，讨几杯清茶喝过后，问："夫人似有什么心事？可说与本道听听。"女子就把家里事说给道人听。道人听完，说要到后院看那棵橘树。夫人就领他到后院。道人摸摸树干，再摘掉有些枯黄的树叶子，说："叫人挑一担水来。"

仆人就挑来一担井水，又带来一把水勺。道人伸中指，在水面上写写画画，又接过水勺，一勺一勺往橘树根上浇水。一担水都浇完了，橘树上的焦叶一片片落下来，又一芽芽新叶长满枝头。

妇人觉得道长是个神人，仔细端看，一下子想起六七岁时，送她橘树苗的道人，就"啊——"了一声："师父，您……您就是当年送这棵橘树的神道吧？"

道人捋捋胡子，呵呵笑："橘树本来是送令尊大人的，大人不大喜欢就送你了。橘树，就是吉树，你不仅喜欢，还精心培植呵护，橘树就送吉祥于你，于全家了。"

夫人说:"我只是喜欢橘树,并没有什么奢求啊?"

道人说:"世上凡是有生命之物,都是有灵气的。花草树木也一样,你关爱有加,它们必来回报你的。"

果然,庄县令任期一满,不仅没有被免去官职,还升任为州官。他赴任走的那天,院子里的橘树盛开,花香四溢,满街人都能闻到香味了。

原载《鹿鸣》2022 年第 8 期

最后一名学生

鹿禾先生

　　东方还没有发亮的时候，月光照射着这个崎岖的山路，两边的野蒿散发出晨露的腥味。我们看到，一个幼小的身躯背着书包，从唯一的山路爬过来，在他身后，还可以听到在大山里荡漾的歌声，歌声沉闷，似乎压抑很久，顷刻间就要爆发，山下的雾霾也呈现出排山倒海的模样。

　　他回头看去，那脸上依旧带着污垢的痕迹，刚刚露出的两只机灵的大眼，不小心露出的白牙在月光映照下闪闪发光。他抬头看去，在山顶那边，只望见一个黑魆魆的院子，还有那棵沉闷的老槐树。他心里明白，那就是他最后一次上课的学校。

　　墩娃是这个学校最后一名学生，其他人都被爸爸妈妈接到城里去了，墩娃没有爸爸，也没有妈妈，从记事的时候起，他就和爷爷住在一起。爷爷那时候是这个山上的护林人，他们爷孙两人就住在山里那个木屋里。爷爷会打猎，每天都会给自己带来野味，山林就是自己的家。

　　爷爷和学校唯一的老师是朋友，到了晚上的时候，老师就会瘸着腿来到爷爷的小屋，他们两个在一起喝酒，谈论着国家大事，那些大事都是墩娃听不懂的。墩娃最佩服的是老师懂得很多，老师见墩娃很好学，就教给了墩娃很多知识。

　　可是学校里的学生一天比一天少，最后只剩下墩娃了。上级终于决定，要撤销这个教学点。这个教学点都快七十年了，熬到今天，终于要撤销，大家心里都不好受。但是那些学生都走了，很多孩子都跟着打工的父母去了外地。墩娃也知道，外边那个村子几乎空了。上一次他去村里找虎妞，到了村里，家家户户都开着门，里边都是空空如也，大家都搬走了。他在一个破旧木屋里，看到一个已经很老的老太太，他在老太太家吃的午饭。老太太有点伤感："他们都走了，我不能走呀，我走了，我儿子要是回来了，就找不到我了。"

后来，墩娃才知道，老太太在等待她丢失的儿子。都六十年了，她一直在等，儿子是从这个村子里走出去的，她守着这个空心村，就是怕儿子回来见不到自己。墩娃是去找虎妞的，但是虎妞没有和自己打招呼就走了。

墩娃看着这个空落落的村子，没有了炊烟，没有了鸡鸣狗叫，没有了孩子们玩耍的影子，在村口那个场地上，已经长满了野草，野草也几乎埋没了墩娃。这里发生了什么？回到自己和爷爷那间木屋内，看到爷爷睡着了，爷爷再也没有醒来。墩娃到山上把老师叫过来，老师看着爷爷："他走了。"墩娃看着闭着眼睛的爷爷，爷爷安详地睡着了，怎么说爷爷走了呢？

后来山下来了很多人，老师说那是政府的人，他们埋葬了爷爷，然后在小木屋内研究墩娃的安置。墩娃抓住木屋的门板："我哪里都不去，我在这里等爷爷，如果爷爷回来，我离开这里他怎么能找到我？山下的奶奶就是这么等她儿子的，我在这里等爷爷。"大家没有其他办法的时候，老师来了，大家同意，还是保留这个教学点吧。为了墩娃，这个教学点没有撤销。

墩娃终于爬到了山顶，这时候太阳也终于从地平线爬出来，墩娃觉得这个地方的空气特别甜。墩娃发现，今天的太阳出来后月亮却未落下，墩娃觉得很神奇。这时候，墩娃听到了老师劈柴的声音，墩娃大声地说："老师，我来上学了。"

虽然这个学校已经很破，里边还是收拾得很干净，老槐树上的钟依旧存在，挂在那个树杈上，随着轻微山风摆动。那三间几乎是要趴下的教室内，依旧放着几排破旧的课桌，虽然现在这些课桌的主人已经不复存在，但是似乎说明，这个山上的学校也曾经辉煌过，走到这里，似乎还能听到过去琅琅的读书声。

现在这个教室里，只坐着一名学生。当外边那个上课铃响的时候，老师依旧拿着课本、教案，走进教室。教室内唯一的学生，依旧恭恭敬敬地站着，大声喊着："老师好！"老师也会给这个唯一的学生鞠躬，然后说："同学们好，请坐。"

于是老师开始讲课，学生认真听讲，老师提问，学生还是站起来回答问题，他们也在一起讨论，一切还是像以前那样。老师很投入，学生也很认真。

下课的时候，师生二人坐在学校旁边的石板上，老师开始抽自己的水烟袋，学生开始团自己喜欢的泥团团。这也许是他们最后一节课，这也许也是他们最后一次在这里端坐。

因为，接墩娃去城里上学的车已经从教育局出发了。

原载《韶关日报》2022 年 11 月 20 日

芒果真甜

江筱非

我在外地出差回来，下车时恰巧遇到老同学李少。我快半年没回家了，短暂地寒暄之后，我想起手提袋里带回来的芒果，便随手递给李少一个，他没有推辞，拿在手里就和我告别了。

再次遇到李少时，是一个星期天的傍晚。我们都在公园里散步，公园有一条沿河小路，他从东往西，我从西往东，我们就这样正好撞个满怀。

李少握着我的手说："苏达，还记得你上次给我的那个芒果吗？它真甜啊！"

我推了推眼镜，感到有些茫然，说："很甜吗？我怎么没觉得。"

李少很肯定地点点头，说："比我平时吃到的芒果甜很多！"

我开玩笑说："难不成你是蘸着蜜糖吃的啊！"

李少说："还真是的！我拿着你给的芒果回家跟我爸妈他们说，我有个芒果，可是你们有两个人，给谁都得罪了另外一个，不过我有个主意，你们可以抓阄，没有得到的一个就不会埋怨我。"

李少停了会儿，捂嘴笑了，又说："我妈说就一个芒果，你们吃就是了。她嘴上是这么说，还是伸手抽走了攥在我手心里的一根草棒，又和我爸的草棒比长短，长出来的一截儿活生生把我爸的草棒比了下去。我爸朝我剜了一眼，靠在椅子上悠闲地抽他的烟。"

我的脸突然红了，抱歉地说："李少，都怪我考虑不周，没想到这事，要不然可以多给你几个芒果带回去。"

李少紧张得口吃起来："别，别……苏达，这……这你就不拿我当兄弟了，我完全不是这个意思。后来我妈又找来两根火柴棒，来到我女儿和儿子的书房，很认真地说：'宝贝们，咱来玩个游戏，看看谁是胜利者，有芒果吃！'我女儿和儿子顿时就围了过来,他们仔细斟酌着奶奶手里露出头的火柴棒,满意地抽走了挑中的那一根,我女儿朝我妈挤眼吐舌头,我儿子擎着火柴棒递给我妈看。"

我听了,羡慕地说:"李少,你们家真有趣!一个芒果都能带来这么多快乐。"

李少说:"太有意思了,我儿子又效仿我妈,要了两个火柴棒,捏在手心里,很谨慎地递给我女儿说:'赢家就有芒果吃。'他太天真了,他把长的一根露出很长的头,短的一根头差不多都缩到手心里面了。我女儿傲慢地说:'不用抽啦,我猜到哪根长哪根短!'儿子又只好去找我妈玩这个游戏。"

我笑着说:"李少,你们家都是游戏迷,你的基因没白流。"

李少似乎第一次对家庭成员有个新发现,惊讶地说:"这个你可说对了,他们好像都喜欢玩游戏,特别是我家那位臭小子,最后硬是逼着我妈和他抽,我妈又赢回了大芒果他才罢休。"

我赞叹说:"你们每个人都是赢家!"

李少哈哈大笑起来,说:"苏达,我真要感谢你,你的一个芒果让我们找到可以开心的理由。我妈把那个芒果切成许多小方块,摆成小鱼的模样,穿上牙签,让我们都品尝了芒果鱼的味道,我儿子和女儿夸赞:这是他们吃到的最甜的芒果!"

听了李少的话,我开始不安起来,我曾因为给了李少一个芒果而自责、后悔过。我刚到家那会儿,两个孩子立即将我包围起来,我懂他们的意思,他们是看我带回来什么好吃的礼物。我交给他们一袋芒果,他们马上跳起来,可是又瞬间晴转阴,为了谁多分一个而大打出手。虽然芒果也不是什么好东西,也经常可以吃到,但是在我离家的那段时间,孩子们没有吃芒果,更何况这是我出差从外地带回来的。

现在看来,不关我买回来多少芒果的事情,而是我没有足够重视分配的过程,没有让他们体验获得的仪式感。

我在附近的超市里买了一个芒果,乐滋滋地回了家,我被李少的做法打动了。我对孩子们说:"来,套圈,谁套中,芒果归谁!"

女儿说套圈也太小儿科了，儿子埋怨怎么就买一个，他们对套圈都表现得兴趣不大。我只好拽来妻子，我做裁判，让她套，她套了三次竟然没有套中。看套圈没有想象的容易，女儿开始跃跃欲试，儿子也不甘示弱，这样他们都积极地配合我套圈，并对套圈赢得芒果产生极大的兴趣。

他们套了一身汗，最后芒果被较真的儿子套中了，时间虽然很晚，但是我们一点儿倦意都没有。对于赢取的战果，儿子第一次没有独吞，而是一人一口分享了它。

我们吃着芒果，一边快活地咀嚼，一边竭尽所能地赞美："芒果真甜！"

原载《小小说月刊·校园版》2022 年 7 月刊

姐 妹

李秋善

王曼和朱丹是好姐妹。王曼来自讷河，朱丹来自海伦。春节放假的时候，朱丹曾邀请王曼到过她海伦的家。叫海伦，其实没有海。在当地很多地名都莫名其妙，比如拜泉是没有泉的。两人相约明年春节放假时再一起去王曼的家讷河。

过了年，两人又回到打工的地方，她们在湖城经六街上的一个洗脚城上班。湖城的经六街在湖城可是有名。前些年改造了，沿街都是两层或三层的仿古建筑做门市房。湖城的娱乐场所大部分分布在此。有洗脚城、歌厅、按摩房、洗浴中心等。

这些行业是个灰色地带，都有暧昧的成分在里面。王曼和朱丹打工的这家洗脚城也不例外。有的姐妹干了不长时间，就被某个老板看中，包养了起来；还有的虽然没有被包养，但也有老铁，隔三岔五地在店里整那事儿，当然，老板是有好处的。也有顾客找朱丹和王曼，二人不为所动。朱丹和王曼面临很多诱惑，但二人始终坚守着那条底线。

洗脚城的老板有三个，其中两个是油田的职工，不常来。长期在店里的老板是个三十多岁的男人，叫陈国强。陈国强是甘肃天水人。湖城是个移民城市，当初的油田老会战都来自五湖四海，所以湖城人接纳性较强，不排外。陈国强在甘肃老家有老婆女儿，起初来湖城是做美容业务的，但美容行业竞争太激烈。陈国强刚到湖城是做琪雅品牌，后来又做东方小屋品牌，都不好干，陈国强爱交朋友，认识了两个油田职工，三人合计着做点生意，考虑到洗脚城生意不错，陈国强就改行和两个油田职工做起了洗脚城生意。

王曼有事没事地爱往陈国强的办公室里跑，一来二去的和陈国强就好上了。

朱丹看到王曼和陈国强腻歪在一起，便提醒王曼说，陈国强有家，你好自为之。王曼笑着说，玩玩的，没事儿。

有一天，王曼呕吐得厉害，才记起有两个月没来例假了。买来孕检试纸一试，果然怀孕了。

王曼把怀孕的消息告诉了陈国强，陈国强提议把孩子打掉，王曼不舍得。于是，陈国强便在经六街旁的新村一区给王曼租了套房子，是个两居室。王曼便不到洗脚城上班了。

闲暇无事的王曼便给朱丹打电话，让她没事的时候来陪陪自己。陈国强租的房子离洗脚城很近，走路五分钟就到。没事的时候，朱丹便常来陪王曼聊天。

在王曼怀孕八个月的时候，陈国强突然失踪了，打电话他的号码显示是空号。洗脚城的另外两个老板只好轮流来洗脚城盯着。

朱丹曾劝王曼把孩子引产，无奈八个月了，引不了了。

王曼在对陈国强的诅咒声中产下了一个男婴。

朱丹在王曼生产这段时间也没在洗脚城上班，而是尽心尽力地照顾王曼。王曼整天以泪洗面，奶水也没有了。朱丹只好给王曼买奶粉。

坐完月子，王曼对朱丹说，朱丹咱们是好朋友不是？朱丹说，是。王曼说，我要到陈国强的老家找他去，不能这么便宜了他，你帮我照看一下孩子，无论找到找不到陈国强，一个礼拜我就回来。

朱丹犹豫了，自己是个姑娘，能带好孩子吗？

王曼见朱丹犹豫，便说，你帮我带几天，求你了。

说着，王曼给朱丹跪下了。朱丹赶忙扶起王曼，说，最多一个礼拜。王曼千恩万谢。

第二天，王曼便踏上了去往甘肃的火车。

朱丹带着个孩子，其中的艰辛可想而知。朱丹整天看日历，好不容易熬到一个礼拜到了，王曼还没回来。

起初王曼还和朱丹通电话，说按照陈国强身份证上的地址找到了他的家，但陈国强搬家了。王曼安慰朱丹说，我很快就回去了。

朱丹整天忙着带孩子，突然她记起，王曼有一个礼拜没来电话了，便给王曼打电话，王曼的手机打不通了。朱丹看了眼日历，王曼走了一个多月了。

眼看陈国强租的房子到期了，朱丹只好带着孩子回到海伦的家中，心想，王曼到过我家，她能找到我。

朱丹的父母和哥哥见朱丹带着个孩子回家，都有些纳闷。才离家两个多月，不会生出孩子来。听朱丹一说，才明白是怎么回事儿。父母便责怪朱丹做事欠考虑，一个大姑娘带个孩子，好说不好听。朱丹一再说，王曼肯定会来找孩子的，带不了多长时间。

慢慢地，朱丹和这个孩子越来越有感情，越来越觉得离不开这个孩子了。

父母拿朱丹也没办法，起初父母让朱丹把这个孩子送人，朱丹不舍得，她总觉得，王曼明天就会来接这个孩子，到时候给她还是不给她呢？

因为要带孩子，朱丹没法出去打工，自己那点积蓄花完了，便向父母要。父母和哥哥都接受了这个孩子，让朱丹在家专心带孩子。

有人给朱丹介绍对象，父母答应给朱丹带孩子，可是朱丹不同意，坚持要婚后自己带。条件好的都不愿找个拖油瓶。于是朱丹的婚事便耽搁下来。再有提亲的都是二婚的了，还有孩子，朱丹索性不找了。父母经常为这事儿唉声叹气。

孩子一天天长大，到上幼儿园的时候，朱丹便可以去打工了，她找了份食堂刷碗的工作，每月一千多块钱。

孩子上学后，回家问朱丹，别的孩子都有爸爸，我怎么没有爸爸？

朱丹无言以对。

转眼儿子十三岁了。这一天，朱丹接到一个电话，是王曼打来的，这些年朱丹一直没换号码。

王曼在电话里说，朱丹你过得还好吗？结婚了吗？我的孩子还在你身边吗？我结婚了，又有了个女儿。陈国强找到我了，他愿意出三十万找回他的孩子。朱丹，你在听吗？喂……

朱丹扣了电话，再打也不接了。

朱丹带着孩子出门打工了，谁也不知道她去了哪里。

原载《辽河》2022年第6期

父亲的叹息

厉剑童

那年，我弟弟七八岁。那个秋天，正是收板栗花生的时候。母亲干活回来，吩咐弟弟烧水喝，不承想弟弟的手、胳膊让开水给烫了，痛得嗷嗷大哭。

母亲顿时慌了神。父亲呵斥了一声母亲，慌什么慌？去找点獾油抹抹就好了。獾油治烫伤是我们那个山区小镇流传很广的一个偏方。可一时到哪里去找獾油？母亲难住了。

獾这东西长得像狗，又叫狗獾，善于掘地，昼伏夜出，经常晚上出来糟蹋庄稼，而且一吃一大片。那年月缺吃少喝，村里人视粮如命，对獾是恨之入骨。

父亲说，南山卫轩可能有，那年冬青他儿烫着了，就找卫轩要的獾油。老二，你快去找他要点来。卫轩是个老光棍，住山上看山。之所以父亲不亲自出场去要，是因为那年父亲因事得罪过他。

二哥腿溜，七八里山路来回一顿饭工夫就回来了，他两手空空，说，卫轩说，叫你大来就给。

父亲脸色铁青，吼道，死了胡屠夫就得吃带毛猪？他不给，咱自己熬！

父亲让母亲先去村卫生室给弟弟上了点药，然后他和二哥去坡里逮獾。我那时十一二岁，正是好玩的年纪，也跟着去了坡里。第一次跟大人出去抓野物，一颗心怦怦直跳。

父亲一边打听在坡里干活的最近见到獾没有，一边四下找寻獾的踪迹。终于在东岭发现了几处獾留下的新鲜脚印和粪便。

晚上，父亲领着我和二哥带着手电筒，在白天发现獾出没的地方支好扣子。獾力气大，担心套着了被它挣脱掉，父亲决定夜里蹲守在野外。我们在一个花生秧垛下蹲好。没有月亮，却有漫天的星，有虫唧唧叫个不停。

父亲不让我们出声。我紧闭嘴巴，竖起耳朵听动静。先是一只刺猬从我们跟前走过。不多会儿，一只半大黄鼠狼发现了我们，停下来，竖起两条腿，惊讶地望了我们一眼，迅疾朝沟底跑了。

父亲烟瘾很大，几次从腰里摸出烟袋，又插进腰里。

夜，静谧极了。

星辰暗淡下来，只有零散几颗星值班。前面还没听见动静。起风了。之前的新鲜劲早过了，我困得厉害，只想回去。

父亲扭头看了我一眼，正要起身，忽然，前面传来扑通扑通的声音。

上套了！父亲说着，赶紧起身跑过去一看，居然是一只黄鼠狼。父亲很失望，骂了一句，不长颜色的东西，把它给放了。

我们返回垛根继续蹲守，都鸡鸣两遍了，迟迟没动静。没指望了，二哥说。走呗，怪冷的，我紧跟着说。父亲不作声。

就在我迷迷瞪瞪要睡着的时候，忽然被二哥晃醒了。快起来，套着了！

我又紧张又害怕，紧拉着二哥的手，跟着手电筒的光亮跑过去。

亮光下，只见一只长得像狗的大家伙在用力挣扎。无疑，这就是传说中的獾了。

愣什么愣？快，踩住脚，摁住它，别叫它咬着！父亲呵斥一声。我打着手电筒照着。父亲用那根木棍叉住獾的脑袋，防备它咬人。獾挣扎得更厉害了，头甩来甩去，屁股一次次撅起，两只后爪扒着地，扬起阵阵沙土，扑打在父亲脸上。

手电筒的光束照在獾的眼睛上，我被那双眼睛吓了一跳。那双不算大的眼睛，像寒星，闪着幽兰的光，瞪着，仿佛喷着鬼火。我下意识地后退两步。

二哥一把夺过手电筒，含在嘴里，抽出准备好的绳子，和父亲两人费了好大劲才把獾捆绑住。父亲和二哥用棍子抬了，三人深一脚浅一脚地往家走。一路上，那獾不停地挣扎。

抬回家，父亲找了个铁笼子，把獾放进去关好。我也困了，倒头睡去。

一觉醒来，已是八九点钟，太阳升得老高了。

父亲站在铁笼子边，吧嗒吧嗒，不住地吃着旱烟。袅袅飘动的烟，遮住了沟壑纵横的一张脸。

我蹲在笼子旁，这才看清獾的样子。它看上去和一只成年土狗差不多，全身呈黑褐色，头顶一道又宽又白的杠，白鼻头。肚子鼓鼓的。隔着笼子，我拿小木棍小心翼翼地拨拉它的肚子，只见它的肚子一起一伏，像波浪。

别乱动！父亲呵止说。

从父母的说话里，我才明白，这是一只怀了崽子的母獾。

父亲的眼里显然多了几分犹豫。终于在吸了大半天烟之后，他呸一声，朝地上噗一下，吐了一大口唾沫，拿起一把剔骨刀。

那獾顿时浑身抖个不停，惊恐地躲闪着，神情如同一个被吓着了的孩子。明亮的眼睛里全是惊恐、绝望。我被震慑住了，小声央求说别杀了，怪可怜的。

父亲瞪了我一眼，叹了口气说，不杀，你弟弟的手什么时候好？

父亲的刀伸向獾的时候，它却出奇地冷静，没有挣扎，慢慢闭上眼睛，两行眼泪随即流下来。我转身跑进屋里。

等我出来的时候，父亲已经收拾好了獾，正用一块破布擦着刀。这时，卫轩来了。

你——来干什么！父亲阴沉着脸，没好气地说。

老哥，我不该小肚鸡肠，跟你置气，这是獾油，快给侄子抹上吧。说着，把一个小塑料瓶递给我父亲。

谁稀罕你的臭油，拿走！父亲吼道。

卫轩尴尬地看了父亲一眼，又看了看摊在柴垛上的一张獾皮，将小瓶子放在磨台上，默默地走了。

弟弟的手不久就痊愈了，而且什么疤痕也没留下。

后来，村里来了收兔子皮的，那张獾皮本来能换几个钱，父亲却不顾家人的劝阻给埋了。

再后来，我们每次说起獾油的神奇功效的时候，父亲都一言不发地走到磨台根下蹲着，吧嗒吧嗒吸烟。

三十年前，父亲去了，临终前叹了口气，断断续续说：要是那年……卫轩能……早来一袋烟工夫，那獾也就……唉！

俄顷，两颗豆大的泪珠，从父亲瘦削的脸颊上滚落下来。

原载《日照日报》2022 年 1 月 9 日

老朋友

巴图尔

吐拉甫江再有半年就退休了，干了一辈子警察，从没后悔过，除暴安良、打击犯罪都是他分内的事儿，也是他心里最为欣慰的事儿。人老了，腿脚也不利索了，派出所也没安排他负责案子，只是在所里干一些力所能及的事。吐拉甫江并不习惯这样安闲的日子，以往忙活惯了，闲下来反而不知干些什么好。

三十多年前，他从部队转业到派出所一年多，第一次见到偷牛贼买买江这家伙时，就觉得这个家伙浑身冒着一股邪气，他就开始格外关注这个家伙。那时候，刚改革开放没几年，牛还是农民家里最主要的生产帮手。买买江这家伙平时就好吃懒做，游手好闲，就爱小偷小摸。这次，不知道这家伙哪来的胆子，偷了别人家牛，竟然杀了卖肉。在当时，偷牛不算小事儿，可也判不了几年，一转眼就出来了。吐拉甫江为了更好掌握这家伙的情况，让他每个星期到派出所报个到，汇报一下出狱后的生活工作情况，然后再回去，该干啥干啥。

每次买买江来，他都尽可能多抽一点时间，和他多聊聊，想从谈话中多了解一点情况。买买江眼睛里总是闪烁着一种怪异的目光，他总觉得在这目光后面，一定有他不知道的事情，买买江这家伙狡猾得很，总是装得没事人一样，说话总是避重就轻。既然这个家伙不说，他也不问，他也装作没察觉的样子，心里却想着如何打开突破口。

这一晃就三十多年了，好像买买江也没再犯什么错。买买江开了个杂碎馆，生意还挺不错，娶了老婆有了孩子，小日子过得很不错。这是吐拉甫江最希望见到的，人有事儿做了，也就不干那些小偷小摸的事了，再说了，谁一辈子还不犯点儿错，错了，改了不就行了吗。这些年，派出所工作不紧张了，晚上没什么事儿了，他也会带瓶酒到买买江开的杂碎馆，和他边喝边聊。聊什么呢？

他总想从买买江嘴里证实他的怀疑和猜测。有时，他也反问自己，是不是自己想得太多了，原本人家买买江就没有什么，也许是自己的职业病在作怪！可是，他一想到买买江的目光，就觉得自己怀疑的没有错，也就不敢放松脑子里的那根弦。

在买买江的杂碎馆里喝酒，虽说他们相互之间知道彼此的身份，可是在外人看来，他们就是一对老朋友。二十多年了，不争不吵，喝着酒吃着羊杂碎，让不少人羡慕不已。买买江日子过好了，似乎断绝了那些摆不上桌面的事儿。可是说心里话，吐拉甫江一直对他不太放心，他总觉得这家伙心里装着什么事儿。

一直以来，每个星期买买江都到派出所报到，时间久了，买买江和派出所的民警也都混熟了，见了谁都打个招呼，掏出有档次的香烟来，大家散一圈。新来的民警也搞不清吐拉甫江和买买江之间的关系，都觉得他们是老朋友，对买买江反倒很客气。

又是一个星期的早上，买买江溜溜达达走进派出所，在吐拉甫江办公室坐了一会儿说，没什么事儿我就回去了。

下个星期你就不用来了，吐拉甫江说，我退休了。

不来了，哎……这些年，我都坐下毛病了，买买江似乎很失落地说，不到你这儿来一趟，心里就是不踏实。

毛病。吐拉甫江说，好好做自己的生意，闲了，我找你喝酒去。

吐拉甫江退休了，他也觉得闲下来的滋味不好受。没退休的时候，恨不得明天就退休，特别是忙起来的时候，哎哟！整天忙来忙去，如同一台超负荷运转的机器，精疲力尽。派出所都是这样，管的片区大，所里又缺人手，一个人都顶两个用，就这还经常打不开点儿。他退休了，人家都喜欢钓钓鱼养养花，和别人下下棋打打牌，可是这些吐拉甫江全不会。有时，他觉得退休还不如在派出所上班，有事干，时间过得快。闲下来了，这时间就像拉磨，难熬。

上午看报纸，他看到一个报道说，近日，在本市郊区发生一起抢劫案，市局用了三十六个小时，就逮住了那个犯罪嫌疑人。吐拉甫江放下报纸想了想，他记得二十多年前，在他的片区也发生过一起抢劫案，可是并没有逮住那个犯罪嫌疑人，那个案子到现在也没破。那时候，不像现在到处是监控。那时，全靠现场遗留的蛛丝马迹破案。可是那个家伙有点儿反侦察能力，把现场收拾得很干净，那个案子就成了陈年积案了。

下午，吐拉甫江没什么事儿，就溜溜达达来到了买买江的杂碎馆。他说，忙不忙呀？

买买江说，不忙。弄几个羊头羊蹄子喝几杯呀？

好呀，吐拉甫江说，反正没事儿，喝就喝。

酒喝到天快黑的时候，两个人都喝多了。买买江说，现在和你喝酒我可……轻松了，不像以前，我得时刻注意，不能让自己……喝多了，喝多了，满嘴跑火车就麻烦了。

哎呀，你这个家伙就是心眼多，我把你当朋友，你还防着我。吐拉甫江指着买买江说，你说，你是不是不够朋友？

不瞒你……不行啊，你那时候是……警察，说了，你就得抓我。买买江舌头都打着卷地说，现在你退休了，我就不怕了，说给你听……也无所谓。

吐拉甫江不敢插嘴，怕这家伙反应过来不说了。

你还记得二十多年前，那个抢劫的……案子吗？买买江问。

吐拉甫江点头说，记得。

那就是我干的，抢来的钱……就开了这个杂碎馆。买买江说。

等买买江把作案的细节说完，吐拉甫江突然从身后掏出手铐，给买买江戴上。

买买江嘿嘿笑了，说，你都退休了，管不了我。

你别忘了，我退休了也是警察。吐拉甫江说。

我们是朋友。买买江喊着。

我们永远都是朋友。

原载《百花园》2022 年第 9 期

夜 袭

练建安

想起当年意志昂，腰间悬带赤莲刀。

未能醉卧樱花下，空负青灯读六韬。

这首诗，作者是国民革命军陆军第 62 军中将副军长练惕生；成诗时间是
1939 年 12 月。其时，正是粤北抗日大战之际。

练副军长是我的族叔公，八年抗战，率部守厦门，攻南澳，战粤北，喋血
衡阳，抗敌湘桂，立下显赫功勋。

话说 1939 年 12 月，日寇侵占广州一年之后，集中三个师团又一旅团 6 万
余重兵，配备大量飞机、重炮、战车，主力倾巢而出，兵分三路，直扑广东临
时省会韶关曲江。粤军第 12 集团军节节抗敌。大战正酣，防线多处撕裂，险象
环生。一彪劲旅，跳出重围，挥师直捣敌中路联络线要地——牛背脊。这彪劲
旅，即粤军精锐第 62 军 157 师，指挥官为中将副军长练惕生。

牛背脊既为要地，日寇配备精锐守卫。练副军长指挥所部，攻坚作战。勇
士们前仆后继，浴血奋战，斩敌首 1900 余级，自损 900 余，终将敌阵攻克。
鬼子联络线被切断，惊慌失措，深恐被分割围歼，遂易攻为守。粤军会同湖南
援军全线反攻，大获全胜。此为第一次粤北大捷。

在此期间，日军出动大量骑兵部队。资料记载，仅第 12 集团军缴获的军马
就有 80 余匹。

据老兵回忆，日军骑兵皆骑东洋马，速度极快，势如旋风。敌骑骤至，我
们一梭子弹打出，还来不及换弹匣，就见钢刀一闪，劲风过处，往往人头落地。
敌骑兵对我们威胁很大。

练副军长苦思破敌良策，心生一计，遂下令部属广为搜集百姓家中的铁锅，付以重金。百姓、军士皆不解其意。

百十口铁锅收集齐备后，练副军长下令将铁锅全部埋藏于通衢要通，命令两营精锐埋伏于两侧山丘，隐蔽待机。

部署既定，练副军长即派一营兵力袭击日军营地，日军反击，第157师袭扰部队且战且退。日军大怒，使出撒手锏，派骑兵大队穷追猛打。

敌骑兵追至通衢要道，马蹄踏踩铁锅，或急速滑倒，或踩穿锅底，深陷马足，整一片马翻人仰。

就在此时，两侧伏兵轻重机枪齐发，弹雨倾泻，如风卷残云。敌骑兵大队，片刻全部报销。

此"埋铁锅歼敌骑"的故事，广为流传。

回忆者是华叔公，当年是练副军长的机要秘书。耄耋老人啦，头不昏，眼不花，记忆力特别好。为写作《抗日将领练惕生》，我多次采访过他。

前年秋，我带着一盒姜糖饼到他家拜访。他眼睛发亮，看看四下无人，就悄悄地凑近我说："你知道吗？文德牺牲了，军长流眼泪。增发牺牲了，他就哈哈大笑，喝光了一坛子客家酿酒，都醉了啊。那一夜，我不敢睡，怕他摸枪打人。讲武堂出来的，他的枪法很准的哦。"

我说："增发叔公不是战斗英雄吗？烈士纪念碑上是有名字的。舍身堵机枪，为大部队攻下牛背脊开辟了道路。英雄！家族英雄，民族英雄，我会好好写的。"

华叔公不说话了，过了好久，他说："阿建啊，我都九十多岁的人啦，说不清哪一天老军长就叫我去见面喽。有些事啊，堵在心里几十年了，多少回啊，我要说出来，就是不敢说，喉咙痒痒的，难受。半夜，我就自家对自家说，说上三四遍，舒坦了，一觉睡到天光。"

华叔公闭上了眼睛，好像很痛苦。十多分钟后，老人睁开双眼看了我很久很久，然后，慢慢地说："发仔，是被枪毙的。"

"啊！枪毙的？您，您……"

"没错。军长亲自下的命令。"

"军长？"

"是他。练副军长。"

"发叔公，他不是舍身堵歪把子机枪牺牲了吗？文史资料都这样写的，很多老兵都亲口说了，有录音，有记录。"

"发仔武功好，小鬼子换弹夹，他跳起来，一下子就将歪把子扯了出来。"

"军长为什么要枪毙他？国民政府的烈士证，还挂在他家厅堂玻璃框里呢，大家都看过的。华叔公，您老忙吧，我还有点事。"说着，我站起来要走。

"你，你，给我站住！"

我站住了。

"坐下！"

我坐下了，竖耳倾听。

增发是族叔公练副军长的亲堂弟，第157师的武术教官。该师是族叔公的"本钱"，客家子弟兵众多。增发智勇超群，与文德并驾齐驱，同为族叔公的左膀右臂。凡攻坚克难，族叔公在关键时刻，连营规模的，多半要派出这两只猛虎。

话说练副军长指挥作战，善埋伏，也善强攻，如牛背脊之战。同时，战法多变，"夜袭敌营"即为一例。

据华叔公等老兵回忆，练师长在攻克牛背脊后，固守阵地。曾精选军中威猛勇武者36名，穿短裤，大腿涂黑，趁暗夜摸进敌营，奋勇杀敌，不发一枪。黑暗中各勇士手摸对方衣裤，遇穿长裤者，即猛刺几刀，遇大腿光滑者，迅即松手，如此一夜混战，杀敌甚众。

夜袭敌营的领队，不用说，就是武术教官练增发同志。天亮了，他率部凯旋。刚翻过牛头山，几架敌机呼啸扑来，狂轰滥炸，尾随的鬼子兵也追到了。战斗的结果是，增发一人负伤突围，35名勇士全部壮烈牺牲。

增发主动投案，要求堂兄——练副军长枪毙他。第 157 师的长官们听完增发的供述，都不说话了，叹口气，相继默默走开。族叔公把自家关在师部作战室里，喝光了足足满坛子客家酿酒，哈哈大笑，笑了一出又一出，声震瓦屋。笑过后，威严地下达枪决命令，军法处长监督执行。

增发率部夜袭敌营，夜幕下，他摸到了敌方一个年轻女性的柔软部位。他犹豫了瞬间，放过了她。不料，这一念之差，直接导致了夜袭队全队覆没。

原载《北方文学》2022 年第 2 期

藤师傅和他的天堂椅子

邵宝健

在我们这条古老的小巷底端，住着一位没有结过婚、没有碰过女人的编藤老男人，大家都叫他藤师傅。有点弱智的说话口吃的徒弟小藤子，其实是他早些年捡来的弃婴，确切地说是他的养子。藤师傅到底姓滕还是姓邓，没有人留心过。因为藤师傅的"藤"已深烙在街坊邻居的脑海和口碑里。不管男人女人，也不管是上了年纪的还是年幼的，一律叫他藤师傅。一提藤师傅，大家就知道是指小巷底端那扇木门里的左腿有点瘸的，看起来五十多岁实际上只有四十四五岁的老男人。

他的腿虽然不好使，但十根手指却灵巧极了。生计是制作各式藤椅以售，也兼营修复旧藤椅和破损的藤具，堪称手艺精湛。

藤师傅对待自己的养子小藤子可算得上慈父了。从来没打过他，也没大声斥责过他，即使在小藤子读小学时数学常考零分，他也没动过怒。这个羸弱的胆小的别人家的弃孩，他爱都爱不够，哪忍心去怪罪和惩罚这孩子由于先天不足而表现出来的笨拙。这么多年来，藤师傅总是和声和气，总是笑眯眯的，总是轻手轻脚，就是树叶子掉下来也怕砸了孩子的头。可是现在孩子已经十八岁了，个子长得高高大大的了，想想藤师傅，他制作了成千上万只藤椅，修复无数的破旧藤椅和别的藤具，让它们旧颜换新颜，家里却没有一只像样的藤椅，狭窄的卧室里只有那张旧木椅勉强可以坐坐。更叫邻居沮丧的是，小藤子"朽木不可雕也"，弄了个初中毕业，再也读不上去了，只好跟着养父学编藤。学编藤手艺也有一年半载了，就是不见长进，主要是缺乏悟性，人还特拗。藤师傅心里头那个急呀。急也没有用，只能生自己的闷气，所以这段时间就比以往多喝了点酒，想以酒消愁嘛。

藤师傅专事制作新藤椅，修修补补的事就交给小藤子干。这些天，藤师傅闷声干活，也不多搭理养子。他是在做一件绝活：制作一只特别精美的藤椅，不出售，也不自用，是专给养子做示范的样品。他曾跟邻居刘花匠不止一次说起过，他要做一只天堂的椅子。因为养子不够灵巧，过于笨拙，为师、为父心里总有点不爽。都说强将手下无弱兵，良师出高徒，可他与养子就弄不出这等好事。他要激起养子的羞愧之心：有技艺这么优秀的父亲兼师傅，再不有所长进实在是太丢人了。

他在卧室的墙壁上贴了一张画有藤椅图样的纸，小藤子曾问过他那墙头的纸上画的啥。藤师傅说，那是一张天堂的椅子，是在梦境里寻觅到的。小藤子就站在小凳上，仔细瞧。

图样是有点特别：阔平的扶把，宽敞的微微后倾的靠背上，描有仙鹤独立的图案；接近坐者后脑勺有一道凸出的拱枕，四只椅腿的上端环连着镂花的藤面。

"这……这个样子叫……叫天堂的椅……椅子啊？"小藤子不胜惊讶，又有点疑惑。

藤师傅说："是呀，你空下来好好看看。接下来我就要做这张天堂的椅子。"

这天，藤师傅入神忘我地让飞舞的藤条按梦境中的图样编织，小藤子则自顾自在加工即将修整好的一把老式躺椅，技术含量不高，收收尾而已。少顷，只听得养子哎呀一声，随即嘭的一声脆响，这只老式藤椅一根横贯背部的旧藤崩断了。小藤子顺势瘫坐在地上，人蔫了，不想继续干活了。

藤师傅觉察到什么，放下手里的活计查看，看见养子这么窝囊，终于发火了："你这个笨蛋也太没用了，这点小事都做不来，将来你怎么娶老婆养家？！"

小藤子这下蒙了，老父还从来没这么凶过啊。他心里虽然害怕，从地上爬起来却回嘴道："我……我是没有用，你……你这么能干，不是也……也讨不起老婆吗。"

藤师傅这下真动怒了："好，你干不好活，说不好话，还学会了回嘴。你给我滚，我看你还是去庙里当和尚吧！"

说者无心，听者有意。小藤子虽然不清楚自己的身世，但也听闻自己是养父从深山里的寺庙门前捡来的。一股悲愤、羞愧之情涌上心窝，他便扔下编具夺门而出。

　　小藤子失联了，不知去向。与此同时，墙上的那张藤椅画也莫名失踪了。藤师傅自此一蹶不振。"天堂的椅子"工程也只好半途而废了。

　　一年后，也就是后疫情时期，藤师傅患重疾卧床不起。小藤子回到小巷。他带回来一把制作精良的宽扶手藤椅。是这个不善表达心思的编藤徒弟花了整整一个月制作的。

　　这个时候，藤师傅清醒过来，当他昏花的眼睛一接触到这把椅子，即刻有了精神。他颤巍巍坐起来，尽力地移身，慢慢地坐上了这把藤椅。他两手按着藤椅扶把，身子微微后倾，背脊靠踏实了，轻轻地吐出："舒……服，舒服……"

　　小藤子轻声轻语地说着，还用手比画着什么。藤师傅明白了，这椅子是徒弟按照老父那个梦境里的图样制作的。造型新颖、技艺精湛，堪称一流。

　　藤师傅称赞："这可是天堂的椅子啊。"随后没过多久，他的身体也神奇地逐渐康复了。

　　有人说，养子失联，一是去认了亲生父母；一是到某山寺庙里吃斋饭，专练编藤手艺。不知哪个传闻更接近事实。但小藤子的手艺长进神速，藤师傅后继有人，这是真的。

原载《当代人》2022 年第 4 期

瞬　间

汪云飞

　　这是一个发生在上世纪七十年代的故事。是若岭村一位老人告诉我的。

　　初秋的一个上午，在一条崎岖的山道上，家住若岭村的一位年轻媳妇独自一人回娘家。小媳妇的娘家在枫树湾，离若岭村足足有十五里地。若是翻山越岭则可以少走五里路。那时没有摩托，没有电动车，步行走山道的人非常多，每条山路大都光光溜溜。年轻媳妇刚走到半途的梨树坳时，突然乌云翻滚，天昏地暗，狂风大作，一场倾盆大雨即将来临。路上行人都加快了脚步，纷纷到树下躲避。小媳妇从耳畔的风声、眼前的亮度以及吹过脸上的碎屑也感知到了。她也想加快步伐，可毕竟不如常人，何况是在这山道中。情急之中，她呼喊过，让路人等等她，帮帮她。可由于突如其来的风雨声，加上她的声音相对微弱，那一刻，没有人听见。

　　小媳妇就这样在山道中继续走着。不一会儿，大雨果然如期而至。

　　这时，对面走来一男子，年纪比她大五六岁。男子与小媳妇打照面的瞬间，小媳妇感觉到有人来了，便对男子说，这位大叔，我是若岭村的小媳妇小兰，快帮帮我吧！我的眼睛看不见。

　　可是说了几遍，男子似乎也没有听见。他怎么能听见呢？他的耳朵早已聋了。就因为这个残疾，即便他心灵再美，人再勤劳，也娶不到媳妇。好在他通过眼前的情形和小媳妇的手势知道了她的意思。

　　男子扔下肩上扛着的一包物品，脱下自己的外衣，披在小媳妇的身上，然后拽着小媳妇往路旁一块凸起的石崖下避雨。大雨还在恶狠狠地下着，两个人的衣衫早已湿透。小媳妇显然有些害怕，加上雨打在身上有些冷，她的身体不停地打着寒战。男子见状只得往她身边靠近，希望给她一些温暖。可是小媳妇还是冷得哆嗦起来。男子见状，只得趁势将小媳妇抱在怀里。

石崖下，小媳妇这才安静下来，体温也似乎渐渐地升高了。薄薄的衣衫透出年轻女人所特有的气息和馨香。男子瞬间也曾有过非分之想，可他不会那么做。在那个年代，也很少有人敢这么做。平生没有接触过女人的男子在这样的环境中多少是一个煎熬，他希望造成这一煎熬的环境快一点结束。可是，这场雨，整整下了一个小时。

朦胧中，小媳妇隐隐听到远处有人呼唤。雨越来越小。呼唤的人越来越多，声音越来越清晰。小媳妇推开男人的手，从他光溜溜的胸膛里挣扎着站出来。这一刻，她才发觉身边的这位男子竟光着膀子，自己身上披着的显然是男子的衣衫。两人似乎都意识到什么，脸上同时掠过一丝特殊的表情。

也就在小媳妇站起来准备应答呼唤的时候，有人发现了小媳妇。第一个发现小媳妇的是他的男人二虎。二虎三步并作两步来到小媳妇跟前，一看这情形，一脸的愤怒。

老人在跟我讲这个故事的时候也说，作为男人谁看到这情形都会发躁，都要怒发冲冠。

二虎还没等男子做出反应，一拳便打在他的脸上。男子被突如其来的一拳打蒙了，还没有反应过来，紧接着，第二拳、第三拳、第四拳就像刚才那一阵密集的雨点一样接踵而来。小媳妇赶紧出手拦阻，口里振振有词："二虎，你误会了。事情不是这样子的，不是这样子的。"可是，小媳妇的男人二虎并没有停下拳头，倒是呼吸越来越急促，两颗眼珠子瞪得浑圆。男子两个胳膊肘挡在眼前，只有抵挡，没有反抗。

见小媳妇为挨打的男子辩护，一同前来找人的二虎的堂弟三龙不仅没有劝说二虎，反而火上浇油："一看就知道这是一对狗男女。这娘们还护着野男人呢！打，给我往死里打。"

小媳妇知道三龙这会儿要公报私仇。就在他挽起衣袖准备肆意出拳的一刹那，小媳妇移步到男子跟前。三龙的那一拳不偏不倚打在她的胸前，小媳妇顿时瘫坐在二虎的跟前。

"小兄弟，你们误会了。事情并不是你们猜想的那种情形。我怕她淋着，便把衣服给她披上。见她冷得打战，便抱着她取暖。"男子顺手将小媳妇扶起来。"我是好心帮她的。你们误会了。"

小媳妇听了连连点头。可二虎、三龙听不进她的话，还在肆意殴打着这位男子。混乱中，三龙一脚不偏不倚地踢到小兰的腹部。

事后，让二虎后悔的是，他的媳妇小兰怀孕四个月的孩子真的流产了。那个老是打他媳妇小兰主意却一直未能如愿的堂弟三龙仍不死心。这三龙在多个场合传播、渲染她和一位男子发生在这场大雨中的这件事，二虎的父母觉得梁家的脸面被她丢尽，遂将二虎的媳妇小兰赶出了家门。

小媳妇，也就是小兰，一直觉得愧对那位男子。几番打听最终找到了那位帮过她却为此受气的男子。

跟我讲这个故事的老人其实就是二虎家的邻居。那天，是他提醒二虎去路上找他媳妇的。事后，还反复劝说二虎和二虎的父母留下小媳妇小兰。可这一切都没有奏效。

讲完这个故事，老人对我说：一件小事常常可以看出一个人的修行，一时冲动和鲁莽往往会酿出大错。

我觉得他说的话很有道理。

原载《小说快报》2022 年第 9 期

腊梅花儿开

田玉莲

爷爷死了!

清理遗物时,我从爷爷那总是紧锁着的小梨木箱子里发现了一件女式棉袄。那棉袄是用自织的棉布缝制而成。尽管是手工缝制,又是农家用土法染过的,且岁月久远了,但从那细密板正的针脚以及铺设均匀的棉花中,依然不难看出制作者手艺的精湛。在那棉袄的前面还绣有一朵腊梅花儿,那花儿栩栩如生,像真的一样,似乎还散发着馥郁的芬芳。

我一片茫然,拽上棉袄疑惑地去问奶奶:"这是您年轻时的棉袄吗?"

奶奶愣怔一阵之后突然掩面而泣。透过奶奶哭泣的表情,我不由得想起了村外荒地里的一座孤坟,每至清明节,爷爷总会一个人去祭扫!此时,我的大脑分泌出一种想法:这棉袄肯定隐藏着鲜为人知的故事。

奶奶好久才控制住自己的感情。我为奶奶用手绢拭净泪水,接着,奶奶便讲述着这棉袄的来历——

"那年,东洋小鬼子在中国还没断气,你爷爷扛枪当八路后,因为熟悉这一带的情况,被留下来打游击。当时,这里还是敌占区,敌人封锁很严。村子里有位米大姐是地下党。游击队经常派她发动群众,为部队做军衣。

"你爷爷经常送些钱给米大姐,让她分发给群众买棉花纺线织布做军衣。后来被汉奸告了密,于是,炮楼里那留了一撮胡子的鬼子队长,带着鬼子经常到村里搜查。小队长咬牙切齿下了死命令:'一旦查出做军服者,统统死啦死啦的。'

"天,来了寒流,西北风刮得尘土飞扬。天很冷,人在炕上都打哆嗦。快晌午的时候,你爷爷来到米大姐家。他穿着单薄的衣裳,冻得脸发紫,手发青,牙齿嘚嘚磕碰着,米大姐看到你爷爷的样子,十分心疼,拍打了一下你爷爷身上

的沙土草末，把自己的棉袄脱下来说：'快穿上，冻出病来咋办，怎么打鬼子！'

"你爷爷因为年轻，羞羞答答的，说啥也不想穿，一个劲地推辞着：'我穿了你不照样冷吗？'

"'我不出门，能对付。别管我。'

"你爷爷知道，别看米大姐做军服，可家里也并不富裕，没有几件多余的衣裳。"

"后来，我爷爷穿了吗？"

"你听我慢慢说。刚开始，你爷爷还硬着头皮不穿，可经不住米大姐硬往他身上披。推来让去，末了，你爷爷还是乖乖地穿上了。你爷爷穿上她那还散发着温热的棉袄，激动得差点哭了。

"米大姐做了点饭让你爷爷吃了，说话间天就黑了。做好的军服都打好了包，随后来拿衣服的几个战士也到齐了。他们带上军服还没出村头，突然就响起了枪声，那子弹在你爷爷的耳边嗖嗖飞过……"

奶奶讲到这里，我的心提到了嗓子眼："真危险啊！"

"可不是咋的。你爷爷一看坏事了，被鬼子包围了。紧接着就传来汉奸们'捉住他们，别让八路跑啦'的喊话声以及鬼子半生不熟的中国话声。

"当时，米大姐听到枪声喊道'糟了'，便冲到村头。

"你爷爷射击了一阵，又甩出几颗手榴弹就带战士们钻进了村后的那片松树林，想寻找机会突围出去。可是，敌人封锁得很严，根本无法突围。这时候，又传来鬼子和汉奸的喊叫声：'快缴枪投降吧，插翅难逃啦，再不投降死路一条。'

"你爷爷对那个翻译官恨得咬牙切齿，当的一枪打过去，躲在树后的翻译官胳膊上挨了一枪，哎呀一声便抱着胳膊在地上打滚。知道翻译官受了伤，你爷爷很解恨：'狗娘养的，我叫你当汉奸，我叫你狗仗人势……'

"然后，迅速在松林间迂回后退。你爷爷对这里的地形熟悉。他知道，只要离开这片松林，顺前面小路进了那道深沟就'笼鸟归天了'。

"但想脱身，必须得把另一面的鬼子引开。正当你爷爷在想法摆脱敌人逃出包围时，突然，鬼子汉奸们不知为啥叫嚷着向一侧跑去："捉活的，不要让八路逃跑了！"这当儿，你机灵的爷爷趁混乱之际，指挥战士们顺着那个缺口顺利地突出了重围。很快，那军服也顺利地送到了部队，他们胜利完成了任务。

"很快，你爷爷便接到了地下党送来的信。信中说，那夜，米大姐见你爷爷冲不出鬼子严密的包围圈，灵机一动毫不犹豫地冲上前去把鬼子引开了，结果，米大姐被鬼子活捉了。鬼子让她供出为八路做军服的乡亲，她大义凛然，宁死不屈。后来，鬼子把她绑在松林边的树上，用刺刀攮了她的肚皮……"

奶奶讲到这里，我的心揪了起来，觉得这位女性太伟大了。一边又在心里痛骂着那没人性的小鬼子，一边问："再后来呢？"

"再后来，你爷爷带着战士把米大姐的尸体掩埋了……再后来，你爷爷和县大队的战士端掉了鬼子的炮楼，把鬼子汉奸一扫光！"

"太解恨了！只是可惜了这位英雄，真是第二个刘胡兰！"

"是啊！米大姐就是刘胡兰！"奶奶不假思索地说。

一会儿，我又不解地问："奶奶，这故事是我爷爷给你讲的吧？"

奶奶抹了把泪："一半是一半不是。"

"那是咋回事？"我瞪着疑惑的眼睛问。

"实话告诉你，我是米大姐的亲妹妹。后来是我接替了给部队做军衣的任务。再后来，我也当了八路。再后来，解放了，你爷爷和我主动要求回家乡守护我的大姐，也就是你的姨奶奶。再后来，我和你爷爷就结了婚……"

听了奶奶的讲述，我严肃而庄重地把那件棉袄展开，见那朵腊梅花儿盛开怒放着，越发地鲜艳。

我知道，那腊梅花儿之所以如此艳丽，如此芬芳，是得益于姨奶奶鲜血的浇灌。

腊梅花，不朽的花！

原载"日照市影视协会"公众号 2022 年 11 月 11 日

泥　浆

陈振林

夏天的雨，像踩了刹车，说停就停了。阳光一亮出来，两个小男孩像约定好一样，就跑出了家门。他们两家的屋子，中间只隔了三户人家。

他们知道，下雨之后最好玩儿的地方，就是天言伯伯家旁的小路。那条小路不平，会有雨水积成小洼。穿着雨鞋，在有积水的小洼里走来走去，那才真过瘾哩。

两个小男孩，一个五岁，一个七岁。七岁的是小风，五岁的是乐乐。小风穿着黑色的雨鞋，乐乐穿着红色的雨鞋。两个小家伙，在那小路上的水洼里走过来，再走过去。他们穿着的雨鞋，在雨水里移动着，就像小鱼儿在水里自由游动。

"你的是两条小黑鱼儿。"五岁的乐乐说。

"你的是两条小红鱼儿。"七岁的小风说。

乐乐听了，更加快乐了："哈哈，我的小红鱼儿比你的小黑鱼儿好看多了。"

"不！我的小黑鱼儿比你的小红鱼儿漂亮。"七岁的小风回应。

说着说着，两人就开始争论不休，都说自己的雨鞋好看对方的雨鞋不好看。也不知道是谁的雨鞋走动时力度大了一些，两人的雨鞋都浸进了泥水。也不知是哪个家伙的手先抓了一把地上的泥浆，撒在了对方的脸上，溅在了对方的衣服上。

五岁的乐乐哭了起来，他的衣服是件奥特曼样式哩。他的哭声越来越大。

这时传来了一个声音："这么大的孩子了，也不讲点规矩，将我们家乐乐全身都撒了泥浆……"这是乐乐的妈妈。

马上就有声音回应："孩子出来玩，是自己弄上了泥浆，这能怪谁？"小风的妈妈也走了出来。

"是你家小风没有带个好头，尽带着我们家乐乐做坏事。"乐乐妈妈说。

"你家的儿子太好玩，怎么也怪到我们头上。上次乐乐还用打火机点火，烧燃了好几本书。"小风妈妈也不示弱。

"你家的小风……"

"你家的乐乐……"

"你们一家人都是这个样子……"

"你们全家人都是这个样子……"

小风妈妈的上衣不知道什么时候溅上了泥浆，乐乐妈妈的脸不知道什么候也成了大花脸。两个人，居然扭在了一起。

"是不是要动手啊？"小风爸爸出来了。

"得讲个道理啊！"乐乐爸爸也出来了。

两个男人的话不多，两人直接同时出手。你给了我一拳头，我踢了你一脚。他们两人，准备开始一场武斗。

"慢，慢，慢！"屋子里的天言伯伯出来说话了。两个爸爸和两个妈妈都松开了手。天言伯伯却不说话了，只是用手指了指两个小家伙，七岁的小风，五岁的乐乐。

在那小水洼边，两个小家伙正忙得不可开交。乐乐用满是泥浆的小手，正帮着小风擦拭脸上的泥浆。小风笑嘻嘻地指挥乐乐："我们待会去冲洗一下就可以了。现在，听我安排，我们在这小水洼边用手挖两条小水沟，将这泥水想办法给排走好不好？"

两个小家伙分工明确，想着法子准备将这水洼里的泥水排放出去哩。五岁的乐乐，用小手认真地在小水洼边挖一条小水沟。七岁的小风，早就挖好了另一条小水沟。

"看，我们的小水沟挖好啦，水可以放出去啦……"两个小家伙，不停地拍着小手，笑着。

"等着！我们明天再算账！"两位爸爸几乎同时向对方说。他们的上衣上，满是泥浆。

"走，我们回去，你不要再出来玩了。"两位妈妈各自拉起了自家的儿子，几乎同时说。她们的脸上，溅着泥浆。

两个小家伙的脸上，也是泥浆。小风转过头看着乐乐，乐乐转过头看着小风。两个小家伙，同时哈哈大笑。

原载《今晚报》2022 年 4 月 4 日

父亲与灯笼

唐波清

父亲为灯笼而生，为灯笼而死，一辈子为灯笼活着。

花市灯如昼。1937 年元宵节，在挂满灯笼的夜晚，父亲伴着喜庆和团圆降临这个世界。父亲呱呱坠地的时候，爷爷正在堂屋里头扎灯笼。奶奶说，你给娃取个名儿吧。爷爷脱口而出，就叫"灯笼"。从此，街坊邻居都管父亲叫灯笼，这个小名儿挺响亮。

父亲七八岁的时候，爷爷就手把手地教他扎灯笼。爷爷说，扎好一个灯笼大致有六道工序：选材备料，扎骨架，糊纸，纸张处理，配色，搭配装饰。

父亲聪明伶俐，他很快就熟记了选材备料的五件事儿。一要选好扎骨架用的竹黄、竹皮、竹竿。其中竹黄、竹皮要竹节少，无虫蛀，薄厚一致；竹竿要亮洁，无霉变；要将粗竹黄、竹皮、竹竿用尖刀拉划成细竹篾。二要选好麻纸，韧性好，拉力强。要将麻纸裁成 5 公分宽，15 到 20 公分长的窄条，用于连接骨架的各个接头。三要选好白纸，最好选择 35 克普通白纸。四要选好油光纸、皱纹纸和普通纸。五要选好油漆，大多用红、黄、绿三种颜色。

转眼，父亲变成小伙子。子承父业，青出于蓝而胜于蓝，父亲的手艺精湛，是十里八乡有名的灯笼匠。父亲起早贪黑，灯笼装满几间屋子。譬如有石榴灯，两个石榴连体开着，灯嘴有八个瓣，有十二片叶子。乡里人讲究，过年过节，娘家人给新婚女儿送石榴灯，希望女儿早生贵子，多子多福。譬如有莲花灯，灯的下部是莲藕，莲头满满实实，莲尾飘飘扬扬，寓意后继有人；莲藕有莲头、莲身、莲尾，象征有头有尾。譬如有赏玩灯，十二生肖，栩栩如生，大花灯可做成好几米高，小花灯可放在手里把玩。

父亲的得意之作，就是那盏大红大紫的石榴灯。有事没事，父亲总要久久地观赏它。

父亲有了家,有了母亲,有了我。母亲说,你给娃取个名儿吧。父亲脱口而出,就叫"大灯笼"。

父亲没日没夜地扎灯笼,就想让一家人的日子过得有滋有味。那年,父亲上山砍竹子,被一条毒蛇咬伤,险些丢了性命。父亲的腿肿胀得如同象腿一般粗细,他在竹椅上一躺就是两个月。他斜躺着吃力地扎灯笼,他不能也不敢停下来,一家人好几张嘴等着吃饭呢。

父亲的腿伤留下后遗症。从此,父亲走路,左瘸右拐。

父亲的小名儿叫灯笼,我叫大灯笼,灯笼便教大灯笼扎灯笼。

父亲说,扎灯笼最费时间的环节就是扎骨架、糊纸和纸张处理。譬如扎骨架。根据所要扎制的对象,构思,下料,大的花灯分两次完成。先扎出大概轮廓的骨架,再小心扎填细微部分。扎小的花灯一次就可以完成。譬如糊纸。在两个骨架的竹篾子之间,要撕成与空间大小相当的纸,用毛笔刷上糨糊,粘牢,裱糊。譬如纸张处理。这是关键一环。要将秘制配方用毛笔涂湿整个灯面,涂完之后,晾晒,整个灯体,方显丰满。

我一边念书,一边学扎灯笼。十几岁时,我扎的灯笼几乎可以和父亲媲美。父亲满意地笑了。其实,父亲的心里还装着一个梦想,他就指望我考上大学。

1977年恢复高考。父亲挑着一担灯笼,左瘸右拐,在县城的考场附近叫卖;我冷静地坐在考场内答题,我写的作文叫《父亲与灯笼》。祖坟冒青烟,我收到了大学录取通知书,父亲看起来比我更高兴。1978年春天,父亲挑着一担灯笼,左瘸右拐,一直送我到车站。父亲远远地望着,直到客车慢慢模糊。父亲的眼里似乎跳动着我走进大学校门的画面。

父亲没日没夜地扎灯笼,卖灯笼,一门心思就想供我好好上大学。大一那年的秋天,原本是收获的季节,可父亲却在砍竹子的山上滚落悬崖。父亲捡了一条命,他瘫痪了,他只能坐轮椅。

轮椅上的父亲,依然倔强地扎灯笼。

大学毕业，我主动申请回到乡中学教书，我要照顾轮椅上的父亲。我成了家，有了老婆，有了孩子。老婆说，你给娃取个名儿吧。我脱口而出，就叫"小灯笼"。

小灯笼长得快，天天推着父亲的轮椅转圈。

轮椅上的父亲，手把手地教小灯笼扎灯笼。父亲对小灯笼说，扎灯笼最出彩的工序就是配色和搭配装饰。先说配色。上色分单色和复色两种，民间流行的石榴灯、莲花灯一般为单色，现实的、写实的一般为复色，有颜色过渡，譬如动物灯、造型灯。再说搭配装饰。提前设计好各种花瓣和剪纸图案，装饰要灵动，搭配要巧妙。不折不扣地完成六道工序，一只完美的灯笼终于诞生。从此，灯笼就有了生命，它会挂在人间，飘向天堂。

小灯笼在父亲扎的灯笼中长大。小灯笼大学毕业以后，他把各式各样、五颜六色的灯笼拍成照片，挂在网上，订单如雪花般飘来，忙得轮椅上的父亲不亦乐乎。

2021年的春天，84岁的父亲一病不起，卧床两个月。奄奄一息，父亲十几天没吃没喝，居然也没咽下最后一口气。街坊邻居很诧异，家里人也很诧异。

小灯笼钻进后院的杂屋子，终于找到了那盏大红大紫的石榴灯。小灯笼将石榴灯挂在父亲的床头，点燃蜡烛，石榴灯闪动的光亮，照映得父亲红光满面。

父亲含着笑，黄浊的眼珠子不再转动……

原载《天池小小说》2022年第1期

夜　眼

肖　宁

审讯室。

警官锐利的目光依然和案犯"二狗子"狡黠的目光对峙着……

警官："你到底和谁一起偷的奥迪 A6？"

二狗子嘴唇嚅动了一下，眼皮垂了下去。"好吧，既然你穷追不舍地问，那我只好说了，是……是我和你弟弟一起干的。"警官猛地一怔后，被激怒了，他霍地站了起来，两眼喷火，紧握的双拳捏得咯咯直响。"你胡说八道！"

"信不信由你。"二狗子说完，便低头不语了。

按法律规定，办案人员在办案过程中涉及自己的亲属时，应主动回避。警官尽管不相信这是真的，还是如实向领导汇报了此事。

入夜，发生了一件意料不到的事情，二狗子趁人不备脱逃。追捕组迅速成立。该去的地方去了，该找的人找了，不仅二狗子，连警官的弟弟也在前几天杳无踪迹……

一天，天黑的时候，警官接到了弟弟的电话，弟弟的声音在电话里有些沙哑，他恳求哥哥务必于晚上八点到云天大酒家找他。

警官父母早亡，就这么一个弟弟在机械厂当工人。除了过年过节，弟弟很少到哥哥家。由于工作忙，警官觉得对弟弟照顾不够，所以常有愧意。但警官依然不相信弟弟是贼，警官决定单刀赴会。

当警官赶到云天大酒家时，顿时惊呆了：只见弟弟和二狗子起身恭迎他，桌上摆着丰盛的菜肴。警官下意识地按住了腰间的手枪。弟弟赶紧过来，按住哥哥的肩头让他坐下。

听完弟弟的讲述后，警官的头脑一阵晕眩，二狗子没有欺骗他。

弟弟两眼盈泪，说嫂子常年有病，哥哥也不富裕，他结婚需要钱，看到别人结婚的场面他心理不平衡，他不想给哥哥添麻烦，所以就出主意和二狗子一起去偷车。弟弟声泪俱下，说这是第一次，也是最后一次，请哥哥放他们一马，以后再也不干了。

　　内心一阵情感波动后，警官吐出两个字："不行！"弟弟听罢，咚的一声跪在了哥哥面前。"看在死去的父母面上，哥我求你了！"警官心里一颤，但仍面色如铁。半晌，弟弟缓缓地站了起来。"既然你不肯帮忙，那我只有和二狗子出去避避风头，从此咱们兄弟一刀两断！"说着就拉二狗子往外走。

　　"慢！"警官端起了桌上的酒杯，一杯递给弟弟，一杯留给自己，弟弟脸上露出惊喜。哥俩碰杯后，同时一饮而尽。警官拔出了手枪："兄弟，对不起了，和我回公安局，这是你的唯一出路。"

　　弟弟面色大变，布满血丝的眼睛盯住哥哥。"我就不信你能开枪打你亲弟弟！"二狗子一看势头不对，擦着墙边就溜。警官转身去拽他，弟弟恶胆陡生，顺手抓起桌上啤酒瓶向警官砸去。警官头上顿时血流如注，倒在地上。弟弟趁机和二狗子向外冲去……

　　警官捂着头追到外面，朝天鸣枪示警。"站住！"二狗子本能地站住了，弟弟仍固执地往前跑。"砰！"一声枪响后，弟弟小腿中弹，一个趔趄摔倒在地。

　　警官走了过去，亲手把弟弟和二狗子铐在了一起，然后把自己的衬衣脱下来撕成布条，小心翼翼地给弟弟包扎着滴血的伤口。弟弟将头扭向一边，警官头上的血却一滴滴地淌了下来。

　　警官慢慢地扶着弟弟站了起来，带着二狗子一起踏上了归途。

　　天上，明月如镜，把洒在地上的血迹映照得格外清晰。

原载《作家文摘》2022 年 6 月 14 日

一支金笔

王爱红

这是上世纪 1986 年之后的事情了。那时，我年轻，正是谈恋爱的好季节。我的女朋友送我一支金笔，是英雄牌注墨水的那种老式钢笔。我看着那支金笔，眼睛就亮了。这是很贵重的礼物呀。

她说："我认识的男孩，只有你才配使用那支笔，希望你写出好文章。"

金笔确实有金子的品质，写出来的字都好看。我觉着它比普通的英雄牌钢笔沉重，尽管它们在外表上没有差别。金笔书写流畅，从来没有堵塞的感觉，只要里面有墨水，不管什么时候使用，不用使劲儿甩，溅出墨水到处都是，轻轻一按它，随时都能轻松地表现出笔画的痕迹。

我有好炫耀的毛病，生怕别人不知道我有一件好东西。那时，我还在一家工厂里干电工，有一个女同学姓肖名燕子，是与我一起分来的，算是我们电工班有学问的人，她和我具有同等学历。有那么一段时间，她是我们电工班的香饽饽，是唯一的一位女性。我当着她和大家的面夸赞过我的金笔，那笔尖是纯金的，价值是我半个月的工资。工友们听了，都争相看那金，好像从来没有见过金子似的，你拿过去画画，他拿过去写写，无不称赞这是一支好笔。它可能是我们厂唯一的一支金笔，我因有一支金笔就在厂里出了名。有看过试过还想再看再试的，有当时没在现场的，还有真的需要用笔的人，他们就是偏个路也会大呼小喝地来喊我，让我把那支笔拿出来，叫他们上上手。为此，我得意了很久。

我喜欢那支笔胜过我的女朋友，结局很快就有了分晓。那个女孩太明智了，我为她感到庆幸。分手的时候，我本该把这支笔还给她，但是，她留给了我。她让我发誓，替她保守一个秘密。我一直以为这支笔有非凡的意义，当时我还承担不起。我不可能用它写出足以让人称赞的好诗来。于是，它又还原成一支普通的金笔。

师傅和工友都认为，我应该把精力放在工作上，成为一个好电工比成为一个好作家更实际一些，修好一个电机比写出精彩的文章还要重要。他们可能在一起嘁嘁喳喳地商议好了，就是想怎么把我的金笔变成一支普通的笔，一支有墨水也写不出字来的干涸的笔。

一天，工作之余，肖燕子同学突然满脸贼笑地在班上拿出一支几乎是和我的一样的英雄牌钢笔，高擎着，毫不害羞地说："我也有一支金笔。"工友们在边上大瞪着眼睛，有往前靠的，也有想起身未离开座位的，电工班发出一片嘘声。我说："我看看来——"肖同学趁机把她的笔递给了我。一伙人都看着我，我很庄重地拧开笔帽，然后抽出笔来，意欲在一张废纸上写出我的名字，好试一试这支笔的成色。名字还没有写完整，我就不屑地把笔还给了她。大家问，怎么样怎么样？我直言不讳地说，那不是一支金笔。肖燕子沮丧地让这笔回了巢，装进了她的抽屉。

电工班有一位爱捉弄我的人，过了几天，他又要用我的钢笔，我不太愿意给他了，他便从我手中白抢白夺了过去。他不珍惜那笔，也许为我的迟疑生着气，也有可能是故意的，那笔不知怎的就从他的手中滑落了，笔尖正巧插到桌面上，然后摔到了，那点金就折弯了。我大惊失色，把笔拿到手中，一看惨不忍睹。你们看怎么办吧？我把笔推了出去。有人拿起笔来就喊，坏了，笔坏了；那个坏小子接过去就掰那笔尖；传到肖同学手上，她就把笔芯整个拧了下来，看了又看，然后又拧了上去。她这样笨手笨脚地拧来拧去的，我看都不敢看。笔再到我手里的时候，笔尖虽然不弯了，但有小小的分岔，让我联想到一个人劈了大腿，写字也再也不滑畅了。电工班爆发出雷鸣般的笑声。

哪怕只剩下一个壳也好，后来我不知道那支金笔丢到什么地方去了，也再没见过肖燕子携带过她那支英雄牌钢笔。不久，我就离开了那个厂。现在，我已经是一位作家了，虽然还没有真正写出令自己满意的好作品。我们的同学建了一个同学群，我在里面又看见肖同学。从照片上看，她比谁都不差，与别的女同学相比打扮得更漂亮、入时。这与她的工作有一定的关系。我听说她下岗后到一家保险公司拉保险，独撑一家，生活不是很如意，经济也没有保障，不仅照顾孩子，还要照顾经济来源很是匮乏的老公。我有小成，所有的同学都向我表示祝贺，唯独她只言不发，保持缄默。直到这时，我才恍然大悟，明白我那支金笔是怎么一回事了。我是一个不太容易开窍的人。我与肖同学没有任何秘密可言，也许我们会知道彼此的秘密。我的那支金笔，没有给她带来好运。这是一支失败的笔，是我的失败的爱情的见证。

我确实喜欢金，有两块纯金的劳力士金表，还有一块重达十公斤的狗头金。我想，假如用这块金做笔的话，那能做多少支金笔呀？全世界在世的优秀作家一人一支恐怕是足够的了。可惜，大家都用电脑写作了。我每天还用笔写字，不过是木质的那种，笔尖是柔软的毛，像水一样是世界上最柔软的物质。

原载《长江日报》2022 年 8 月 20 日

一碗米粉

淡巴菰

他们是昔日情侣，25 年前是彼此的初恋。如今都漂在北京。他事业有成，踌躇满志。她是非畅销书作家。自然，罗敷有夫，使君有妇。

他主动约见面。下午 5 点，后海某酒吧。

她一向守时，赴约总是准点或提前到达。想起年轻时候和他的会面，一抹微笑不禁浮现嘴角。那时的他们都在异地求学，寒暑假都回到故乡小城，那是他们心心念念的相聚时光。回首往事，一切都淡得像融化了的冰棍儿。她只记得自己当时心里总揣着一团火，单薄如纸片儿的人儿，或顶着烈日，或冒着严寒，把二八大杠自行车骑得飞快，只为了能和他早一秒见面。

没有缘分成为夫妻，做个互相交心的朋友也很好，毕竟，相互都是当年青春岁月的见证人。这样想着，她心里是愉悦温暖的。差 10 分 5 点，她已经站在那酒吧门口。

掏出手机，核实门牌号码。隔窗望去，没有他的影子。

她踱步走近湖堤看景。秋阳斜挂，垂柳如发丝随风飘动。"昔我往矣，杨柳依依。今我来思，雨雪霏霏。"她有意无意淡忘了那些与他在一起时的细节，却固执地记得这句曾引用给他的诗。

他当年像个公子哥儿，不事稼穑，五谷不辨。她是长女，读书之余打工帮助父母持家。如果有前世，她幻想他是小王爷她是婢女。他看她一眼，用那享受的目光，那一秒，她就像沐浴在爱的天堂。

她甚至不介意他母亲的公开反对。理由很简单，每个母亲都认为儿子完美得只有公主配得上。

她学会了安慰自己：有多少真爱是没有风雨的？

结局却让她灰心。他听从了他母亲的要求，分手。

彼此并未彻底断音信。总有七七八八的人在中间传递熟人的生命动态。不久前他看到她大学同学聚会视频，发微信给她："你那么美好，当年的我怎么会幼稚到放手?！"

差5分5点。她又踱回酒吧门口。仍没有他的身影。

她发了条信息：我到了。

5点过5分，接到他回复：你先进去坐吧。

里面的情形令她吃惊，没有开冷气，闷热窒息。看墙上的大钟，5：15。仍是没他的影子。

她捡了靠窗的座位坐下，点了杯水。她怀疑自己今天是否应该来。

"对不起我迟到了。公司开会拖延了。"他依然高大挺拔，多了中年男子的沉着冷静。虽是道歉的话，他脸上却并没什么歉意。"这里我也没来过，不好就换一家，走吧！"并没落座的他，似乎也感觉到了这环境有些扫兴。

她有些诧异他的不周全，却没有抱怨，那是有亲密关系的男女才相互有的特权。

"不如直接去吃饭吧！"他提议。依旧习惯了拿主意做决定，眼神游移却克制，并没多打量她。

两人并肩走着，不时与迎面而来的行人交错。有一瞬间，她差点被一个送外卖的小伙撞到。他伸出手，想揽住她的肩，很快又缩了回来，因为他看到了她下意识的躲闪。

庆云楼的招牌就在几步之外。有一手好厨艺的她早听说那里的越南菜很地道。

二人进去，选位坐好。隔壁一桌显然是游客，用粤语在交谈，满桌菜肴，散发着饮食男女家常的温情。

她知道他不会让她买单，便故作轻松，说要尝尝米粉是否正宗。

没想到他接口道："好，一人一碗米粉吧。"似乎生怕显得小气，他高声地追问:"碗很大吗?少给我放些粉,多了我吃不了。"

看服务员站在那并没马上离开,又快速道:"来个凉菜吧,你挑。"

看到菠菜花生米的图片,她商量着说这个不错吧。

服务员正待落笔,他打住道:"大拌菜吧!"

她有些气噎,安静地继续翻看那菜单。

"菠菜花生米不要了吗?"服务员有些故意似的问。

"不要了!"他径直答复。她微笑着垂眼,专注地喝着那免费的白开水。她知道,她没有生气的权利和必要。只是脑海里仍浮现出他第一次约她去郊外骑行的一幕:坐在白杨树林里,小溪边,他一边用铝饭盒煮方便面荷包蛋给她吃,一边发誓说未来带她吃遍天下美食。

米粉上来了。没几根,淹没在一碗清汤寡水中。

邻桌仍在津津有味地吃喝着说笑着。即使远离家乡,她却感觉他们的天伦之乐是那么踏实切近,陡然心酸。

她微笑着用手机给两大碗米粉拍照,他正低头喝汤,脸也入镜了。

还有10分钟到6点。他们已经结束了晚餐走出来。

是有些愧疚?他主动请她找个酒吧喝一杯。坐定,他先声明自己不喝酒。"那你约后海干吗?"一个声音又在挠着她的神经。同样的问号似乎也写在因客人寥寥显得无聊和不耐烦的服务员眼里。

她点了长岛冰茶。他要了柚子茶。

她啜了一口冰茶,味道像可乐,似乎没放一滴朗姆酒。他的则是漱口杯大小的瓷杯,里面一片柚子兑白开水。

"先付酒水费,140元!"服务员冷声道。

"我来。"他似乎还期待她会抢单,有些过于主动地侧身掏钱包。她略微愣了一下,随即换上若无其事的神态。

走到地铁站,道别离开。

两天后她收到他姐姐的问候。两个女人自她与他谈恋爱时起就惺惺相惜,虽生活轨迹不同，却有个共同点——都不为他的母亲所喜。

她发了那米粉的照片过去，附了一个顽皮的笑脸。半夜，他姐回复：他真抠门儿，和他娘一样！

她回复一个笑脸，手里摩挲着那枚心形的珊瑚项链坠，泪水仍是流了下来。那是读大三的他省吃俭用攒钱买给她的第一份礼物。

爱情过后，剩下的情分之薄，也不过一碗米粉。她欣慰自己知道得不晚。

原载《今晚报》2022 年 8 月 4 日

父　仇

夏艳平

楚小白将十七年的仇恨，锻造成了一把锋利的复仇之剑。那剑，在他的胸膛里，闪着寒光，呜呜作响。楚小白知道，剑跟他一样，已经不能再等了。

是的，十七年了。楚小白的父亲早已腐烂成泥，而杀害他父亲的凶手，镇江南老贼，仍在世上快乐逍遥。作为七尺男儿，杀父之仇不报，还有何面目存活于世！

趁着夜色，楚小白偷偷地跑下了山，连师父都没有拜别。那可是养育了他十七年，教会他绝世武功，待他恩重如山的师父啊。

师父不同意楚小白下山。师父说，镇江南是江湖一等一的高手，凭他现在的本事，还不是镇江南的对手，而且，他还有一招没有教给楚小白呢。楚小白一次次地催促师父，师父总是说，时候还没到，要他好好修炼。可他哪里等得住。

到了山脚下，楚小白双膝跪地，朝着山上重重地叩了三个响头。他说："师父，我不是一个忘恩负义之人，等我杀了镇江南老贼，再来报答您。"

夜黑如墨，楚小白的眼前却亮如白昼。山路崎岖，他却像走在平地上一样。楚小白没有去过回龙镇，可他不会迷路。去回龙镇的路，他在梦里走了何止千遍万遍。

仇恨如灯，指引楚小白一路前行。他的耳边，响着呼呼的风声。

眼前出现了一团墨黑，楚小白知道，那就是回龙镇，镇子中间那座高宅，就是他此行的目的地。

"好大一座宅院啊！"虽被夜幕包裹着，镇江南家的宅院，仍透出几分霸气和威严。

十七年来，楚小白一直住在山里，跟着师父练功习武。山外的世界是个什么样子，他不知道，也不想知道，他只想练好武功，早日去回龙镇，杀镇江南。师父告诉他，在他出生之前，他父亲就被镇江南老贼所害。

当然，对山外的世界，楚小白也并非一无所知，师父在教他练功习武之余，也经常给他讲一些山外的情况。回龙镇，还有镇江南家的宅院，师父不知给他讲过多少遍。尽管师父已经告诉过他，这座宅院如何地高大雄伟，但站在它面前时，楚小白的心里还是不由震颤了一下。不过，胸中的仇恨之火，很快就蹿上了屋顶。

按照先前师父的描述，楚小白顺利地找到了镇江南的住处。镇江南还没有休息。他端坐在书房里，面前的书案上，摆放着一个茶杯，茶杯里有热气在袅袅上升。

"你来了？你还是来了！"声音瓷实而温和，像是一位慈祥的父亲在招呼久别归来的儿子。

楚小白感到自己的身体，像书房里的烛光，轻轻地摇晃了一下，但心中熊熊燃烧的怒火，很快就让他镇定了下来。他对自己说："我不能被他的声音所迷惑，我要报仇，我要杀掉镇江南！"

"老贼，拿命来！"手中的剑，比他的声音还快，话未说完，一道白光就穿透了镇江南的身体。

中剑后，镇江南回过头来，看着楚小白笑了一下。楚小白一怔："这不是师父吗？"

手中的剑，哐的一声，掉在了地上。

看着遭雷击般的楚小白，镇江南缓缓地说："孩子，你的仇已经报了。"

"怎么会这样？怎么会这样啊，师父！"楚小白双膝跪在镇江南面前，发出野狼般的嚎叫。

镇江南轻轻地摇了摇头，说："我也没想到会是这样啊。"

夜静更深，烛光如血。

镇江南的声音又响了起来。他说："孩子，我就是镇江南，也是你的亲生父亲。我这是自作自受啊。"

楚小白怔怔地看着镇江南。随后，站起身来，一把将镇江南抱在了怀里。

靠在楚小白怀里的镇江南，微微地闭着双眼，气若游丝地说："为了让你学好武功，我虚构了一个仇恨的故事，也给你的心里种下了一颗仇恨的种子。没想到，这颗仇恨的种子，在你的心里生了根，发了芽，最后，连我都不能将它拔掉。"镇江南说完，轻轻叹了一口气。

"师父，您不能死，您不能死啊！"楚小白紧紧地抱着镇江南，泪水雨点般滴落在他的脸上。

"孩子，我错了。我们学武，决不能以仇恨为动力。在仇恨的土地上，只能种出恶之果，而要想种出美丽的花朵，必须选择宽容、善良的土地。这也是我要教给你的最后一招。"

镇江南说完，头向一边歪去了。

"师父！师父！师父！"

楚小白尖厉的哭喊声，刺破了沉沉的夜空。

原载《上海故事》2022 年第 10 期

追魂三箭

魏传军

信泰镖局老大准备金盆洗手，退隐江湖。

老大指定的接班人是追魂，镖局内部发生了分歧。

按照能者居之的铁规，张镖头资格老、武功好、贡献大、威信高，每趟走镖遇上劫镖的，他都是第一个冲在前面，接任老大，能服众。

而追魂，不过是一个不起眼的趟子手，除了喝道开路，一无所长，连镖师都不是，他有什么本事能够撑起信泰镖局？

老大从太师椅上站起身，双手向下压了压，说，这样吧，既然兄弟们心里不服气，我也不能以身份压人，等走完这趟镖再商定不迟。这趟走镖，就由张镖头说了算，你们都要听从他的调遣。

张镖头一下拔出剑，亮开架势，剑随人走，以身带剑，使出一招"青龙出海"，然后收势，剑入鞘，气定神闲，面不改色，心不跳。

众人一阵喝彩。

这趟镖的镖主是老街首富张喜万，他告老还乡，要把十几年积攒的金银细软运回山西老家。

信泰镖局如果能顺利走完这趟镖，就算十年不开张，吃喝拉撒的用度也不用犯愁。

选定了黄道吉日，焚香磕头，祭拜开山鼻祖，信泰镖局上路走镖。张镖头骑马握剑，威风凛凛走在队伍前面，接着是镖车，其他人等在两边和后面跟随护卫。

一路上，晓行夜宿，张镖头都是安排在熟悉的车马店打尖。就这样行了九昼夜，顺风顺水，张镖头的剑根本没有机会拔出鞘。

护镖队伍行至一座山下。翻过眼前这座山，就到达目的地了。

张镖头松了一口气，举剑入鞘。却不料此时，从山上冲下来一伙土匪。

为首的土匪扛着鬼头刀，满身酒气，走路歪歪倒倒，脸色像过冬的老柿子紫红紫红的。小喽啰们吵吵嚷嚷着，举着各种兵器乱叫唤。匪首觑了一眼镖车上插着的镖旗，念道：信泰镖局。

张镖头乐了，轻蔑地哧了一声，上前盘诘一番，攀不上交情，只有比武功见输赢论高低了。

看似醉酒的匪首擎着鬼头刀劈头砍来，出手迅猛，张镖头的剑才拔出一半就跌落马下，手里的长剑竟被一劈两半。

众镖师慌了神。

兄弟们，上。匪首喝令。

土匪们一哄而上。

突然，空中扬起三枚铜钱。只听嗖嗖嗖三声响，三支利箭，分别穿过三枚铜钱的钱眼，稳稳地落在土匪头子面前的地上，射入地下足有五寸深。有个胆儿肥的土匪用两只手拔地上的箭，他使出半天劲儿也没拔出来。

土匪头子傻了，鬼头刀脱了手。

追魂手里拿着弓箭走过来，一只手轻轻一下就把箭拔了出来。

土匪们纷纷求饶。

追魂说，你们走吧，好自为之。

张镖头从地上爬起来，还没弄明白是怎么一回事，追魂背着弓箭喊了一声：走喽。

走完镖，张镖头没有回到信泰镖局。

老大手里攥着一把弓弦，说，这是一百根弓弦，是追魂练射箭拉断的。

众人折服。

还有谁不服气？老大问。

众人单膝跪地参拜追魂。

追魂却回身跪下：多谢阿爹！

众人愕然。

自此，追魂三箭名动江湖。

追魂却封了弓箭。追魂比原来更谦和了。他坐在椅子上，背后仿佛有一张拉满弦的无形大弓，随时都能射出追魂三箭。

原载《小小说月刊》2022 年第 5 期

臧家巷子

高　军

青驼街有个南大汪，是因泉水形成的，水向北流过花鼓桥，经过几户人家折向东，来到臧家巷子北头的北汪，再向北弯弯曲曲就下了蒙河。

臧家巷子出名，是因为巷子里的老臧家有一种远近闻名的特产唾沫膏。唾沫膏是一种膏药，但它有自己的独特之处，首先是疗效显著，各类外伤硬伤只要剪一块唾沫膏糊上，保证不肿不发，几天就好利落；更主要的是使用时不是和一般膏药一样要加热烤软贴在皮肤上，而是吐上一口唾沫让它变黏后贴患处，使用起来极为快捷方便。

这天，乡农学校的教师朱端然，从巡检司衙门口往东经过武衙门，慢慢来到臧家巷子。他在大城市读过书，属于民国新派人物，追求时髦，喜欢接受新鲜事物。他在青驼街最早穿上钉子皮鞋，走起路来发出有节奏的啪啪啪踏步声，显得很神气。他还对西医推崇备至，说起中医来总是嗤之以鼻，显出不屑的样子。这次他为什么来这里呢？原来是他的脚因为穿皮鞋被鞋上的钉子擦伤，经过西医抹药水放药面包扎后已经十多天，可是敞开纱布后还是白渗渗的，不但没有愈合反而有些溃烂的样子。很多人劝他，到臧家巷子去看看，贴一帖唾沫膏就会好。他想尽快摆脱自己的狼狈样子，又实在没有办法了，加上大家都这么说，病笃乱求医吧，他就决定试一试了。

其实，整个街面并不大，大家都抬头不见低头见的，谁对谁都很了解。老臧家的当家人当然知道朱端然的为人，对他时常诋毁中医看不起唾沫膏的言行知道得一清二楚。但是既然来求医了，臧家老当家照样站起身来笑脸相迎，把他往诊案前让："朱先生来啦，快请坐。"

朱端然有些看不起唾沫膏的神色还是流露了出来，骨子里的东西想掩饰也掩饰不彻底，但老臧家的当家人并没太在意，一直秉持着医者仁心的理念，对患者一视同仁，尽心诊疗。

说了病情后，主人让朱端然脱下鞋袜来，开始仔细观察他的伤口，只见除旧伤之外，还有新伤出现。皮鞋不养脚啊，主人心里一动，想说又赶紧收住这句就要脱口而出的话，开始为他把脉。他调整气息，闭目精心诊断，心中明白了朱端然的病情，用一帖唾沫膏应该就能治疗好。

老臧家的当家人给他拿来一帖膏药，只见桑皮纸正面有一个暗红色圆圈，那就是药膏了。朱端然接过来，看到反面印着字，上写："臧家唾沫膏，传儿不传女。外人假冒，男盗女娼！"他"嗤"地一笑："有用吗？"他这是一语双关的意思，一是显示新派人物傲视一切，对这种膏药疗效持怀疑态度；二是对用这种诅咒的方式防止假冒感到很可笑。

老臧家的当家人也是冰雪聪明的人物，对他的心思看得很清楚，也就笑了笑，不软不硬地说道："就是不管用也得这样啊。"

新派人物的挑战精神总是满满的："这膏药也不好听，怎么叫这么个名字呢？再说了，人的口腔中有各种细菌，一口唾沫吐上说不上会带来什么别的毛病，难道就不能改善一下，什么事物都是发展变化的，思维不能僵化，药物的研究也需要创新。"

"您说得太对了，唾沫膏就是我们家祖上经过多少辈子的探索发明出来的，所以治疗起病来还有点效果，至于下一步怎么发展创新，确实还需要不断探索。至于说人口腔中的唾液……"当家人说到这里停下来，想了想才又接着说道，"这主要是为了方便，随时就能贴上，起到治疗作用。祖上曾交往过一个叫陆以湉的南方人，他后来成为著名医生，写过一本《冷庐医话》，对我家这种药也有记载。他曾说过两句话，叫作'必察理精而运机敏，始能奏捷功也''往往于众人所用方中加一味药，即可获效'，还是很有道理的。"

朱端然也听出老臧家当家人对自己不软不硬的反驳，但想着要用唾液去化软膏药就有些恶心，于是就继续追问："如果换个想法，不用唾液，抹上点清水化开还不是一样啊？"

"也一样，但那就不是我们家的唾沫膏了。"下一位病号已经进门，当家人热情招呼起来。朱端然觉得再待下去已经没有什么意思，也就起身离开。

他回去以后，果真是用清水把唾沫膏化软贴在了自己的脚上，但是效果并不理想，在大家七嘴八舌的议论下，五天后他再次进了臧家巷子。

这次当家人还是告诉他："口津润湿贴之，效果才会更好。"朱端然神色已经平下来，一句话也没说，只是用力点点头，就拿着药走了。

三天后，已经彻底痊愈的他，健步来到花鼓桥上，看着南北两个大汪，眼光不时地投向臧家巷子。尽管没有走进去，但大家都发现此后他好似变了一个人，说话再也不是以前那种趾高气扬的样子，尤其是再也不议论中医不科学等。他说话变得儒雅，为人平和随意了。

到朱端然晚年的时候，过去在当地村庄随处可见，还远销到北京、南京的这种膏药竟然彻底失传，为此他写出了《唾沫膏考略》一文，并时常站在花鼓桥上，眼光迷离地望着已经没有唾沫膏的臧家巷子……

原载《天池小小说》2022 年第 11 期

云门烟火

刘向阳

我到云门镇的第一天，就认识了摆摊卖夜宵的他。

云门镇因千年古刹云门寺而得名，寺庙所在的云门街附近汇集了医院、车站、宾馆、超市，人流量大，在这里卖小炒，生意应该差不了。

他的摊位就在街道拐角处，视野开阔，一柄金黄色大伞笼罩着他用一辆电动三轮车、一组简易灶具、两套折叠桌椅打造的"舞台"，悬挂在伞沿的招牌"可心夜宵"在橘黄色路灯的映照下十分醒目。

我是夜里十点多钟才到云门镇的，在云门街选了一间最偏僻、最便宜的房子落脚，略一收拾就出来找吃的。一整天没吃东西，肚子早唱"空城计"了。空荡荡的街头，只剩他一家摊位，还正收拾桌椅准备打烊，我快步上前，蓬头垢面的形象，让他愣怔了一下。

随便来点吃的吧，饿坏了。我黏住靠椅，连日来的疲惫泛滥全身。

他给我倒了一杯温开水：你先喝点水，润润喉咙。今天备菜只剩一点儿粉条了，给你炒个粉？微胖的脸，笑起来像弥勒佛。

我点点头。

他拧开钢瓶打火，蓝色的火焰跳跃起来，鸡蛋、葱花的香味旋即钻入鼻腔。热腾腾的炒粉端上来，我顾不得吃相，一阵风卷残云扫尽，大呼好吃，叫他再炒一份，很快又干掉。

冷月悬寺前，洒下如霜的清辉。一个月前，我还享受着锦衣玉食的生活，如今却坐在凄冷的街头吃着廉价的炒粉，状如乞丐，不免嗟叹。

他开始收摊，我望着招牌问，可心是你老婆？女儿？

他呵呵一笑，我女儿，何可心。

你起的名字？挺文艺。

他微笑着点点头，打了个哈欠，不再说话，毕竟时间不早了。

在云门街住下，我白天基本不出门，关了手机睡觉，抑或看电视，玩游戏；晚上出来溜达几圈，顺便填饱肚子，慢慢就跟他熟络起来。凛凛寒冬，提包携袋者众，留步吃夜宵的人渐渐少了。即便如此，他依然坚持每晚摆摊，除夕夜也不缺席。我有家不能回，就来他这里吃饭喝酒。

一连下了几天雪，寺檐瓦梁一排冰凌倒悬于红墙前，被沿街高挂的大红灯笼染出剔透的红。我一口气喝下一整瓶啤酒，清晰地听见液体入喉的咕咚声。冰凉入肚，顿感舒爽刺激。

何大哥，陪我来一瓶！

他摇头。

算我请客，我买单。

他说，大过年的，少喝点儿。

我努力地瞪大了眼，就是因为过年才喝！

他妥协了，拿起一瓶啤酒，右手行云流水一通操作，利索地炒好几个下酒菜。火光下，他的脸红通通的。

酒至酣处，我朝着空荡荡的大街放肆地笑，笑着笑着就哭了……何大哥，我的公司没了，还欠了二百万外债，亲戚朋友催得紧，我，我回不了家啊……我伏在桌上哭得稀里哗啦。

他在我旁边坐了下来，拍拍我肩头，"人生如逆旅，我亦是行人"，你想听听我的故事吗？

他一口饮尽瓶中酒，你不是说我给女儿起的名字挺文艺吗？你还别说，高中时代我也算是个文艺青年，创办校园诗社，担任社长，与一帮发烧友去公园搞诗朗诵。刚上高三那年，家中老父病退，我辍学，接替他进厂上了班，然后结婚，生孩子……说到这里，他轻轻地叹口气，望了一眼深邃的夜空。

后来厂子倒闭，饭碗丢了。我又去学厨艺，我们夫妻俩开了一家小饭店，起早贪黑劳累奔波，倒也略有盈余。眼看日子越过越好，我老婆却查出不治之症，晚期，我卖掉房子，倾尽所有，也没能留住她……后来父母也去世了，我独自带着两个孩子，做两份事，白天在工业园搬货装车，晚上摆夜宵摊，一直到现在……他平静地述说着，一脸云淡风轻。

孩子呢？

他愣了片刻，说，女儿读初中时生了一场病，手抖得厉害，抓不住筷子，跑了好多医院才确诊为帕金森病，医生说孩子患这种病的极为罕见……儿子还不错，现在北京读大学。

除夕夜的街头，两个满怀心事的男人在寒风中坐了很久。

春节刚过，工业园一些工厂开始复工。他鼓励我去面试。我刮净胡子，认真梳理发型，抖擞精神去应聘，找了一份薪资不错的工作。他继续白天上班，晚上摆摊的生活。

春暖花开，路人如织，云门寺香火氤氲。仿佛一夜间，云门街多了好几把彩色"大蘑菇"，夜宵摊生意火爆。红墙内暮鼓晨钟证智慧菩提，红墙外阡陌红尘辗转悲欢，各自的烟火，却自有一种奇妙的和谐。

这天晚上，我去找他吃夜宵，却见他的根据地已被别人"占领"。原来，他带着女儿去了北京，一边打工，一边给女儿治病。

皓月下，穿过云门街的烟火，我给家里打了个电话。

原载《小小说月刊》2022 年第 6 期

矿山的主人

郑 子

"哎哟哟，我当谁呢，今晚原来是他二大爷当班呀。哦，怪忙的吧？……小三子，还不快过来见见你二大爷！老大不小的，连声大爷都不喊，一点儿也不懂得'五讲四美三热爱'。还不快给你二大爷掏烟抽？

"来来来，抽支烟，提提精神嘛。来来，把烟袋给我，给我。怎么？一支也不抽，嫌孬？还是看不起你许二嫂？什么？你说俺的烟不好抽，咿呀呀，带嘴的大中华还不好？你真剥福啦。……小三子，还不划火柴！

"哎，他二大爷，我怎么听说你那二闺女调动的事还没办妥呀？唉，这些人，屁大一点事就得折腾这么多日子。回头我跟家里那死老头子说一声，让他找找调配科，亲不亲，挨门邻哩。唉，他二大爷你真是个大老实人，干吗不跟我早说哩！他二大爷真是人老心红。来一支，哎哟哟，干吗这般客气哟，又都不是外人。其实，说实在的呀，咱们两家搁亲处邻十多年，可从来也没因什么事红过脸啊！我许二嫂的脾气你是知道的，咱可不是什么小气鬼呀。来，他二大爷，抽一支。

"咳！他二大爷，这些年呀，养个闺女算是倒了八辈子的霉！供吃供喝不算，有了主儿，'蹦儿'一下就跟人家走了。眼下的姑娘出嫁呀，嗳，可都是美人里挑佳色——比试着来呢。

"就说我们家里你那个小侄女吧，今个下午才给我这个当妈的说，说什么呢？说后天结婚。唉，你说急人不急人，早不结晚不结，偏偏在这个当口结。哎呀呀，这还不把我给愁死啦。别的咱都好对付，只是这几十条腿的陪嫁可就把我给折腾苦啦。哎呀，这叫我老婆子哪里去讨？后来，我一思量，这么大的矿，还没有木头？新坑木、旧坑木有的是，看大门的又不是外人，这我还愁啥哩?

"他二大爷，你说，养个闺女也不容易。不陪嫁妆吧，女儿跟妈过了这二十多年，平日里怪孝顺的。哎呀，没办法，临时抱佛脚，这不，我们都是矿上的主人，先跟咱矿借上几块木料。——哎，小三子，还愣着做啥，谁把你当旗杆使啦? 还不拉着头走，妈跟你二大爷说几句话。咳，老大不小的，连声大爷都不会喊。嗳嗳，脚底下的孩子呀，真是!

"他二大爷，先借几根木料，日后保证还你。让你那小侄女先把婚事办了。她小时候，你可疼她哩; 她也整天跟着你，小嘴啊，巴巴甜，老是大爷长大爷短地叫你。

"哎哟哟，他二大爷，你这腿脚不灵便的，站起来干吗? 歇会吧。咳，自打你出了工伤，这几年你可吃了不少苦头哟。你那当工资科科长的大兄弟，心上可挂着你哩。逢年过节，救济补助，常常想着你。听我家里那老头子讲，你明天就要退休啦，不退，谁也不会撵你走。话说回来，退了也好，响应号召嘛。这么一大把年纪啦，也该享点清福啦。其实，退休了也没什么负担，赶明儿我跟那死老头子说一声，逢退休开工资就给你捎来，省得你再受累跑路啦。你日后的事，有你大兄弟关照着哩，你就放心吧。谁不说你们老哥俩的交情深啊!

"哎哎，他二大爷，你，你，什么? 让小三子给你站住! 你这是……何苦呢! 证明? 啥证明? 跟我还要出门证? 真是大水冲了龙王庙。这不是明明和我过不去吗? 你……哼! 小三子，你就给我站住，叫你二大爷好好检查检查……咳! 没见过胳膊肘向外弯，兔子吃窝边草的。哼!

"哎，我说他二大爷，你这不明明是给我出难题吗? 这黑灯瞎火的，科室人早没影啦，你叫我上哪儿去开证明呀，明儿，让你大兄弟和矿长一说，不就行了? 还怕矿长不赏个脸? 你大兄弟官不大，总还有几个芝麻粒呢……

"什么? 没证明就不行! 我说他二大爷，你板着个脸给谁看? 你可别忘了你娶亲的时候，要不是你大兄弟把他住的那间破屋腾出来，你们能拜天地入洞房? 别忘了，新娘子还是我换的亲哩。你手拍胸膛想一想，良心让猫叼跑了?

你小侄女结婚求你帮个忙，你就铁面无情？唱包公案，唱到我头上来了？你脸红了？你出汗了？你叹气了？你心亏了？哟，我说嘛，人心都是肉长的，还不念念老交情？……小三子，你拉上车走呀，还想让你二大爷帮你送到家。

"不成?！什么什么？还不行？好，小三子，这些破木料，咱就给他拉回去，看看没他我能不能给女儿发嫁吧！走！咱也不是孬种！哼！想当初你老婆有病那阵子，算我瞎眼白侍候啦！

"唉！想一想，也是这个理啊，拿公家的钱，就得给公家干活呀！难啊！他二大爷，我早就说过，你不光是老实人，还是一个大好人哪！小三子，你还不快给你二大爷道个谢。

"他二大爷，你歇着吧，你就不用送啦，嘿嘿，下班后你可上家去，一定给你摆一桌。

"什么？不是送我们？你要拦车？叫小三子回来？什么矿上的规定，什么出门证入门证的，全是你这个浑老头作怪。好，好，好，俺今天算是认得你啦。算我过去瞎了眼，分不清好赖人。你老婆有病那阵子，你一天到晚在矿上忙工作，连家都顾不上回，全是俺给她擦屎端尿的。现在你一回到家就能喝上热乎乎的酒，吃上黄澄澄的炒鸡蛋，还不是我救了她的命？你这个没良心的老东西。

"我不对？你对？少来这一套。你伟大，你光荣，你正确，给你挂个大红花。

"嘿嘿，他二大爷，怎么样？就这一次，下不为例。什么？还不行！

"哼！好啊你，我看你这个瘸老头子，算是茅坑里那又臭又硬的石头。好好好，这么一阵子，我算是嘴上抹石灰白说啦。

"小三子，把车扔下，咱们走。妈，妈什么呀，扔下就是了，看你这个啰唆劲……哼！你笑，哼！看你逞能，看你还能干多久。哼！还笑？哼！有你哭的时候……"

原载作家网 2022 年 10 月 21 日

蒋仕筏

袁良才

蒋仕筏，字济苍，号野狐山人。

仕筏少小家贫，不知是遗传基因还是营养不良，读初中时还未发育，人瘦得像根葵花秆儿，却顶着个葵花盘似的大脑袋。数学老师说他脑沟回跟脑袋成反比例，各门功课一塌糊涂。只有美术老师刘平把蒋仕筏当成香饽饽，说，这小子画画有异禀！

刘平是上海下放知青，父亲是美术学院教授，幼承家学，画得一手好画，尤工油画人物。一次，刘老师在课堂上讲达·芬奇画蛋的故事，蒋仕筏在课桌下面搞小动作，刘老师蹭蹭几步过来揪住了他的耳朵，练习簿和铅笔头啪啪落地，刘老师捡起一看，傻眼了！纸上画着一个活灵活现的自己！刘老师大喜过望，从此把蒋仕筏心肝宝贝样供起来，天天给他开小灶，教他写生，画素描，画静物，画石膏像……蒋仕筏这条漂荡在臭水沟里的小船终于觅到了人生的航向，向更广阔的江河湖海扬帆而去。

画画尤其是学油画，是个很烧钱的行当。蒋仕筏上学交几块钱的学杂费都是娘老子从鸡屁眼里抠出来的，哪里供得起他学这个！

结果不难想象，蒋仕筏无缘美术学院，只好回乡务农。过了些年，出现了打工潮，仕筏也被潮水裹挟着去了南方。

他身单力薄，在建筑工地上干粗活实在是吃不消，只好偷奸耍滑。老板有个老娘，几乎天天往工地上跑，一是出来散心，二是帮儿子监工。仕筏的一举一动都被老太太看在眼里了，老太太全学给儿子了，老板冷笑道，开工资的时候，您再看他的尿样吧！不想还没到开工资的日子，老太太突发脑溢血过世了，当老板的儿子悲痛欲绝，哭号道，我天天想着挣钱，竟忘了带老娘去一趟照相馆！连个念想也没留下！蒋仕筏闻言，不失时机地把一幅偷着画的老太太的肖像画递了上去。老板左看右看，哭了笑，笑了哭，说，像！太像了！你小子在我这里干，是大材小用，明珠暗投啊！老板慷慨地拿出三千元人民币以表酬谢。

蒋仕筏带着这笔钱回到了老家，坐吃山空了一段时间，娘老子天天唠叨着要他学手艺。砖匠，木匠，铁匠，都是力气活，仕筏有自知之明，自己吃不了那个苦。对，对，学油漆活，就学油漆活，活计松快些，器具上画些花花草草、飞禽走兽、仕女神仙什么的，主人家喜欢，又可让自己大显身手，真个是两全其美！哪料到，娘老子搭了一桌拜师酒，仕筏漆匠活没学三天，浑身长满了漆疮，奇痒难耐，出门能把鬼吓活！仕筏就又在娘老子的白眼和唉声叹气里吃起了闲饭。

过了很长一段时间，不知是突发奇想还是经高人指点，蒋仕筏在镇街上租了个门面，噼里啪啦一阵鞭炮响，天真岁月画店正式开张营业了。

一连数日，仕筏没揽到一笔生意，倒是隔壁的蒙娜丽莎照相馆门庭若市，笑语声喧。他正疑惑，见一个当年的初中女同学马丽袅娜地走过来，忙上前搭讪道，马丽，不愧是校花啊！几年不见，更出落得珠圆玉润了。要不要画张像，把美永远定格在青春年华?！

马丽撇着嘴答道，你画的有照相机照得漂亮、逼真？价钱还死贵！

如一声炸雷轰顶，又一脚掉进了冰窟窿里……

画店倚里歪斜地硬撑着，偶尔有几个路过的城里人会进店找他画像，勉强能混饱肚子。小镇人发现蒋仕筏似乎有了某种奇怪的变化。画店生意惨淡，以前仕筏整天缩在屋里不见人影子，仿佛羞于见人。不知从哪一天开始，从早到晚，无论刮风下雨，他都坐在店门口，目光如猎犬般追逐着过往的行人，不！确切地说，是追逐着来来去去的大姑娘小媳妇。

有几次，蒋仕筏竟异常兴奋地呼啦从小马扎上弹起来，不管不顾地冲进人群，对某个大姑娘小媳妇连哄带劝、连拉带扯，硬是把人家弄进店里，不一会儿，那女人便满面羞红地跑出来，或大喊大叫：臭流氓！不要脸！

消息很快在镇街上不胫而走：蒋仕筏这小子成花痴了！要给漂亮女人画光屁股画，画一次给一百块！派出所也接到群众举报，传讯了蒋仕筏，蒋仕筏一脸悲壮，大义凛然！怒吼道，都什么年代了！难道还会出现旧中国刘海粟画裸体被通缉的闹剧？！

这种闹剧当然不会出现。蒋仕筏终于画成了一幅油画《纳凉的村姑》，画面极唯美：夏夜的农家小院，葡萄架下流萤明灭，绿叶微拂，青石板地面上燃着一截艾蒿，淡蓝色的烟雾如梦似幻，一张古旧的暗红色竹凉床上侧卧着一个似乎刚出浴的年轻女子，瀑布似散开的满头秀发闪耀着水滴的光芒，行云流水般的身体曲线，白皙而丰满的肌肤，漫溢着青春美、躁动美和梦幻美……这幅油画入选全国美展并斩获金奖。

蒋仕筏一举成名。

此后登门求他画像的人踏破了门槛。仕筏收费不菲，日进斗金，奇怪的是，不管对方出多高的价，却拒画裸女像。

皆不知其故。

一次，蒋仕筏在接受省电视台《诗书画》栏目专访时，才道出原委：

我那幅成名作的模特后来成了我的妻子。在我开始尝试画裸女像时，她们不是骂我"臭流氓"就是狮子大开口！只有她不要一分钱报酬，答应让我画。她埋着脸羞怯地说，我的身体从没让男人看过。你画了，看了，就该娶我！我庄重地承诺了她！只有她的灵与肉是最最圣洁干净的，除此之外，还有值得我画的吗？！

蒋仕筏夫妇二十周年结婚纪念日，他在北京国家美术馆举办了个人油画展，共展出九十九幅千姿百态的女人裸体油画，画的都是同一个女人。

蒋仕筏和妻子共同出席了画展开幕式。他和她紧紧地拥抱在一起，她躺在冰冷的楠木骨灰盒里。

妻子死于白血病。

画展结束，全部画作拍出了一个天文数字，被蒋仕筏悉数捐给了一个攻关白血病的科研机构，他想借助自己的绵薄之力挽救更多年轻美丽的生命。

蒋仕筏还是开他的画店。

原载《当代人》2022 年第 8 期

有　戏

张建春

三条河在镇子里扭来扭去，水搬来繁华，繁华中有事，好事歹事，终而留下了一出戏。戏是文人们编的，编得好，传唱得就远，就传得长久。

有一出戏是专写凄婉爱情的。店大姐爱上了住店客，客是有妻之夫，而妻又不守妇道，客归被谋害，剩下的就是店大姐倾情申冤，一波三折，惹下无数眼泪。

花子自小在镇里看戏、听戏，有天分，长大了就演了店大姐，演得好，演得投入，一不小心演了一辈子。

花子的店大姐演得别有风情，引了无数的看客，攒着看，成一股风、一阵浪，风大浪急久久不息。

花子独霸了店大姐，有人挑战，但总是不成功，唱不出花子的味，一招一式都没有花子到位。

花子不带徒弟。不是不想带，求上门的花子看不上，花子看上的，人家又不愿意。花子只能将店大姐一年年唱下去。

攒着花子看店大姐，庚子最执着，一天天地攒，一夜夜地追，庚子看熟了店大姐，也把花子娶回了家。

结了婚的花子没放下店大姐，反而将庚子拉进了戏班子，在戏中演了角——住店客。

夫妻俩演有情人，自然多了些放开，多了些眉目传神的精彩，戏更引人了。

花子毕竟老了，演店大姐少了不少意味。可戏是好戏，不演下去可惜了。

赶上了好年代，镇成了旅游名镇，发生在镇上的戏成了一景，得演。

庚子自作主张为花子收了一徒。徒叫菲菲，脸蛋好、腰身好、唱腔好。花子看了眼，没说话。无言就是默许，菲菲这徒弟当上了。

花子还在戏台上走动，庚子和花子唱着对手戏，有板有眼，招招到位，经典。

不过，观众少了，还有喝倒彩。不为别的，花子太老了，和青春漂亮的店大姐不合。

花子开始着手教菲菲，菲菲肯学，学得也很投入，招招式式跟着花子走。年轻人聪明，进步很快，没多久，菲菲就有店大姐那么回事了。

庚子本想也收个徒，可物色来物色去没个入眼的，何况现在男孩，有几个愿演戏的。

花子不当回事，庚子经老，演住店客不影响一出好戏，有庚子这老杆子顶上，可保证戏演不砸。

花子算是退出了店大姐这角，最多在演出时亮上几嗓子，暖暖场，也过过戏瘾。

菲菲一登场就引起了轰动，人靓，唱功做功都一流。和花子的火爆不一样，过去是撵着看，现在是发在手机上，抖音一抖，成千上万的点击率，票房也好，钱挣了大把大把。

庚子也跟着红了，下不了场，谢不了幕，字签得手酸，甚至还有要了微信，半夜三更发情话的。

花子起先不当回事，心中有话，店大姐是我的，谁也抢不去。

花子开始半夜半夜睡不着了，眼一闭就是菲菲在戏台上的一举一动，重要的是菲菲的眼神，如带钩子，钩谁呢？

睡不着就把庚子捣醒，要和庚子对唱，唱离别时的唱段。庚子不乐意，应付唱上几句。反过来花子生气，又是捶又是拧，日子难安宁了。

花子暗地里和菲菲过不去，不明说，使了一个个绊子。好在菲菲大度，戏照样唱，眼中的钩子还是成串地用。

庚子的戏突然退步了，演到紧要处，总是掉链子。菲菲不满，观众不满，连花子看了也摇头。

庚子下决心收了徒。徒叫刚子，年轻，有潜质。庚子用心教，刚子用心学。紧接着，就让刚子上了场。刚子演上半场，庚子演下半场。但，这仅是过渡。一年后，刚子将整场戏演得娴熟。

菲菲和刚子联袂，戏在小镇的戏台上，风生水起地演绎，火爆不用说。菲菲的眼睛里还是有钩子，只是这钩子不尖锐，不咬人，不咬痛人，这至少是花子认为的。

花子和庚子不时去戏台边转转，花子和庚子偶尔也上台，凑个热闹，唱上一段最打动人的唱段，往往是一片叫好。

花子听掌声会热泪盈眶，说：一辈子唱一个角色真好。庚子也说：是好，一辈子就一个角色。

戏还在演，三水扭着的小镇有戏。

原载《安徽文学》2021 年第 11 期

跟　斗

汪建波

　　赖三自诩，要说摔跟斗这事儿，摔的次数多，摔的时间长，摔得有个性，摔得有前程，在阳城救火队，无人能与他争锋。

　　清楚记得，头回摔跟斗，是师父念情，未予追究。

　　师父姓蒋，是救火队小队长。赖三能进救火队，是沾了蒋队长的光。蒋队长好酒，且能品酒。赖三酿酒，能酿好酒。蒋队长初到酒坊，取勺舀之，慢尝细品，抿嘴呼气，连叫三声好。一来二去，成为莫逆之交。

　　后来，阳城沦陷。日本兵也好酒，也认定赖三的酒"大大的好"，常来"米西米西"，"米西"之后扬长而去。长此以往，酒坊入不敷出，生意难以为继。蒋队长说，来救火队吧，跟着我干。赖三机灵，作揖拜谢，认下师父。

　　救火队灭火救人，虽说没扛枪上战场容易丢命，危险性却也不容小觑。那次，边业丝绸厂车间突发火情，赖三紧跟蒋队长身后。蒋队长指挥救火实属好手，一组铺水龙救火，二组进屋救人，三组寻水供应，一番部署，蒋队长站在原地大手一挥：上，给老子上。

　　毕竟初出茅庐，眼瞅着大火熊熊，赖三双腿瑟瑟，随着二组队友极不情愿地往里冲，至半途，脑中灵光一现，一个跟斗摔倒在地，竟晕了过去。等他"醒"来，队友已在收拾装备。

　　蒋队长没有作声，队友熟知他俩的关系，不敢多言。赖三闪现的灵光，是好久以前蒋队长醉酒后吐出的真言，说这么多年穿行火海，善摔跟斗，乃万全之秘诀。

　　赖三这一摔，决定了他以后的习惯性摔跟斗，小火不摔，大火必摔，安全不摔，遇险必摔，以至于入职十多年，全须全尾毫发未损。

进了救火队，赖三也酿酒，只为蒋队长一人酿。时间充裕，需求量少，酿出的酒更为醇厚。赖三屡摔跟斗，蒋队长不但不计较，还提携他做了内攻组长。

赖三也有雄起之时，但仅有一次。城东怡香院大火，伴随蒋队长的"都给老子上"，内攻途中原本漂亮的一摔，没承想绊在蜿蜒的水龙上，右脚侧崴，生疼，佝身察看，淤青一团。正抱怨，二楼一群女子挥衫呼救，抬头一看，女子中有一个熟悉的身影。

是她，寻觅五年未见的她。赖三忘了伤情，跳进太平缸浸湿衣服，捂住口鼻飞身冲入，在烈焰中左躲右闪穿梭上楼，抱起熟悉的身影，迅雷般冲出火海。

怡香院是所妓院，日本兵在此寻欢。蒋队长率队误打误撞，日本军官跷指称道：营救皇军，大大的良民。

蒋队长成了大队长，管着九个救火队。赖三救人有功，蒋队长顺水推舟，赖三升至小队长。

后来，日本投降，民国政府接管救火队。有蒋队长罩着，赖三依旧干得风生水起。怡香院救出的那个女子，为他生下龙凤胎，儿女绕膝，日子美滋滋的。

她叫蔡芹，赖三青梅竹马的未婚妻。蔡芹父亲欠下巨额赌债，债主将她卖去怡香院抵债，因能拉会弹、能歌善舞，深得老鸨子喜欢，只做了歌舞妓。赖三救下蔡芹，并未嫌弃，爱若往昔。

转眼，到了1948年冬。辽沈战役结束，阳城解放，军管会接收了救火队。队里作恶多端罪大恶极之徒，皆被法办，其余人员留用。

阳城万象更新，但潜伏下来的军统特务频频作乱，到处实施破坏活动，制造出阳城史上最大一场火灾。

大火系爆炸所致，花旗银行的五层洋楼瞬间被吞噬。留用降回内攻组长的赖三，吓得战战兢兢。新来的苏卫华队长，听人说是个战斗英雄，救火如打仗，周密部署之后，大手一挥：人命大于天，内攻组听令，跟我上。

火场嘈杂，赖三把苏队长的"跟我上"，听成了"给我上"，贴近火场之际，又一摔，抱腿"呻吟"，其状至极。

接下来的一幕，赖三没敢相信自己的眼睛。冲到最前头的苏队长，似是踢到了什么，扑通一声，也摔倒在地。

赖三心头咯噔，原来……可还没等咯噔完，苏队长鱼跃而起，在太平龙内喷出的高压水掩护下，迅捷攀爬云梯，飞身进屋，寻找被困群众，一一往外转移。一个，两个，三个……苏队长支撑不住，倒在了火海中。

赖三顿悟，苏队长没说"给我上"，人家说的是"跟我上"。

赖三的眼眶有些湿润，十几年来，第一次见到带头冲锋的队长。他敏捷起身，大手一挥：内攻组，跟我上，快救苏队长。

冲锋路上，赖三暗暗发誓。

1948 年冬，赖三最后一次摔跟斗。

原载《小小说月刊》2022 年第 7 期

以爱的名义

徐全庆

　　他把换下的鞋递给王东，一路小跑向家去。天已黑，路灯还没有亮，两边的树木影影绰绰的。昏暗的道路上只有他孤零零一个人。他有些害怕，但他不敢停留，再晚了就瞒不住父亲了。突然，一个黑衣人冲过来，举着一把匕首，朝他狠狠地刺下去。正中心脏，鲜血喷薄而出。

　　他"啊"地大叫一声，坐起，人醒了。心还怦怦地跳着。

　　父亲推门进来，打开灯，急切地问，怎么了？

　　他看见父亲裸着上身，光着脚，平时一刻也离不开的深度眼镜也没有戴。他突然感动起来，有一种想流泪的冲动。

　　没事，就是做了个噩梦。他说。

　　父亲转身出去，很快又进来，给他端来一杯水。别怕，父亲说，喝口水压压惊。

　　他顺从地喝了两口水。父亲又说，你最近老是做噩梦，不好，明天我带你去医院看看吧。我打听过了，二院有个冯医生，是心理疏导专家。

　　他故作轻松地说，一个噩梦而已。然后重又睡下。

　　电视还在响着，舒缓的音乐中，一男一女正优雅地在冰上舞蹈。父亲说，我把电视给你关了吧？

　　不，我听着电视睡觉。他说。他有一个习惯，睡前定时半个小时，听着电视声音睡觉。关了电视他睡不着。如果半小时到了，他还没有睡着，只好把电视再打开，重新定时。

　　父亲给他换了一个音乐台，出去了。

　　他抚摸着自己的胸膛，努力平复着心情。真是怪了，这个梦做过好几次了。

做噩梦不奇怪，但反复做同一个噩梦，他不能不奇怪。他不知道这个梦预示着什么，或者是向他示警有人要害他？应该是的。一定是的。可惜每次他都看不到黑衣人的脸。

他要看清黑衣人的脸，这样见到他时才能做好防范。再次做那个梦时，他努力去看那个黑衣人的脸，可总是看不清。这怎么行呢，明明知道有人要害自己，可偏偏不知道对方是谁，什么时候来。他很害怕。

他要找出那个黑衣人。可怎么才能找出一个梦中的人，他不知道，问了很多人，都不知道。有个熟人还调侃说，你挨了那么多刀，心脏上有伤疤吗？如果没有，你怕什么呢？他心里忽然一动，于是想起，有一次，他去医院做检查，医生说他的心脏上有一道凸起，好像是一个陈旧的伤疤。当时他没在意，现在一想，他更害怕了，也更坚定了要找出黑衣人的决心。

他查了很多资料，终于找到了沈教授，他有一个很高端的可以展示人梦境的机器。沈教授在他的身上、脑袋上安了很多电极片，电极片另一端连在电脑上，这样，他梦中的情景就可以呈现在电脑上。然后，沈教授对他进行了催眠。他很快进入了梦乡。可惜，他居然没有做梦，偶尔做一个，也和黑衣人无关。

一连几次都是如此。

回到家，他又做了那个噩梦。

沈教授苦苦思索后，决定把机器搬到他家里去。沈教授说，或许你卧室的环境会诱发你做那个噩梦。

这一次，沈教授没有对他进行催眠，而是让他按照平时的习惯睡觉。

他打开电视，找到体育频道，开始睡觉。他又做了那个噩梦。

醒来，他看到了沈教授录制的他的梦境影像。影像中，他从滑冰场离开，把滑冰鞋交给王东藏好，小跑着回家。黑衣人出现，举刀。他把画面定格，放大，终于看清了，黑衣人是他的父亲。

他呆坐电脑前，脑中一片空白。

这时，电视上又响起熟悉的音乐，一个熟悉的身影正在冰场上自由地舞蹈。

是王东，他曾经的跟屁虫。

他感觉心口在痛，伸手一摸，竟然摸了一手血。

原载《山西文学》2022 年第 5 期

一个人的抗战

颜士富

　　我在县志办工作，负责抗战史料的搜集与挖掘。王瞎子是我老家的，他的真名我不知道，人们习惯叫他虎爹。他是1921年生人，身材魁梧，一米八的个子。一生并无惊人的业绩，98岁，无疾而终。听说，他年轻时徒手消灭过三个鬼子。这件事，知道的人不多。虎爹生前提及此事时，很多人羡慕不已。人们的态度，虎爹并不认同，他说，杀鬼子人人有份。

　　那是1940年的夏天，一日，太阳刚露头，就像给大地架起了火炉，烤得人喘不出气来。

　　清晨，驻扎在众兴的鬼子出动去六塘河北扫荡，在穿城墩湖与新四军遭遇，战斗从早上打到傍晚，仗打得很惨烈，鬼子节节败退，大部分被消灭，逃出三个鬼子，抬一具鬼子尸体沿邢马河向南逃命了。

　　鬼子逃至马泓境内时，天已擦擦黑，鬼子窜进史庄，挨门逐户搜索，搜了大半庄连一个人影也没找到。当搜到虎爹家时，虎爹还没来得及转移，被鬼子抓住了，鬼子叽里呱啦地说了一通，又用刺刀在他的脖子上比画一阵，最终鬼子把虎爹押到邢马河，指着一具尸体，示意他背上。

　　背尸体，虎爹不是头一回，也是被鬼子抓去的，昼天黑夜地为鬼子背尸体，后来，他伺机逃了出来。现在又落到鬼子的手里，还让他背尸体。虎爹想反抗，按能力，三个鬼子应该不是虎爹的对手，只是鬼子手里有枪，而虎爹赤手空拳。虎爹犹豫了一下，还是背起鬼子尸体，向南行走，鬼子一个在前面引路，两个在后面压阵。虎爹脚步稍慢点，后面的鬼子就用枪托敲打虎爹，嘴里还呜哩哇啦的。鬼子尸体是僵硬的，尸体背在虎爹身上，两条腿向下垂，虎爹每走一步，鬼子尸体的腿就一掼一掼的，虎爹两条大腿外侧被皮鞋蹭破了皮，血淋淋的，加上天气炎热，汗水一渍，剧烈的疼痛袭上心头。虎爹强忍着疼痛，他时刻在寻找机会。他看出鬼子也十分地疲惫，只是不敢休息而已。

很快，到了六塘河，鬼子先用土坷垃向水面投去，然后就让虎爹一起蹚水过河。过了六塘河就是敌占区。上岸，有一片瓜田。鬼子像到了家似的，放松了警惕，示意虎爹放下尸体，接着一个鬼子押着虎爹去瓜田摘瓜。

虎爹向前走，时而弯腰拍拍瓜，时而加速向前，鬼子又叽里呱啦，不让虎爹再向前。夜，是黑月头，没有月亮，此时，虎爹若逃跑，是很好的机会，虎爹却没有逃跑的动机。

虎爹用手劈开一只西瓜，抓了一把放到嘴里，接着向鬼子摆了摆手，表示很苦的样子。鬼子示意他，再找，虎爹就这样慢慢向前挪动脚步，边找边向鬼子示意。一会儿鬼子就习惯了虎爹的动作，虎爹和押他的鬼子离那两个越来越远，虎爹感觉时机成熟了，便摘了一个大西瓜，一手抱着，一手竖起大拇指。鬼子高兴地上前接瓜，虎爹在递瓜的瞬间，使出浑身的力气，死死掐住鬼子的脖子，左右一拧，鬼子连哼的机会都没有，立刻毙命。

虎爹卸下鬼子的枪，趴在地上一动不动，观察那两个鬼子的动态。那两个鬼子看虎爹和押他的鬼子迟迟未归，其中一个端着枪走了过来。鬼子看没动静，便放慢了脚步，嘴里叽里呱啦地喊。

虎爹看鬼子有警觉，便故意弄出劈瓜的响声，鬼子看有了动静，又继续向前走。虎爹把杀死的鬼子扶起，让他坐着，远看像吃瓜的样子，然后，虎爹悄悄地绕开，迂回到鬼子的后面。鬼子几乎接近鬼子的尸体，看没动静，以为这个鬼子在贪吃西瓜，恼羞成怒，一边嘴里叽里呱啦地骂着，一边用脚向鬼子的尸体踢去。说时迟，那时快，虎爹一个箭步，刺刀插进了鬼子的后背，鬼子一声"啊"，便倒向瓜地。另一个鬼子听到声音，感到不妙，朝虎爹的方向连开数枪。

虎爹捡起枪，猫着腰向一边躲开。

虎爹有两杆枪了，可是，虎爹不会使枪。虎爹把另一支枪收好，他向最后一个鬼子摸去。鬼子趴在地上不敢动，给虎爹消灭他带来了难度，虎爹想，在天亮前必须干掉这个鬼子，天亮了，就难了，鬼子有枪，他近不了身，自己会更加危险。虎爹想到这，便用土坷垃向鬼子扔去，鬼子被吓得又朝扔土坷垃的方向开了两枪。虎爹就是这样，扔了就换个位置，每扔一次，鬼子就放枪，虎爹再扔，鬼子再开枪。

虎爹一直扔，鬼子不开枪了。虎爹仍然不敢靠近，怕鬼子有诈。虎爹试着站起来，向鬼子吼，哎——

夜空，一只火星发出咝咝声并呈抛物线向虎爹蹿过来，这是鬼子扔的手雷。虎爹迅速躲开，只听一声巨响，手雷爆炸了，虎爹躲在一边，佯装被炸死，鬼子看没动静，端着枪走过来了。

当鬼子看到地上躺着一个人时，便用刺刀扎了过来，虎爹伸手托起枪杆，顺势将刺刀刺向鬼子的胸膛，只听啪叽一声，鬼子栽倒在地，虎爹又向鬼子补了一刀，鬼子身首异处。

此时，天已黎明，驻众兴的鬼子听到枪声，向这边扑来，虎爹背着三支枪渡过六塘河，向新四军根据地的方向疾走。

这就是虎爹一个人的抗战史。

原载《百花园》2022 年第 7 期

春 雷

梁柱生

十多年前的一个早春傍晚，我和石头出来时，火车的硬座、无座、硬卧都售完了，仅剩两张软卧票，价钱是硬卧的两倍。我便有些犹豫，因为我们身上的钱不多，买了软卧，就只能吃方便面了。

归心似箭的石头说："买，再啰唆，待会儿连这两张软卧也没有了，只好明天回去了。钱是王八蛋，花了再去挣。"

就这样，我们买了平生第一张软卧车票，都是上铺，价格比下铺略低，但也让我们心痛一阵。半个钟头后，我们饥肠辘辘地上了车。

软卧跟硬卧最大的区别是有门，每格四个铺位，只有上下铺。我们进来时，下铺已经坐有人：一个年龄跟我们相仿的小伙子和一个中年人。中年人穿得花里胡哨，留着八字胡，戴着蛤蟆镜，目光高深莫测。

我把简单的行李塞到铺下，习惯性打招呼："两位到哪儿？"

那个小伙子正要回答，中年人抢先说："终点站。"

"我们也是终点站，"石头看了中年人一眼，"老板在哪儿发财？"

中年人冷哼："发啥财，刚从川北监狱出来，因为动刀斗狠，蹲了几年班房。"

石头和我对视了一下。我从背包里摸出两桶廉价方便面，递给石头一桶，之后就出去接开水泡面。回来时，软卧的门虚掩着，只听那小伙子说："叔，我看那两个人挺实在的，像是农民工，可能也像咱们一样车票买晚了，只好买软卧。大家相识是种缘分，你干吗骗他们说你坐过牢？"

中年人老练地道："这样说，他们就不敢打咱们的主意了——劳改犯，谁敢惹？出门在外，小心为是。你那一万块钱学费要放好呀，那是你爹挖了一年煤才挣来的，如今供个大学生真不容易。我打工之余，就到学校看你。"

小伙子说:"放心吧,我把钱分作两部分,折叠后放到袜底脚掌心的地方。我穿着袜子睡觉,谁一脱袜子我就会知道,保险得很。"

"睡觉时放警醒点儿,莫睡得太沉。"

"可我总觉得世界没那么复杂。"

"小心无大错……"

我回头看了石头一眼。石头两眼放光,像有很多爪子在往外伸。

里面安静一会儿后,我们才进去。

吃完方便面,又累又困,我和石头爬到铺上,躺下睡觉,一会儿就进入了梦乡。

半夜,我被窸窣之声惊醒。此时早已熄灯,列车在无边的黑暗中轰鸣着前进。借着车厢里微弱的脚灯光,我看到石头正伸头俯瞰睡在他对面下铺的小伙子,就像猎人在观察猎物。之后他悄然坐起,摸出在车站小卖部买来的刮胡刀片,刀片闪着蓝光。石头像幽灵一般走下扶梯时,我伸出强有力的手,逮住了他的手腕,将刀片缴了过来。

我伸头看了一眼下铺,小伙子睡得正熟,两只穿黑袜子的脚伸到了白色被子外面,格外醒目。中年人的鼾声像拉风箱一样抑扬顿挫,即使放鞭炮也不会把他震醒。

石头爬上去,重新躺下,似乎心有不甘。我从衣兜里把那张硬卡片掏出来递给他。他捏了捏,还给我,一会儿就打起了呼噜。

我却睡意全无,往事一幕幕涌上心头。

我怕石头装睡,就当起了小伙子的义务警卫,虽然他并不知道。

黎明时分,列车抵达一座大城市。小伙子和中年人下车。我们却是要到终点站的。那里,母亲倚门等我们归来,三年了……

石头醒来,看了眼空空的下铺,神情有些沮丧。"昨晚你不拦我,只要我这么一下,"他做了个用刀片划拉的动作,"一万块钱就到手了,哪里还用得着吃方便面。"

我小声道:"读了三年'大专',你难道没半点儿长进?三年时间用汗水挣钱,何止一万块?人不能一错再错!"

石头讪笑一下:"道理我懂,可一看到肥肉,就又忍不住嘴馋。昨晚你递给我'毕业证',我就知道不能犯浑,很快又睡着了。"

那是川北监狱发给我和石头的刑满释放证,它宣告我们过去生活的终结。

我起床,坐到下铺上,扭头看窗外。因是大站,停靠时间长。

外面下雨了,还传来了隆隆的声音。那是春雷,好多年没听到过了。我忍不住热泪盈眶,因为春雷一响,万物就会复苏,开始新生。

列车开动了,天色越来越亮。

原载《上海故事》2022 年第 10 期

1957 年是鸡年

谢大立

老桂得了绝症，活不久了；这人一辈子扎灵屋，要死了，会给自己扎个什么样的灵屋呢？

老桂跟我家是邻居，我喊他桂伯。桂伯不光灵屋扎得好，还会看风水，谁家有人死了，该埋什么地方，说得你心服口服。桂伯扎出来的灵屋，因人而异，有官人的、文化人的、一般人的。风格，也跟我们罗场街传统的灵屋不一样。除了我们罗场街周边的人家死了人都来找桂伯扎灵屋，还有从几十里外的县城里跑来找桂伯的。

桂伯扎的灵屋，虽然只有三尺来高，用材却非常讲究。四根柱子，非香樟木不用，椽子都是楠竹劈出来的，捆绑柱子和椽子用的都是铜丝。架子扎好后，按红墙黄瓦青山绿水的套路，往上装裱五颜六色的蜡光纸。订户托着灵屋回家，像托着一座金碧辉煌的宫殿，且有好闻的香樟木的香味。

我对桂伯的事知道得这么清楚，是因为我经常去桂伯的作坊。桂伯的作坊在他家的偏屋里。一起去的还有我的几个小伙伴。我们去的目的是到桂伯的工作台下捡蜡光纸的边角余料。我们过年扎灯笼，把那些五颜六色的蜡光纸糊在灯笼上。听大人们说桂伯活不久了，我们着急，往后去哪里弄蜡光纸？我们也想知道，桂伯给自己扎的灵屋会是个啥样子？

于是，我们更勤地跑桂伯的偏屋。一次，我们被桂伯的婆娘堵住了。她要我们帮她给桂伯送饭，还要我们给桂伯倒马桶，不答应就不让我们走过去。桂伯是左腿坏死，已坏死到屁股了。婆娘嫌他，就找人在偏屋里给桂伯支了张铺，让他吃住干活都在偏屋里。开始给桂伯送饭倒马桶是她的事，她嫌臭，看我们在桂伯那里有所求，就打上了我们的主意。

没办法，我们只好依她的。我们把饭端给桂伯后，给他倒马桶。他以为我们是长大懂事了，变乖了，对我们的态度也转变了。以前他是烦我们进他的作坊的，为了不让我们进他的作坊，有了纸屑就用撮箕装了在我们放学前倒到屋后的垃圾堆去，有时候还点一把火烧掉。现在他把那些蜡光纸的边角余料给我们攒着，在我们帮他倒完马桶之后，平分给我们。

我们的手头，虽然都攒了不少的蜡光纸，放了学仍然往桂伯的偏屋里跑。多多益善，即使桂伯不在了，我们也不用担心扎灯笼的事。我们虽然都只有七八岁，也懂了一些人情世故，桂伯病成这样，没有亲戚来看他，是不是他的亲戚们还不知道他病了？我们可以去帮他通知他们呀！我们找大人们说这事，才知道桂伯是个外乡人，桂伯的婆娘解放前是住青楼的，是解放后经过政府的教育改造后才跟桂伯的。桂伯不想让人们总用看青楼女子的目光看他的女人，就带着婆娘从很远的地方来到了我们罗场街。我们问青楼是什么，在什么地方？大人们说，小屁孩问那干啥，又不是什么好地方！

从大人们的口气里听出来，桂伯的婆娘不是什么好人。桂伯可怜，我们再到桂伯那里，就不完全是为了蜡光纸而去。桂伯的婆娘再对我们说那些不客气的话，我们就怼她——你不说，我们也会帮桂伯做这些的。一次，我们再次说了这些话进桂伯的屋里，见他眼眶湿湿的，并给我们每人一张巴掌大的鸡的剪纸，说我们运气好，他剪坏了，只好给我们了。这是我们在他的偏屋里得到的最大的蜡光纸，而且是在我们没帮他倒屎尿盆之前就给了我们。

也许是因为桂伯的绝症，也许是一股悄然兴起的破旧立新之风，一些人开始用花圈替代灵屋，来找桂伯扎灵屋的人不像以前那么多了。但桂伯仍然成天摆弄灵屋，把一座灵屋，从秋天扎到了冬天。这期间，有人来定做灵屋，他就抓紧扎，扎完了就再摆弄那座灵屋。某一天在灵屋的里面添一个写字的男人，某一天又加一个磨墨的女人，某一天又在屋子的外面种几棵树，某一天又在树上开几朵花……就在我们猛然醒悟，猜测桂伯是否扎的就是自己的灵屋时，桂伯死了。

桂伯是喝农药死的。我们刚进到他的偏屋里，就闻到了一股很浓的农药味，地上扔着个 1059 的空瓶子。就在我们想着究竟发生了什么，桂伯猛地从工作台后的地上站起来，挥起他平时当拐杖使用的竹竿，对着那扎了几个月的灵屋往死里一阵乱打，打得灵屋支离破碎后，他轰然倒地。

我们大叫，五个声音一起大叫，叫来了很多人。诊所里的仲青医生也来了，他扣着桂伯的脉搏摸了会儿说，没救了。桂伯的婆娘突然大哭着从外面冲进来喊，你死了我可怎么办？我的命怎么这么苦……仲青医生见工作台上有个枕头，拿到手里看了看，捏了捏，解开枕头扣，把里面的钱全部抖到工作台上说，你的命苦什么，这些钱够你这辈子花的了，办理后事吧！

桂伯是腊月初十死的，很快就被忙年的人们忘到了一边。我们也开始到肖家湾后面砍竹子，劈篾扎灯笼。我们把桂伯给我们的用红蜡光纸剪的鸡裱到灯笼上，除夕的晚上提出来显摆时，吸引了很多人的眼球。我们听到有人小声地说，这些小屁孩也知道过了今天就是鸡年……我们就想起桂伯，想哭。

原载《天池小小说》2022 年第 9 期

放　生

刘琛琛

凌晨四点，扎巴被一阵奇怪的叫声吵醒。

声音很凄厉，好像是某种钝器划过玻璃，扎巴很紧张，大声叫嚷，走开！外面一片寂静，过了一会儿，声音又响起来，这次变成了怪异的哭声。

这种感受似曾相识，但是他暂时考虑不了那么多。

扎巴凝神倾听，声音是从偏房里传来的。

消除恐惧最好的方式是直面恐惧。

扎巴麻着头皮，披衣起床，他一手抄木棍，一手举手电筒，蹑手蹑脚靠近偏房。

没有月亮的晚上，黑咕隆咚伸手不见五指，扎巴在黑暗里潜伏。

他的听觉格外敏锐，每一处细胞都处在警觉状态。

苍蝇的复眼和覆盖全身的刚毛，能令它们察觉来自四面八方的危险，扎巴此时几乎媲美一只敏锐的苍蝇。

随着分分秒秒的推移，扎巴的心跳得越来越快，恐惧到了极点。

当他快按捺不住时，屋里终于传来响动，那是一种微弱的、沉闷的声音，扎巴大喝一声，迅速打开手电筒，循着声音照射，光线撞见一对动物的眼睛。

扎巴大松一口气，骂骂咧咧地扔下木棍。

是猫头鹰，它被捕鼠器夹住脚趾了。

猫头鹰被吓傻了，目光呆滞，全身僵硬，扎巴怎么逗弄它都是一脸惊恐。扎巴随手捡起一根链条，把猫头鹰的翅膀捆住，以防它逃走。

捆猫头鹰时，那种似曾相识的感觉又回来了。

假如猫头鹰能吃，扎巴一定会把猫头鹰做成火锅，但是祖上传言，猫头鹰是来自坟墓的幽灵，最好别招惹。

天亮后，扎巴走了十几里路，把奄奄一息的猫头鹰交给救助站，换取到二百块钱奖励。

救助站的小姑娘金菲睨视着他，硬生生把钱砸到扎巴脸上。

扎巴把钱揣进衣兜装好，跟金菲讲道理，我这是放生，你冲谁板脸色呢？有娘生没娘教的。

论年龄，他可以当金菲的爷爷了，教训小一辈是天经地义的事情。

不要脸！你的良心早就被狗吃了！你的肠子也烂成蛆！金菲尖叫道。

扎巴紧捏拳头，又松下来，算了，打不走的老婆，晒不死的秧，这厉害的姑娘娃又不是他老婆。

过了一段时间，扎巴用卖猫头鹰的钱换了几斤酒，去找邻村的链哥。

链哥身材高大，皮肤很黑，他的爷爷是尼日利亚人。

你再给我讲讲，你爷爷真的能驯服鬣狗？扎巴给链哥倒上酒。

链哥说，我爷爷骑在鬣狗身上，在非洲街头飞奔！

鬣狗那么凶，怎么驯服的呢？

不听话就用木棍猛打，再敲掉它们的獠牙，饿着它们的肚子，直到它们乖乖听话。链哥说。

扎巴喝一口酒，叹一口气。

到了春天，为了保持生态平衡，驯兽人就会把动物们放生。链哥说。

我……我也放生，还放生过不止一次。扎巴拍着胸脯很自豪。

扎巴醉醺醺地回家，歪歪扭扭爬上炕，手里摸到一只肉乎乎的东西，他聚焦眼珠仔细看，一对圆溜溜的绿豆眼睛一眨不眨地盯着他。

死老鼠！

扎巴吓得手臂发麻，把老鼠扔得老远。

一阵奇怪的笑声从屋顶上传来，扎巴跑出去看，屋顶站着只居高临下的略微瘸脚的猫头鹰。

扎巴捡石头砸猫头鹰，猫头鹰怪笑着飞走了。

那只猫头鹰怎么回事? 扎巴去问救助站的金菲。

金菲冷笑，你放生了它，它报恩呢!

扎巴哭笑不得，尝试抓猫头鹰又抓不住。

很长一段时间，扎巴在屋里各处发现老鼠尸体，令他烦不胜烦。

猫头鹰和他那个无法驯服的老婆一样，一个送他死老鼠，一个送他吃了三年牢饭。

三年牢饭可算便宜他了! 金菲愤愤不平。

金菲永远都忘不了，扎巴偏房里的可怜女人，假如金菲不是因为要救助一只流浪狗，无意中闯进了扎巴的偏房……

好在，被拐卖的女人最终回了家。

原载《小小说月刊》2022 年第 5 期

高端定制

王冬梅

孟总是我的一个大客户，经常到店里选些玉器把件和翡翠手镯送人。有时候也会带着客户来店里挑选，为了方便沟通，我们在私底下还设计了一些暗语。

孟总有老婆有女儿我是知道的，这天他带来的女孩子明显是个"朋友"，确切点说，是他的情人。女孩子一进店就吵着要让孟总送她一条翡翠手镯，说是当作情人节的礼物。孟总苦笑着摊开双手，冲我摇了摇头，老板，你带她去选一条吧，预算大约 10 万、20 万。交代完要求，孟总一头钻进我们专门为大客户准备的茶室，跟约好的客户去谈生意了。

对付这种女孩子我还不用太上心。不到半个小时，我就引导着她选好了一款 18 万的翡翠手镯。可万万没有想到，我为了抄近路早点打发她，却引出了一个大大的意外。路过珍藏专柜的时候，女孩子突然就变了主意，一眼看上了一条售价 50 万的手镯。任凭我如何劝说，死活不肯松口。最终我只能眼见她在孟总跟前上演了一出撒娇卖萌的戏码，然后逼得孟总同意了她的要求。

孟总在转账前提出了新的要求："老板，这么贵的东西，得走个高端定制吧。"我接过他手里的手镯，转身看向女孩子："您请这边来，我们再精准测量一下您的圈口。"我们的高端定制只针对尊贵的客人，通过科学分析手掌手腕等五个数据，对客户选定的手镯进行二次打磨抛光，以便让产品成为与客户完美融合的私人定制。当然这个过程需要至少一周的时间，到时候我们会派专人将产品送到客人指定的地点。孟总出门前，我的手机上收到了 20 万的货款。

对付一个玉器小白，并不是什么太难的事情。我从 20 万的手镯里找到一条跟她看中的那条圈口合适品相接近的，直接包好，告诉助理下周送到指定地点。

春节前孟总带来了他的老婆，让我称呼徐姐。说是为了纪念结婚 20 周年，要选个翡翠手镯庆祝一下。孟总说预算是百八十万，还不放心地叮嘱我，老妹儿，好好帮你嫂子把把关啊。

珍藏专柜的货品那真没得说，徐姐眼光闪闪地看了又看，100万的、80万的、60万的……半山半水、妖紫、玻璃飘花……没等我介绍完，她突然别过头说："我想再看看别的。"我一下子就紧张起来："徐姐，这个，是不是咱们先得跟孟总打个招呼。是这样的，我们还有一条镇店之宝，轻易也不会拿出来的。价格大约是……""不是不是，我想看下有没有……性价比高点的，老孟挣钱不容易啊。"在徐姐的一再坚持下，最终挑选了一条20万元的高冰飘花。她跟孟总解释说，这条特别有眼缘。孟总拿出手机转账的时候，我看见他眼里起了一层轻雾。

我的手机上收到的账款是100万。我替徐姐小小地感动了一下，当然，80万差距的产品，我得在珍藏专柜里好好挑选一下。

我主动向他们提出了高端定制服务，并且告诉徐姐，经过二次打磨抛光之后一定会有意外惊喜。

转眼又到情人节了。这回孟总和徐姐带来了他们的女儿。女孩子18岁了，孟总说要送女儿一只翡翠手镯当成人礼。小孟同学举着选好的手镯要求我提供高端定制的时候被孟总拦住了："你这个不用，你还长身体呢。"女儿不服气地冲着父亲做了个鬼脸："你就是偏心。"孟总一手拉起女儿，一手拉起老婆，直接出了店门。

夕阳之下，两只翡翠手镯在孟总的一左一右发出迷人的光芒，看得人心里暖暖的。

原载《今古传奇》2022年第5期

浪淘沙

孟宪歧

邹康飞是农村孩子，家里贫困，但长得眉清目秀，一表人才。在大学里，他省吃俭用，刻苦学习，有不少女生喜欢他。

周燕来自城市，家里生活条件好。但周燕不是那种虚荣肤浅的女孩，她文静朴实，有很多男生暗地里爱慕着她。

全班 24 位男生，有 18 位给她写过信，除了 4 位有女朋友，还有 1 位残疾生。

只康飞没写过。

有一回，周燕约康飞结伴旅游。

康飞说："你去吧，我还想要回家一趟。"

周燕说："好哇，我就跟你去你家旅游吧。"

康飞脸就红了："可是，我们那里风景一般。"

周燕却说："一般的风景也是风景。反正城里乱哄哄的，清闲一点才好。"

康飞问："可，就你一个人，我跟家里人咋说呀？"

周燕答："你木啊？就说是你女朋友不就行啦？"

康飞说："可你不是我女朋友呀？"

周燕便不再理睬他。

康飞把周燕的意思跟吴水说了。

吴水是康飞的好朋友，他父亲是一位局长。

吴水正准备对周燕展开爱情攻势，听说以后，一拍双手："好啊，我陪你回家咋样？周燕的一切费用我来开销！"

不知道吴水是咋跟周燕说的。

最后，吴水和周燕一同来到康飞的老家。

回来后，很多同学就都知道吴水把周燕追到手了。

可是，毕业的前一天，周燕宣布了一个惊人的消息：她要跟邹康飞一起创业！

这个消息把吴水给弄糊涂了。他此前已经为周燕找到了一份稳定的工作，事业单位，坐办公室，很有前途的。

这里面到底发生了什么，没人知道。

几年后，吴水当了主任，因受贿，进了监狱。

后来，康飞和周燕的铁粉贸易公司做得风生水起的时候，大家才知道周燕的父亲是一个大公司的老板。

周燕看中了康飞稳重、聪明、肯于吃苦的优点，在诸多追求者中慧眼识珠发现了人才。

他们先是小打小闹，后来建起了铁粉贸易公司。这时候，康飞在生意上结交了许多朋友，这些朋友平时跟邹康飞都有业务往来，互惠互利，简直跟亲兄弟差不多。

不承想，两年后，铁精粉价格忽然下调，下调到了足以让康飞跳楼的地步。

康飞从百万富翁一下子成了穷光蛋，债台高筑。

房破偏遇连天雨，周燕的父亲因为涉嫌偷税漏税及侵吞公有资产等罪名被判了刑。

没有人能帮得了康飞和周燕。

立时，原本热热闹闹的康飞家，变得门前冷落车马稀了。

昔日的朋友讨债上门，让康飞欲哭无泪。

好在有周燕同甘共苦，卖掉了家里所有值钱的东西，就连康飞在结婚时给她买的戒指也当掉还了账。

康飞哭着说："我对不起你，没能给你幸福！"

周燕抚摸着康飞消瘦的脸庞说："我已经很幸福了！我们从头再来！"

有一天，康飞接到一个姓任的老板打来的电话。

任老板说："是邹老板啊？我是任克贵，听说你最近生意不太好？明天我去接你，到我这里来，看看有啥文章可做。"

康飞呆了。任老板，跟他合作好几年了，是个朴实的农村汉子，挺讲信用的。欠人家50万货款呢。这回肯定是来讨钱的。

康飞只好硬着头皮跟任老板见了面。

任老板说："走吧，带上你的夫人，跟我出去转几天。"

康飞说："对不起啦，你那50万元货款我一时还不上了。"

任老板嘿嘿笑："啥时有钱啥时还，不急！"

一句话，让康飞热泪盈眶。

在任老板的公司里，任老板指着两台大型锅炉说："感兴趣吗？这是人家用来顶账的，我赊给你。"

康飞对本地的供热情况进行调查，决定把住房抵押借贷款，承包濒临倒闭的热力公司，用任老板的两台大型锅炉代替本地多家小锅炉。

正赶上国家环保政策出台，康飞获得了国家的一部分项目资金，成立了供热公司。

俗话说，一步赶上了，步步都赶上。康飞的热力公司成立没多久，全国掀起建房狂潮，康飞住的县城，高楼如雨后春笋般林立，仅供热管网建设费，就让邹康飞赚个钵满盆流。

康飞又站起来了。

康飞带着礼品，和周燕来到任老板家。

任老板住在医院里，骨瘦如柴。

原来，任老板的公司因为国家政策的调整，生意一天不如一天。可他苦苦支撑着，身患重病住进医院，几乎连药费都付不起了。

康飞攥着任老板青筋暴突的手说："任老板，你咋不早说呀？走，跟我去北京大医院。"

康飞不由分说，给任老板办了转院手续，交了住院费，把任老板连夜送往北京协和医院。康飞让周燕回家操持公司事务，他亲自为任老板陪床。

一个月后，任老板康复出院。

不久，任老板的公司重新挂牌。康飞是他的大客户。

康飞爱说三句话：干事业，有成败，成时不张扬，败时不气馁；做生意，有赚赔，赚时不得意，赔时不消极；交朋友，像淘金，大浪淘沙，弥足珍贵。

人们知道，他人生的第一桶金子，是他妻子；第二桶金子，是任老板。

原载《华文小小说》2022 年第 6 期

没有事

陈淮贵

小 g 决定要去找领导好好谈一谈。

已经到了非谈不可的地步。

他认为。

不能因为老实做事就一直做杂事，老实做人就一直做下人，老实不争就一直被会争的人踩在脚下。

二十年前提拔别人，他没觉得什么；十五年前提拔别人，他也没说什么；十年前提拔别人，他觉得有点反常；五年前提拔别人，他体谅领导也有难处；而今天的提拔别人，他觉得是毫无道理、毫无借口，自己已是忍无可忍了。

不是因为自己一心想被提拔当官，自己绝无一丝一毫的官瘾，这是自己与别人的区别。他只是以为，自己勤勤恳恳、兢兢业业工作了这么多年，每天早出晚归，真正一心扑在工作上，以单位为家，还受上级表彰奖励无数，所付心血、所做成绩在整个机关大院都是得到公认的。可是，身边一些句子都写不通的人，整天只知闲聊打小报告的人，竟然被一提再提，甚至爬到自己头上颐指气使，将你好好的文章改得支离破碎狗屁不通，为所谓的政绩安排下属去做一些明显违反政策道德底线，不能做也不需做的惹人笑话的弱智事情，真是太颠倒是非了。看着如此素质的人接二连三平步青云，而自己几十年来竟然没被提拔过一次，甚至连这次名额绰绰有余的非领导的职级晋升都没自己的份，他已经出离愤怒了。一些受过法纪处理之类的人都被提拔，一些没文化的驾驶员都被提拔，难道这些被提拔的人的素质都比自己好？自己连违法乱纪的人都不如了？单位的用人标准到底是什么？一次次的提拔，他觉得是对自己一次次的示威、否定和打击，他觉得这实在是太说不过去了，单位对自己是没办法交代的了。

他决定去找领导好好谈一谈。

局长办公室就在自己科室的楼上。

他毅然走上楼。

局长经常不在，不过，今天早上在门口遇到过他。

他轻轻敲了敲门，稍后再轻轻地推开。

他看到里面局长正和一个人面对面坐着交谈。门一打开，那人转过头来看向门口。小 g 认得他是另一个局的李副局长，李副局长刚毕业见习时自己还在业务上带过他。

小 g 只好退了回来，把门又轻轻合上。

他在走廊站了一会儿，不见李副局长出来，只好又回到楼下办公室。小 g 坐立不安等了 20 来分钟，估摸着他们应该谈得差不多了，就又按捺不住走上楼去。

刚走到楼上，就迎面遇见刚从局长办公室出来的李副局长。

"李局长……"他招呼道。

"小 g，"李副局长朝他点点头，"找局长呀？发生这样的事，要多安慰安慰他！"

"什么？"小 g 听得云里雾里，"安慰？发生什么事？"

"你不知道？"李副局长停住脚步，奇怪地看着他，"局长老爸去世，你不知道？"

"我不知道啊！"小 g 大吃一惊。

"哦，昨天开过追悼会了，全局好像都去的，你没去？"

"没……我……"小 g 感觉浑身冰凉。

"哦，也没事。"李副局长拍了拍小 g 肩膀，似是在安慰他。

李副局长以异样的眼神看了看他，快速地走了。小 g 在走廊愣了半天，心想自己大概是全局唯一一个没有参加追悼会的人了。

"小 g——"一个同事走出办公室，热情地跟他打招呼。

小 g 迟钝地点点头。

"李局长跟你是老朋友了，他调来我们局以后你要多关照关照我哦——"那人套近乎道。

"李局长调来我们局？"小 g 惊奇地问。

"你别装了！"那人嘲笑似的说，"明天李局长就来我们局当副局长了，这是公开的秘密。大家都知道你原来带过李局长，刚才李局长还亲热地拍拍你的肩，听说李局长很快转正……"

"我真的不知道……"小 g 着急地纠正。

"你！"那人一脸惊奇，"那你总不会告诉我，上个星期李局长老婆生小孩你也不知道，你也没去看望吧？我看局里哪个人敢说没去！……"

小 g 失魂落魄一般回到办公室，全身无力地瘫在椅子上。勉强坚持到下班，他竟然在一楼阴差阳错地遇到了局长。

"局长……"他惴惴地打招呼。

"你今天找我有事？"局长和蔼地看着他。

"没……没有事……"他嗫嚅着。

他知道自己已经没有什么事情要找人谈了。

原载《华文小小说》2022 年第 1 期

小熊阿五

张 港

我下乡那时，小兴安岭森林茂密，野生动物极多，于是就有了一段与熊称兄道弟的事。

农场派我们去三道河开辟新的分场。三道河没人烟，更没有道路。在拖拉机走不了的时候，我们就下来步行。在树林中走了大约一个小时，坐下来休息、抽烟。忽然，有人大叫："熊！"顺手指看去，果然大柞树上伏着头黑熊。它脸贴着树干，两只前爪抱着，那样子挺好笑。看上去毛乎乎的，是只小家伙。早就听说这里熊多，这回可算是看着活的了。

山里的早晨雾蒙蒙的，云在树林间忽上忽下飘浮着，像童话世界。那天，我早早起来，招呼国庆一同采蘑菇。我一边低头找蘑菇，一边和国庆唠嗑。一直感觉他就在我的旁边，而且还有树枝的声音和喘气声。可是，这国庆老也不搭理我。我骂了一句，一抬头，啊——我的妈呀！一头熊，在我对面坐着。我顿时出了一身的汗，完蛋了！

我扔下篮子，扭头就跑。树枝抽在脸上也顾不得。累得不行时，回头一看，咦！根本就没熊。我舒了口气想好好喘息喘息，忽然，那家伙正蹲在前方。我心凉了，回头再跑。可是一会儿工夫，发现它又到了我的前面。我知道，两条腿的我，绝对跑不过熊。可是也没办法，也不能就等死呀。跑不动时，我看了一下那个家伙，个头并不大，毛乎乎的，样子有些傻。可是，我却怕得要死，当我发现已经离住的帐篷不远时，就又用最后的力气跑了起来。忽然脚下一绊，我一个滚翻，摔出去了好老远。起来看熊时，它竟然一扭屁股朝林子深处跑去。

连滚带爬回到宿舍，这帮可恶的家伙听了我的历险记全哈哈大笑，个个拿我开涮。做饭的老刘头说："人家那敢情是跟你玩哪，要是真想拾掇你，还用得

小熊阿五 **253**

着费那么大的劲吗？"老刘说得有道理，回头想想，那个熊的确不像想吃我，是像跟我玩。

从那往后，对熊的恐惧消失了，出去干活时，也经常能看到一只不大的熊，前前后后跟着我们。它不惹我们，我们也不敢去招惹它。

一天中午，大家正端着碗，边晒太阳边吃饭，就看见对面林子边上坐着只不大的黑熊。老刘头说："这准是只刚离群的小熊，刚从大熊身边分出来，想找自己的地盘。要是它有能耐，就能打败别的熊，就能得块地盘；要真是个熊货，那就得活活饿死。"原来，看上去傻乎乎的家伙，竟然也有这样的苦难。可能是看我们吃饭馋了，它在林子边上晃来晃去，不肯走。我一个助跑，像投手榴弹一样，将手里的馒头扔将出去。它先是一闪，后是嗅嗅，再将那馒头吞了。别人也学我的样，馒头一个一个扔出去。你看它笨，接起馒头可是灵活得很，馒头一个一个准准地落入它的嘴巴。

从那以后，它就经常出现在我们附近，等着我们扔馒头。我还给它取了个名，叫"阿五"。因为有个上海知青叫"阿四"，这一来，它与他就成哥俩了。看到熊时，我就喊："阿五，过来，你哥在这里！"也冲阿四说："阿四，看着没有，你阿弟来了。"青年人全爱闹，这个名也就约定俗成了，连阿四自己也称小熊为阿五。

山里的日子很寂寞，这只熊的出现，成为劳累后少有的欢乐，喂它逗它，让我们快乐无比。真想用手摸一摸它，真想再与它玩上回那追着跑的游戏。

有一次，我们实在受不住汗水与污垢的折磨，决心到很凉的河里洗上一洗。虽说水凉得刺骨，但眼睛一闭，光着屁股全跳下去了。到了水里，就不冷了，游着闹着，开心得很。我将一个小子摁水里，他不还手，使劲地挣，抽出手来指着河边，哇哇怪叫。大家这才发现，阿五也来了。它悠然地扭到水边，这儿嗅嗅，那儿嗅嗅，想下水，又有些犹豫。因为是"熟人"，大家一齐喊它，让它也下水来。它可不像接馒头那样积极，不但不理睬，反而一屁股坐了下来。我们就从水里捞出小石子，投向它，逗得它从东跑到西，又从西跑到东。没一会儿，阿五就玩够了抓石头子的游戏，开始摆弄我们的衣服。抓起这件，嗅嗅放下了，抓起那件，看看放下了。最后，这坏家伙偏偏相中了我的衣服，它叼起来，往上一甩，再叼起来，往上一扔，坏了！我那红红绿绿的饭票和仅剩的半盒烟，让它来了个天女散花，飞起来，又落下，最后，像小小的船儿一样，顺水漂走了。我一捧水扬在阿四身上，捏他的鼻子，说："你弟弟惹的祸，这个月我吃你的，当哥哥的你赔！"

秋一天天深了，到了有冰的日子。一天，我们伐木回来，忽地一只白熊从门里蹿了出来。屋子里全是白的，装面粉的口袋被撕成碎片，面缸也倒了，盆已经被踩成盘子。老刘头说："要到冬天了，它得抓食准备过冬了。"

不久，场部来了干部，干部说："你们拿馒头喂黑瞎子，还把熊引到了屋子里！这是干革命吗？这是贫下中农的好后代吗？"场部的人带来支七九步枪，就守在我们的屋子里。

这天，将吃晚饭的时候，阿五一晃一拧又来了。七九步枪冲它咣地就是一枪，一连放了三响。我骇得闭上眼睛，不敢看。等枪不响了，睁眼看时，除了白桦树，什么也没有。从此，再也没有见过阿五。老刘头说："其实，你们是害了它。你们喂它，惯它，它自个儿已经不大会找食吃了。眼见冬天到了，它蹲不了仓子（冬眠），不让群狼掏了，也得饿死。"让老刘这么一说，个个心里不是滋味。大家总是希望有一天，阿五又能出现，又能听到它的声音，可是，阿五再也没来。

原载《微型小说选刊》2022 年第 8 期

守　望

原上秋

　　他经常来这里，不论雨天，还是晴天。这里松柏苍翠，雨天苍翠，晴天也苍翠。松柏在雨天里有雨水滑落，像留下的泪。

　　不下雨的时候，这个区域一半严肃，一半活泼。三十多年前，这是一个整体。记不清哪一天，一分为二了。外面沿马路的一半划出来，供居民使用：唱歌、跳舞、打牌、弈棋，老人们静坐，孩子们追逐打闹。另一半，一千多人躺在那里，很安静。哄闹声随风能进去，人不能进去。当中隔着一道门。是那种透视的铁艺门，彼此都能窥见，两边的人如相会，能拉手，不能拥抱。

　　他经常坐在那里，看着人聚人散。

　　起先没有划开的时候，他也时常过来。那时候有高墙和密不透风的大铁门。马路的对面是一幢小楼，四层，现在还在，显得破了，像一个老人一样安静而慈祥地坐在那里。他就在那栋楼里住着。那时候他的双腿还有充沛的力量支撑躯体，经常绕着高墙行走。回到家里，透过斑驳的玻璃窗子，能轻而易举地看到这里。

　　现在，景色不一样了。对面已换成高大的牌楼，牌楼上四个大字：烈士陵园。字是金色的，底是一种浅浅的蓝，透着淡淡的忧伤。

　　有一年，他看到对面的高墙被人推倒，听说是要建市民公园，他义愤填膺。他找到主管部门，亮出军功章，诉说了反对的理由。

　　负责人看到那些有岁月积淀、仿佛血染过的立功证书和奖章，一脸崇敬地接待了他。

　　工作人员一直与他沟通，公园还是建成了，或者说，陵园地块一分为二了。他接受了现实，他感觉到，实际上这样也不错：战友们在里面，依然有一份安宁，依然有苍松翠柏相拥。后来，孙子说了一句话，让他释然。孙子说，先烈打江山，不是为了后代幸福吗？

后来，他看着那些在公园里休闲的人，脸上都挂着幸福。这时候，他会想起孙子的那句话。

他比任何人在公园待的时间都久，他坐在已成隔挡的大门一边，左耳和右耳处在分裂的状态。左耳是欢闹，右耳是寂静。有时候反过来。他的情绪也分裂。右边是伤痛，左边是欢笑。有时候反过来。

他孙子也来过，孙子用一种凝重的表情看着里面。里面被苍松翠柏包围。大石碑后面，是一排排六十厘米高的墓碑。从门口看不到。

孙子回过头，变成一脸的欢喜，跑开了。孩子这个年纪不会装，高兴就是高兴。谁也不能说这个少年亵渎了英烈。

看到孙子笑着跑开，他也涌动一份幸福。

他的痛只在下雨的时候隐隐发作。这个时候，公园里的欢笑被雨水冲散，剩下一片空旷和四处飘逸的寂寥。他打着雨伞蹲下来，挨个给墓碑擦洗，像小心翼翼地给他们洗澡。这里的一千六百五十八个战友，他一个不认识，却又都熟悉。无论是与日本鬼子搏斗牺牲的，在解放战争中倒下的，还是抗美援朝魂归故里的，他怎么会不熟悉呢。他们在战场上冲锋的姿态，他们把最后一颗子弹射向敌人的壮烈，他永不能忘。

每当擦到一个叫李云峰的烈士的墓碑时，他会想到那时的通信员，一个叫李什么峰的年轻战士。原谅他记不住战士的名字，因为这个李什么峰之前，已有两个通信员相继牺牲了。弹雨里，他问，叫什么名字。枪炮声很重，新的通信员把手围个喇叭大声说，他叫李什么峰。

后来，这个叫李什么峰的通信员也牺牲了。

他深深内疚。

他就把这个李云峰当作那个李什么峰的对待，在他身上多擦几下，在他身边多停片刻。

擦完墓碑，他已经很累了。他坐在前面的大石碑台阶上，把雨伞扣在头顶。一下子，弹雨似乎就起来了，啪啪，啪啪。这种氛围，不由他不想起那些枪林弹雨的故事。

坐久了，他会感觉到凉。由外到内的凉。四周的松柏都淌着雨水，他的眼睛和心也潮湿起来。

等云一片片散开，太阳光照在大地，公园的一侧开始欢闹起来，一张张笑脸又荡漾起来。

这是两个世界，彼此守望。

原载《羊城晚报》2022 年 8 月 3 日

逃　离

安　宁

　　小武老师能进我们县城三中当语文老师，全靠了岳父帮忙。尽管小武老师跟老婆关系不怎么和谐，常常吵架吵得我们学生都来围观，但因了在县城某部门做副局长的岳父，脾气暴躁的小武老师还是每逢吵架，就主动将跑回娘家的老婆小姜，低声下气地接回来，重新过鸡飞狗跳的庸俗日子。

　　小武老师文笔不错，常常在省里的报刊上发表文章。他还怀揣着诗人的梦想，尽管，他蹲在办公室门口的花坛边，抽着烟欣赏一朵月季的姿势，像个土气的农民；但他还是以诗人的骄傲，风卷残云般吃过晚饭后，在校园的小路上天马行空地胡思乱想一阵，而后打开油漆剥落的办公室门，埋头批改作业。

　　那时小武老师还没有取得编制，所以不管他有怎样傲人的才华，发表的文章比全校老师发表的总和都多，在只认教学成绩不认个人才华的县城初中，小武老师都只能埋头不声不响地按照学校的要求，上课备课，批阅作业，加班加点，早出晚归。他还当班主任，在自己的情感问题尚未梳理清楚的时候，每天帮学生解决日常琐事和早恋烦恼。所有这些，并非因为小武老师多么地爱岗敬业，事实上，他早就想出去闯荡一番，无奈被岳父严加看管着，他所有的理想都奄奄一息，说不上完全破灭，却也知道时日所剩不多。什么时候拿到了编制，一定立刻停薪留职，出去闯荡一番。小武老师时常这样想。

　　老婆小姜在学校里教的是英语，这原本很时髦的科目，在她为了改善家庭生活，承包了学校食堂的一个摊位后，便多了一股子大蒜味。我们学生都知道小武老师的老婆在食堂的窗口卖热包子。冬天天冷，我们从小姜老师的手中接过包子，总会看到那双红肿皲裂的手。大家便在教室里议论说，怎么小姜老师不卖包子的时候，手指豆腐似的白白嫩嫩，一成了包子西施，就粗得跟个农妇一样呢？议论来议论去，我们便将矛头指向了小武老师，觉得他没有出息，干这么多年，还在教学一线辛苦谋生，没能混上个一官半职，所以不得不让漂亮的小姜老师出来"站柜台"，抛头露面，招人同情。

一次小武老师上完课后，不知是有意还是无意多说了一句：同学们上学很辛苦，该舍得吃点好的，别老是啃咸菜馒头。我们便在下面心照不宣地捂嘴偷笑，有个大胆的男生，还嬉皮笑脸地回应道：吃小姜牌肉包，助你学习进步不长膘！这下大家憋不住了，哄堂大笑起来。小武老师也红了脸，但坏脾气的他，却不知道该冲谁发火，想了想，大概真正要打倒的，还是没用的自己，于是也就算了，一低头，夹着教案灰溜溜地快步走出了教室。

除了用抽烟喝酒麻醉自己，这些人生的苦闷无人可以排解。有时候，小武老师会在办公室待到很晚，等所有人走了，将灯熄掉，借着香烟一闪一灭的微弱光亮，看着窗外漆黑的夜色发呆。有一次，办公室的门在黑暗中被人吱呀一声推开，灯光突兀地亮起，新分配来的年轻女老师小艾，一脸惊愕地站在小武老师的面前。不知这是人生的偶然，还是小艾老师擅长察言观色，早已洞穿了小武老师的苦闷与不甘，又因仰慕他的才华特意前来，又或小艾老师只是想要在办公室站稳脚跟，于是讨好前辈，总之，就在那一刻，故事发生了，小艾老师留下来，陪彷徨中的小武老师说了许久的话。那晚的月亮皎洁迷人，说到尽兴处，小艾还起身将灯关掉，倚靠在窗边，仰望着无尽的苍穹。沐浴在醉人月光里的小艾，像一尊洁白优雅的大理石雕塑。小武老师就在那一刻，忽然间动了心。

小艾的出现，让小武老师一时间忘了家里每日充斥的韭菜鸡蛋粉条或者猪肉大葱的味道，忘了小姜红肿的双手、浑圆的胳膊，一笼一笼热气腾腾的包子。从庸常生活中忽然飞离的小武老师，仿佛被缪斯附体，每日文思泉涌，将熬夜写出的一首又一首诗，献给他心中的女神小艾。对于小武老师如此热烈的示爱，小艾既不拒绝，也不接纳，而是旁观者一样，笑嘻嘻地看着小武老师忙前忙后，为她做一些力所能及的小事，并将上课经验毫无保留地传授给新来的她。有时候，两个人在隔壁班上课，小武老师讲到中途，安排学生做题的空当，会蹲在教室后门的台阶上，咳嗽一声，隔壁的教室里很快便会探出小艾可爱的脑袋，并没有话，却会冲他妩媚一笑。

这样的微笑，恍若流星划过夜幕，很快消失不见。小艾迅速攀上了一个家境优越的有为青年，并顺利调进了市属中学。而终于熬上了编制的小武老师，并没有如他所愿，立刻停薪留职，鸟儿一样振翅飞出县城，去大城市翱翔。儿子的出生，比小艾更长久地将他牵绊住。他像一头老牛，自此被拴在了家庭的树桩上，想要挣脱逃跑，却发现已经无能为力。

儿子读初中那年，小武老师在一次与小姜绝望的争吵后，终于愤怒地递交了停薪留职的报告，而后以壮士一去兮不复还的豪情，去了北京的一家报社。半年后，他又用同样的豪情，跳槽去了上海。随后是广东、成都，甚至西藏。直到有一天，小武老师累了，疲惫不堪中忽然间明白，他所历经的每一个地方，与他想要逃离的县城，都是一样的。或许，一头被拴在树桩上闭目养神的老牛，比一只狂风暴雨中惊惶乱飞的小鸟，更为幸福。

在儿子高考以前，无论如何，都要返回县城，继续过教书写作、相妻教子的生活。小武老师这样想。

原载《百花园》2022 年第 10 期

田鼠的故事

何亚兵

田鼠不是田里的老鼠。

田鼠有时候想起来，很憎恨村里那个留着白山羊胡的算命先生。

那时农村里识字的人少，有学问的更少，算命先生算是村里不多的几个走南闯北见过世面的人了。于是老田家生个儿子，请算命先生取个吉利的名字就再正常不过了。或许是老田家送的礼物寒酸，又或许是算命先生心情不好，他随口就说，今年是鼠年，田鼠好啊，收成再不好，都饿不着，就叫田鼠吧！

农村有取贱名好养的习俗，再说田鼠这名和张二狗、王大牛、李黑皮那些名字比起来，也不算难听。当然，那时田鼠并不觉得难为情，毕竟，他也可以取笑别人同样不怎么温文尔雅的名字，一个村里出来的，开玩笑也是善意的。

田鼠确实就像那个年代的老鼠一样好命，竟然长了一副会学习的好头脑，读起书来，如有神助，村小里的代课老师，镇上中学里没有回城的老知青，都说田鼠聪明。后来田鼠轻轻松松就考到城里上了大学。

问题来了。

在大学校园里，田鼠的名字太出风头了，加上营养不良留下的颇有点尖嘴猴腮的脸型，更是成为同学们取笑的因由。田鼠一开始并不在意，可是在一次被室友冤枉指斥为偷东西的老鼠，特别是因此被那位自己偷偷暗恋的美丽女同学疏远之后，田鼠才真正愤恨起自己的名字来。

田鼠不是没有想过改名，可惜操作起来并不容易，没有正当和必须的理由，派出所并不受理。田鼠对改名也就死心了。就这样，田鼠被老师和同学们一路笑着叫到了毕业，也被田鼠满脸堆笑、满心愤恨到了毕业。田鼠在内心发誓，总有一日让人不敢再喊他"田鼠""老鼠""田老鼠"……

田鼠确实是读书的料，有一股子老鼠打洞的钻研劲，专业课成绩名列前茅，因此得以留在城里，还被分配到机关里，大小成了名干部。机关里的同事当然不像大学里的半成年人那么无聊，一般都会喊"小田"，很亲切。单位领导们当然还是直呼其名，不过口气严肃，并无取笑的感觉。

　　一开始，田鼠很是松了口气，为自己告别了名字梦魇而高兴。可是久而久之，田鼠发现并非如此。同事和领导们虽然表现得不一样，可是有时打招呼，甚至是看向他时，他总觉得对方嘴角似有笑意。特别是有时出去工作，或者到下属单位指导工作，一本正经介绍田鼠时，总还是感觉有人偷笑。田鼠不用看，都能感受到——大学几年早就练就出这种独特的敏感了。

　　田鼠很无奈。

　　可是名字是自己的名字，又不能不让人叫，所剩的似乎只有一种方法了。田鼠确实有田鼠那种"广积粮"的个性，一心一意做好工作，积蓄自己的人脉关系，靠着不懈的努力终于在单位里脱颖而出，先是被省厅相中调去工作，后来又因为出彩的工作实绩，返回到原单位成了一把手局长。据说田鼠本来有机会到更好的区域任职，但他主动回娘家，说明田鼠很念旧。

　　现在，没有人会直呼田鼠的大名，更不用说小名、花名了。大家都恭恭敬敬地称呼他"田局"。看着以前的那些同事，都很眼熟，少数成了中层干部，大多还是原地不动，迎着他们热切的目光，田鼠很兴奋，也很感慨。

　　田鼠做局长后，局里风气慢慢变了，"鼠"突然就成了一种忌讳。讲话上田鼠的署名变成了田局长，会计做的工资单姓名栏里也只写田局，没有人在田局长面前说一个"鼠"字，就是背后也不敢。一次，办公室里不知怎么就钻出来一只老鼠，吓得新来的小姑娘花容失色，又因为忌讳成了习惯，"有老鼠"几个字就是说不出来，情急之下指着那只胆大妄为的老鼠说了一句："田局，田局出来了！"这让正从门口经过的田局一阵愕然。不久，小姑娘就被派到边远乡镇扶贫去了，归期不定。

　　后来，多年不闻"鼠声"的田局被双规了。经审查，田鼠贪污受贿金额特别巨大。法庭上，听到公诉人读到自己的名字"田鼠"感觉很陌生，审判结果出来后，听到有人叫自己"老鼠""硕鼠"，那一瞬间，也并不觉得刺耳。

又到鼠年。田鼠不知为何突然想起给自己取名的算命老头。

原载《精短小说》2022 年第 3、4 期

我不做鱼

沈海清

康德铭新任市国土资源局局长。国土资源局，那可是掌管全市土地出让大权的机关呢！于是，那些房地产开发商就有意无意地向他套近乎，还有些开发商老板暗地里打听他有什么爱好。

大家都知道康德铭喜欢吃鱼吃螃蟹，于是，有些人试探性地用各种理由送来几只大螃蟹。

这一带是螃蟹产地，闻名遐迩，每年秋风一起，螃蟹满地爬，平常老百姓人来人往的，送几只螃蟹当然是再正常不过的。

但要拒绝人家送来的几只螃蟹，也不是一件容易的事，康德铭的妻子明佳乐是个聪明人，她想了一个办法，买来两斤螃蟹，挂在院子里那棵罗汉松上，那螃蟹日晒夜露，变得血一般红，成了火红火红的螃蟹干，凡有人送来螃蟹，康德铭就指着那串血红血红的螃蟹说："你看，这几只螃蟹不知是谁送来的，我把它挂在松树上，等着那人来拿回去呢！"

送螃蟹的人见了，自然明白康德铭的意思，便知趣地走了。

明佳乐笑着对康德铭说："德铭，这一串螃蟹，真像是十字路口的一盏红灯呢！"

康德铭说："对，做官如走路，红灯不能闯，这是规矩！"

康德铭喜欢吃鱼，也喜欢钓鱼，每个星期天都要骑着自行车到郊外去钓鱼。其实，在江南一带钓鱼，不仅仅是钓鱼，那郊外的景色极佳。清澈的水流，翠绿的芦苇，金黄的稻浪，无边无际，一年四季，交替变化，永远是那么美。沉浸在大自然的景色中，说是钓鱼，但乐在其中，那真是一种无上的享受。

每个星期天，康德铭都要去钓鱼。于是，一些房地产老板也渐渐地喜欢钓鱼了，当然更喜欢和康德铭一起去钓鱼，成了他的钓友。起先，康德铭是骑着自行车去钓鱼，后来，有钓友开着私家车的，就顺路捎上他，一起去。

这些事情，妻子明佳乐都看在眼里。但拒绝螃蟹可以挂一串在松树上，这钓鱼总不能把堂堂康局长挂在松树上吧！

这天，明佳乐和康德铭说："我老爸也喜欢钓鱼，什么时候让他和你一起去？"

康德铭一听："哎，过去我知道老爷子喜欢钓鱼，记得第一届全市钓鱼比赛，老爷子还得过冠军呢！但后来不知怎么回事，再也没钓过鱼！"

明佳乐道："我老爸如今退休了，闲在家里没事做，你就陪陪他，一起去钓鱼吧！"

明佳乐的老爸，也就是康德铭的老丈人，名叫明清远，过去担任过副市长，如今退休在家，平时不出门，这会儿要和女婿一起去钓鱼，康德铭当然乐意，于是约好了，星期天一起去钓鱼。

星期天一早，康德铭为老爷子准备了一根钓竿，不一会儿，明清远骑着自行车来了。

康德铭一见老爷子带了一根漂亮的钓竿，叫道："爸啊，您老有钓竿啊！"

明清远哈哈一笑，说："我这根鱼竿啊，封了好几年了，这会开封了！"

顺路的"鱼友"开着轿车准时来了，明清远一见，哈哈笑道："有汽车，可比骑自行车舒服了！"

汽车来到郊外，早有人给他们准备了鱼饵，还有遮阳伞、茶水、点心、水果，明清远哈哈笑道："这里的条件好啊！"

康德铭也笑道："老爸啊，有条件就享受吧！"

于是，大家各自找到垂钓的地方，静静地坐着，和水中的鱼儿比起了耐心。十分钟过去，二十分钟过去……只见明清远的鱼竿鱼浮子一沉，有鱼咬钩了，明清远瞅准时机，钓竿一挥，哗啦啦一声水响，钓起了一条大鲫鱼，足足有半斤重。

明清远把鱼抛进水桶，看着鱼儿在水里扑腾，哈哈笑道："你别觉得冤，那么多的鱼儿，就你贪饵，要不，怎么会被钓了上来！"

不一会儿，康德铭的鱼浮子也沉了下去，他一挥鱼竿，一条三四两重的鲫鱼钓了上来。

看着康德铭得意的样子，明清远又说话了："哈哈，又是一条贪饵的鱼，上钩了！"

这时，康德铭不由心里一沉，如果说先前老爷子那句话是无意识的，随便说说的，那么，这一句话，他听出弦外音来了。

晚上回到家，康德铭故意和明佳乐说起："老爷子的垂钓水平不错啊，不愧是当年的钓鱼冠军，不知为什么，他后来不钓鱼了？"

明佳乐一听，又笑："我老爸年轻时就喜欢钓鱼，后来当了干部，有了权，来约他钓鱼的人越来越多，我老爸当然知道，有些人，专门投他所好，在向他套近乎呢！我老爸就干脆封了鱼竿，从此再不钓鱼！"

原来是这样，康德铭猛然省悟，老爷子要和自己一起去钓鱼，说是钓鱼，其实是醉翁之意不在酒呢！

明佳乐见康德铭若有所思，又道："我老爸那个时候常说，这人一当官，有了权啊，就常常会被别人当作鱼，专门有人向他抛鱼饵呢！"

康德铭笑了："老爷子的意思我明白，鲜美的螃蟹鲜美的鱼，是我最喜欢吃的美味，但为了能常年吃到这样的美味，我不能做鱼！"

明佳乐也笑着说："是啊，是啊，那个高墙围住的地方一旦进去，可没有螃蟹吃，也不会有鱼吃！"

第二天，康德铭把那根鱼竿一折两段，搁在了那棵罗汉松的一串螃蟹下面，凡有人来请他钓鱼，他就指着那两个半段的鱼竿，向来约他的人说："我不做鱼了，不做鱼了！"

弄得来人莫名其妙：康局这是怎么啦？连说话也不流利，竟然把"我不钓鱼"说成了"我不做鱼"！

原载《上海故事》2022年第2期

抄袭时代

张殿权

一大早，经纪人大卫陈就跑来找曹星星，手里晃着一张报纸，紧张地说："你赶快看看娱乐版头条新闻吧！"

曹星星问："怎么回事？"

大卫陈说："报纸上说，有网友揭发你新出版的长篇小说《古德拜不是再见》涉嫌抄袭……"

曹星星一愣，说："是吗？"

曹星星立即夺过报纸，看起来。几天前，曹星星的第一百零九部书——长篇小说《古德拜不是再见》新鲜上市，引得这位"80后"明星作家的众多"粉丝"热烈追捧，一周时间就登上了畅销书排行榜第五名。报纸上说，昨天，有网友在网上发帖称，《古德拜不是再见》从第一章到最后一章，分别涉嫌抄袭十个作家的作品，并列举了其中的相似之处。

大卫陈问："星星，这到底是怎么回事？这本书我看第一稿时，就觉得有些眼熟，你真的抄袭了吗？我们该怎么办？"

曹星星看完报纸，随手扔到了沙发上，说："他们说得没错。我已经出版了一百多部书，才思早就枯竭了，我甚至自己都记不得我曾经写过什么作品了。因此，我就从那十个作家的作品中找灵感，把他们作品中的精华部分拿过来，改头换面，写成了这部《古德拜不是再见》。"

大卫陈大惊失色，说："什么？——那你，还一副不慌不忙的样子？"

曹星星笑了笑，说："这有什么？现在就是一个抄袭时代，哪个行业不在互相抄袭？……"

"那我们该如何面对舆论的质疑？"大卫陈手足无措地问。

曹星星说："很简单。我这部作品，只是抄袭了他们的构思和故事大纲，并不是完全意义上的抄袭，只要我们不承认，只说这是'无意撞车'，就像一些影视剧开头打的那行字一样：本故事纯属虚构，如有雷同纯属巧合。"

　　大卫陈想了想，觉得曹星星说的也很对，当下不就是一个抄袭时代吗？谁都是杂毛雁，谁也别说谁抄谁，否则就等于是说自己！只要死不承认，谁也怎么不了谁！

　　于是，这天上午，他们按照计划，风风光光地去参加一个商业活动。这个商业活动本来只邀请了十多家媒体的记者，不料一下子来了几十家媒体的记者，纷纷向曹星星以及大卫陈提出关于抄袭的尖锐问题。曹星星和大卫陈均矢口否认，认为有人说曹星星抄袭纯属别有用心，有可能是竞争对手对他们的恶意中伤。对此，他们很坦然，并保留使用法律捍卫自己名誉的权利。

　　第二天，不少媒体纷纷报道了曹星星和大卫陈的回应。这件事，在社会上掀起了更大的波澜。不少人认为曹星星一定抄袭了，但曹星星的不少"粉丝"却坚决站在曹星星一边，捍卫曹星星的"清白"。

　　在这纷纷扰扰的争执中，曹星星的《古德拜不是再见》的销量却大升。这让曹星星和大卫陈有种因祸得福的感觉，曹星星说："吵吧，吵的力度再大一些就更好了！"

　　大卫陈说："是啊。现在就是眼球经济社会，只要有人关注你，垃圾都能卖出黄金价！"

　　第三天，一些媒体又刊出新消息：他们采访了被抄袭的十位作家，这十位作家的回答却都很谨慎，说曹星星的作品和他们的作品有些地方确实相似，但并不能说明就一定是抄袭他们的。

　　这一说法，让曹星星和大卫陈有些意外，但也更增加了底气，主动找到媒体再次表明态度：我们的作品是原创，就连那十位作家都不认为曹星星涉嫌抄袭，这更证明了曹星星的新作《古德拜不是再见》的所谓抄袭一说纯属恶意造谣！

经过这番吵闹，《古德拜不是再见》的销量再次迅速大涨，上升到了畅销书排行榜榜首。

可是，让人大跌眼镜的是，事情到这里还没有完。

几天后，曹星星的一位铁杆"粉丝"投书媒体说，曹星星不但没有抄袭那十位三四流作家的作品，相反，是那十位三四流作家涉嫌抄袭了曹星星数年前就出版的早期小说《欢乐在哪里》《别问东方事》等几部作品。那十位作家不仅严重抄袭了曹星星这些作品的构思、故事等，甚至很多语言就是直接抄袭的。此言一出，舆论又是大哗。

曹星星和大卫陈看到相关报道后，也找出了曹星星早期出版的那些小说，和那十位作家的作品对比后，发现果然如此！大卫陈激动地说："嗨，没想到原来是他们抄袭了我们的作品！"

曹星星也很兴奋，但也感到有些惭愧，说："嘻，我写的作品太多了，自己都想不起来我原来的很多作品的情节了。我原来是想从这些不受人关注的三四流作家的作品中找些可用的东西，没想到他们这些好东西原来竟是抄我的，真是的！唉——"

经过这番折腾，《古德拜不是再见》的销量更是大增。

然而，谁也没有想到，几天后，这十位作家中的三个人集体投书媒体说：从出版时间上看，曹星星的《欢乐在哪里》《别问东方事》等，是早于他们作品出版或发表的时间。但是，在曹星星的《欢乐在哪里》《别问东方事》等正式出版前，他们的那些作品就先发表在了网上。只是，他们从来没看过《欢乐在哪里》《别问东方事》等，如果不是这次事件不断发酵，他们还不知道原来曹星星从早期的作品《欢乐在哪里》《别问东方事》等开始，就抄袭他们了……

原载《作家天地》2022 年第 4 期

黄　精

吴宝华

窗外大雪纷飞，天地间一片迷茫，不远处的神农架冰天雪地，粉妆玉砌。

方泉从壁上取下药篓，看到底部几根篾条快要被蛀断了，便动手修补。

忽然，他的耳边传来吱吱吱的叫声，推开门一看，院子里那棵高大的铁坚衫树上，蹲着三只金丝猴。

方泉住在神农架脚下的下谷坪村，祖辈都是药农，平时种田，闲时采药。神农架山上有不少金丝猴，但很少下山来，这三只金丝猴不知何时来的，大概是又冷又饿，实在受不了了，才跑下山来，毕竟山下比山上暖和一些。

方泉听猴子叫得悲惨，动了恻隐之心。他去瓮里舀了一碗玉米，来到树下，将玉米倒在树根处，然后自己退回屋里，透过窗户看院里。方泉看到猴子溜下树来，警觉地捡玉米吃，猴子有腮囊，可以贮藏食物，不一会儿，树下的玉米就被捡光了。

过一会儿，三只猴子借着树枝，相偕着蹿出院墙，逶迤往远处去了。

过了三五天，更多的猴子来到方泉的院子里，方泉便多舀了一碗玉米倒在树根处，猴子们兴奋地下树来捡拾。

这般每隔十天半月，便有一群猴子来方泉的院子，方泉总是拿玉米倒在院中树下，让猴子捡拾。

次年春暖花开，草木萌芽，猴子便再也没有来过了。

这年暮春，方泉母亲的肺病忽然严重起来，干咳不止，昼夜不绝，最后咳出血丝。

方泉十分着急，带母亲去看医生。

医生仔细诊脉后，告诉他野生黄精有奇效，方泉便决定上山去采。

神农架奇峰叠嶂，山高林密，山路崎岖险峻，十分难走。近年因人们过度采药，野生黄精几乎绝迹。

走到下午，他上到了神农架峰顶，却只采到一株幼小的黄精，茎块只有拇指大小。

无奈，他决定到小龙潭去碰碰运气，正走得又累又饿时，忽然听到吱吱吱的叫声，他抬头一看，前边的断崖上有金丝猴在嬉戏，依稀认得就是最先到他院子里来的金丝猴。金丝猴仿佛遇见故人，对着方泉抓耳挠腮，吱吱吱叫唤，十分亲热，方泉微笑着招招手。

忽然，他想到金丝猴整天在山上游荡，想必知道哪里有黄精。

于是，他从背篓里取出那株幼小的黄精，打手势让猴子看。

猴子的智力不低，立即懂得了方泉的意思，领头的大猴子吱吱吱叫了几声，带头向板壁岩方向攀树附枝而去，方泉忙背着药篓，提着药锄，紧紧跟随。

傍晚时分，他们终于到了板壁岩，只见峭壁下边长着好几株黄精，可是方泉却攀不上去，金丝猴们便折了树枝，捡了石块，挖掘那几株粗壮的黄精。

不用一袋烟工夫，猴子们便掘出了黄精，捧到方泉面前。

方泉喜出望外，忙装进药篓。

少顷，他便挥手告别群猴，兴高采烈地下山来。

方泉根据医生嘱咐，炮制黄精给母亲服用，一个月后，母亲的病便痊愈了，而且身轻体健，红光满面，身子骨越来越硬朗。

方泉心里非常欣慰。

过了一年，忽然有药商进山来收购野生黄精，价格十分诱人。

方泉禁不住诱惑，决定再次上山采黄精，这次他先到小龙潭找金丝猴。

中午时分，他便找到了群猴，那群金丝猴见了他十分亲热，方泉便连连打手势，意思是让金丝猴领他再去找黄精。

领头的金丝猴犹豫了一下，还是领着他向板壁岩走去。

到达板壁岩时，已是傍晚，群猴仔细找了片刻，才在断崖上找到三棵黄精，这里地势更加险峻，群猴只能攀着崖壁采掘黄精。

掘出数块黄精后，有一只小猴子捧着黄精送到方泉面前，方泉心花怒放，急忙拿药篓来装。

然而意外发生了，当小猴子第二次捧着黄精送过来时，断崖上一块石头风化松动，掉下悬崖，小猴子身子一倾，惨叫一声，像断线的风筝一样，栽下悬崖。

群猴惊呆了，片刻，领头的猴子叫唤一声，带头向崖下攀去，猴群紧跟在后面，不一会儿走得精光。

方泉目瞪口呆，他没有猴子的身手，只好呆呆地站着等，然而直到夜幕降临，明月东升，猴群也没有消息，方泉只好快快地下山来，带回的黄精卖给药商，只够买百十斤玉米，刚好是他喂群猴吃掉的玉米的重量。

从此，金丝猴群再不理方泉，远远地见他上山来，猴群就跑得无影无踪。

原载《小说月刊》2022 年第 2 期

意念中的每一天

许心龙

张小思用转业安置费购了辆出租车。

张小思开出租车,却跟别的出租车司机不一样。不一样在哪里呢?一早他睡醒后,要闭目养神几分钟。在这几分钟时间里,张小思要做一件大事,当然不是给媳妇再来个"回马枪",那太俗了。他要做的是,用意念判断一下今天能拉多少钱。这个意念不是胡来的,是神来之笔,是自由之神赋予的。他执拗地认为,不能把人"出租"给车,人要驾驭车,做自由之人,开自由之车。比方说,一早他的意念是今天拉三百块,他出门上路,拉够三百"大洋",绝对回家,不讲早晚,反正就三百,认定的数目雷打不动。有一次,为了拉够他意念中的一个数目,竟一连跑了十七个小时。他蛮拼的。

十九岁那年秋天,张小思没有拿回来大学录取通知书,却给父母带回来个女朋友。龟孙,没出息!父母一致斥骂他。张小思悟出了父母的意思。张小思告诉女朋友,同学王鹏仁要去参军,我也试试吧?女朋友点点头,眼里含着泪花说,你去吧,我等你!为了这句话,张小思去了部队,三年后又从部队回到了地方。可谓去也匆匆,回也匆匆。听说他有机会留在部队的,可他硬是拿着转业安置费,拿着一张鲜亮的驾照,回到了女朋友身边。张小思幸福地拥着媳妇说,王鹏仁上班了,当了警察。我的脾性呢,喜欢自在,不愿受人管,咋办呢?媳妇说,那好办,找个自由职业,你有驾照,开出租车吧,行行出状元。

于是,张小思成了一名出租车司机。

张小思捏着一天挣到的一沓整的或零的钞票,啪啪在左手上摔摔,很享受地笑一笑。或者是打开手机微信,看一下当天的进账情况,如果恰好是意念中的数字,那美妙的数字就会令张小思很受用,很熨帖。余下的时间,他大都看电视剧，且喜欢追 50 集以上的电视剧。他说这样的长剧看着过瘾。他有时看着看着还抹眼泪。

昨晚儿子放学回家，张小思得知儿子考试成绩年级第三，高兴得一夜没睡好，儿子要超越自己呢。张小思一大早就意念今天肯定有个好进账。刚出门不久，两个小青年招手拦住了张小思的车。张小思也没注意那两个小青年。每天乘客多了，哪有恁些心思呢。这时，一个硬东西顶住了张小思的腰。张小思一激灵，一股冷气蹿了上来。就听其中一个说，听我们的，要不然这枪会走火的。另一个命令似的说，把我们送到前面，然后把你的钱都拿出来！

张小思开着车就想起电视剧里打劫的情节。张小思冷笑一声，心里说，乖儿子，今天遇见张叔叔就是你们的不幸，张叔叔是不怕枪的，我打枪的时候，恐怕你们还穿着开裆裤呢。我可以不收你们的车费，但今天必须让你们"缴学费"，两个没有信仰的家伙，走着瞧！

张小思想着想着，猛地一打方向盘，车子朝右方驶去。右方不远处是刑警大队，战友王鹏仁在那任副大队长。

一个小青年急了，咋呼道，这往哪儿去？快停下！说着用枪猛捣了张小思几下。

这一捣，张小思心里有数了。年轻人，玩过真枪吗？真正的枪头子是钢一般硬的，是锐利的，也是正义的，它体现了枪的真正含义。张小思沉稳地说。

张小思感到那小子的枪慢慢滑落了下去。张小思摁摁喇叭，像吹响了冲锋号。两个小青年没料到撞到这么个硬朗的主儿，低声求饶说，叔，让我们下车吧。

张小思气得好像自己的儿子犯了错误，一副不好好教育就不罢休的劲头，把车子开进了刑警大队院里。后来，两个小青年感叹说，我们的这支枪，第一次失去威力，并身败名裂。

张小思从刑警队出来，已过中午，没再去拉客，而是掉头朝大众浴池驶去。今天的事多少有些晦气，万一遇见亡命徒……他后怕地想着。

与张小思同进澡堂更衣室的，还有个酒鬼，嘟嘟囔囔的也不知道说的啥，好像谁都欠他的。在湛蓝的温水里，张小思闭目仰躺着。这时，他听到咕嘟咕嘟的饮水声。他猛然想到刚才那个酒鬼，睁眼发现果然是那个酒鬼头一栽一栽地正喝水呢。喝多酒咋能泡澡呢？他心里埋怨着，起身奋力把那人扛了出来，放到了休息床上。那酒鬼吐几口黄水，半天醒了过来。张小思复又跳入大池子。七八个搓背工和六七个泡澡的都不约而同地"哦"了一声。张小思突然意识到，那么多泡澡的咋没有一个发现酒鬼"喝水"呢？万一死了人，麻烦不就大了吗？

　　澡堂老板闻讯后，感动得急忙寻找施救者。

　　张小思在水池中，露着个大头，笑着对老板说，我刚到呀。说着，一头扎进了热水里。

　　回到家，张小思打开电视机，接着追剧。他突然感到今天很不平凡，虽然改变了不曾改变的意念，没有收入一分钱，心里却是少有的舒坦，少有的愉悦。跟儿子交流也有了新的内容，或许会感动儿子的。

原载《啄木鸟》2022 年第 7 期

美　手

王乾志

　　林白对红绫的喜爱，缘自一双美手。

　　那天，林白带几个手下去怡红院喝花酒。隔着纱帘，林白听到了悦耳的琴声。寻着琴声走去，拨开薄纱，林白就看见了琴弦上的那双手，然后他就呆住了——那是怎样美的一双手啊！修长，玉一样洁白，仿佛一件精美的艺术品，却又比玉雕的手温润灵动，柔软仿若无骨，就是那样的一双纤纤素手在琴弦上轻轻滑过，就有美妙的音乐水一样地流淌出来。

　　等林白回过神来，就吩咐手下召唤来了老鸨："那个姑娘的手，我要了。出个价吧！"

　　老鸨糊涂了："一双手，怎么卖你？"

　　林白轻摇着扇子，笑了："当年，荆轲说千里马的肝好吃，太子丹就杀马取肝做菜；荆轲说弹琴女子的手好看，太子丹就斩了女子的手送给荆轲。成就千古美谈！"

　　"什么？"老鸨大惊，"你要把红绫的手斩下买走？"

　　林白轻轻点了点头，老鸨吓得跌坐在地上，面如土色。

　　忽听银铃般的笑声响起，一个面容姣好、身材曼妙的女子已掀开纱帘入内，对林白一拜："谢谢爷对红绫一双手的欣赏，但我要请教爷，如果您喜欢枝上的花朵，是将花枝折下插瓶长久，还是让花朵生长在树上长久？"

　　林白见女子面色平静，并无一丝惧色，不禁赞道："好一个有见识的女子，难得！"又问："你可愿意离开这里，随我上山为匪？"

　　红绫又是一拜："沦落尘埃中，早已身不由己，任凭爷吩咐吧！"红绫就随林白上山当了压寨夫人。

林白虽为黑风寨匪首，却喜着长衫，手执画扇，文质彬彬，像个教书先生。但黑风寨二百多个匪徒都畏惧林白，因为别人都是狂怒杀人，而林白是笑着就把人杀了。在黑风寨，唯一不怕林白的只有红绫，越是这样，林白反而越是喜欢红绫。林白最喜欢的当然还是红绫的一双美手，林白经常小心翼翼地捧着红绫的双手，摩挲，欣赏，一副痴迷的表情。

　　红绫的手不但美，也巧。这双美手不但能弹奏出让人如痴如醉的乐曲，也能舞出如梦如幻的歌舞。她裁的衣服，能把自己打扮得如盛开的花树；她做的饭菜，能香掉人的舌头。林白杀人太多，疑心又重，夜里常常不能入睡，非常苦恼。红绫的手在他的颈肩揉一揉，捏一捏，拍一拍，林白就会像婴儿一般很快跌入梦乡。林白越来越宠爱红绫，越来越离不开红绫。

　　百里外的兴隆镇有一富翁，被林白拦路抢了货物和银两，还扣了人。杨家知道找官府不顶用，就找了清风岭匪首肖和。肖和和林白交涉，林白却不把肖和的几十号人放在眼里，两家结了梁子。肖和趁林白带大队人马外出，带人杀入黑风寨，连人带货都抢了出来，冲突中黑风寨死了十几个人。林白归山后大怒，倾巢而出要打下清风岭，没想到清风岭地势险要，林白没打下清风岭，反而又丢下黑风寨几十条性命。

　　林白恨肖和入骨，听说进入清风岭有暗道，便派人打探。说巧不巧，手下人无意中捉到了肖和的义子宋义，林白命人严刑拷打，宋义却钢牙紧闭，不透露一字，众匪无策。林白说："痛可忍，痒不可忍。"于是命人搔宋义的腋窝和足底，宋义虽难耐，却仍可忍。林白见状，吩咐："请夫人！"不一会儿，红绫轻步移出，伸出一双美手在宋义身上抓挠。令众匪惊骇的是，钢铁般的硬汉此时却抽筋扒骨般扭颈曲腰，似乎痛不可支。随着红绫力度加大和手法变换，宋义更是惨笑不绝，其脸上看似在笑，却又是痛苦至极的表情，显得极其诡异。但红绫的手并未停歇，而是更加灵活地穿梭，如游鱼，如飞鸟，如清风穿林过隙，越来越快，渐渐地，大家见宋义在笑声中面色变为青紫，继而眼、鼻、口、耳七窍都流出血来。众匪无不大骇，才知道大家垂涎已久的美手如此厉害。终于，宋义求饶呼救。

当夜，林白带人血洗了清风岭。庆功宴上，林白又命人带来宋义："我敬你是条汉子，给你两个选择，要么入伙给我当二当家，要么死！"宋义冷言道："我出卖义父和兄弟，已无面目活于世，愿死！"林白冷笑，说："我可以让你死，但你的死法必须由我说了算！"

当红绫轻轻走到宋义面前，刚露出双手，宋义就变了脸色，双膝一软跪在地上："我愿入伙！"林白得意大笑："夫人的手，是世界上最美的手，没想到却又能让人畏之胜于死，也可算作古今奇事！从今而后，谁再胆敢犯错，就让夫人的美手伺候！"

三个月后，一个大风之夜，黑风寨燃起漫天大火。林白带众匪灭了火，才发现宋义和红绫不见了。林白以为宋义携红绫私奔，大怒，下令马上下山搜寻，却在树林里发现浑身是血已昏死过去的红绫。林白抱起红绫，发现别处都完好无损，唯独一双美手不见了，在手腕处，被整齐地切割下去。林白心疼得差点昏死！

众匪也在面上表现出惋惜，却都在心里暗暗地松了一口气。

原载《微型小说选刊》2022 年第 5 期

病得不轻

宋炳成

不堪生活压力，邻居精神上出了点儿毛病住进了精神病院。乡里乡亲的，妻子嘱咐王二狗一定要抽空去医院看看。

王二狗有点儿害怕，听说精神病人都很狂躁的，发作起来，即使杀了人，法律也不会追究责任。王二狗一百个不情愿，但妻子安排的事儿又不敢不从。

王二狗惴惴不安地在医院门口东张西望地观察了好一会儿，看到里面静悄悄的，这才蹑手蹑脚地走了进去。王二狗大气都不敢喘，生怕弄出什么响声招来不必要的麻烦。

王二狗轻轻地推开门诊室的门，没等他开口问及邻居的病房在哪儿，一位坐诊的男医生就站起身笑着和王二狗打招呼："哦，是你呀，你等一等，一会儿护理人员会带你去。"

王二狗心里纳闷了："这精神病院的医生可真神了，我啥话还没说呢，他怎么知道我要看谁？"

这时候，进来两个身穿白大褂的壮汉，他们笑嘻嘻地来到王二狗跟前，在王二狗毫无防备的情况下，突然扑上来死死抓住了他的两只胳膊。

"你们要干什么？"王二狗跳着脚嚷了起来，"我是来看病人的。"

男医生哼了一声，不屑地说："我看你老半天了，在门口探头探脑的，一看就是自己溜出来的，把他送回病房去！"

王二狗生气地大吼："我不是病人！"

医生看一眼王二狗，讥笑着问："不是病人？那你说，你来看谁？"

"叫王什么来着？"一着急，王二狗竟然想不起邻居的名字了。

医生得意地望着王二狗："怎么样？编不出来了吧？"

王二狗的眼泪都快出来了："我没有病！我真的是来看病人的！"

医生不屑地说："哼，哄谁呢？这儿的病人可没有一个承认自己有病的，一看就知道不是什么正常人，快把他送回病房去！"

两个壮汉架起王二狗就往外走，王二狗急了，要是这时候不能冲出去，他可就惨了。王二狗拼尽所有的力气，猛地推倒了右边的壮汉，左边的壮汉看事情不妙，拼死抱住了王二狗。就听医生紧张地大喊："他的病情发作了，快按住他！"不由分说，医生给王二狗注射了安定。

不一会儿，王二狗就迷迷糊糊地睡着了。

等王二狗醒来，他发现，自己正坐在电疗室里，看着长长的银针，王二狗不禁身子一颤。他必须离开这里。王二狗装出神经错乱的样子，傻兮兮地笑着说："嘿嘿！我就喜欢扎针，来呀，快来给我扎针呀！"

下针的医生皱了皱眉，放下了手中的银针，问身边的护士："病人的家属呢？"

王二狗傻笑得更厉害了："家属？家属是什么玩意儿？哦，你是说家里的老鼠吧，我可没见，我连家都没有，我日夜在大街上游荡，也没见什么家鼠呀？真是的！嘻嘻，快来给我扎针吧！扎舒服了，我好上街讨钱给你们呀……"

王二狗正说得口吐白沫，那两个穿白大褂的壮汉不知什么时候又来到了王二狗身旁，他俩像抓小鸡似的，一边一个，把王二狗架起来就往门外走。

王二狗挣扎着高喊："我不走，你们还没有给我扎针呢！"

他们一点儿都不理会王二狗的喊叫，像扔皮球一样把王二狗扔出了医院的大门，还冷冷地说："哼！没钱还知道来看病，看来，真是病得不轻！"

原载《小说月刊》2022年第4期

月光下的父亲

何君华

月亮很大，月光很白。我熟练地纵身跃上学校北操场的围墙，然后再熟练地翻身跳下墙。

这套动作我太熟悉了。这个学期几乎每天晚上，我都要这样翻墙去学校北门小巷里的网吧，像个武艺高强的侠客一般。

在游戏里，我的确是个行走江湖的侠客。我攒下一套套威风凛凛的装备，打下一座座旌旗猎猎的城寨，在游戏里我飞檐走壁威风八面好不快活！

不过这回，我翻身下墙时似乎踩到了什么东西，那东西还会动，好像是个人！我吓一跳。定睛一看，竟然是父亲！

父亲是接到我的电话后连夜赶来给我送钱的。那时候还没有手机，家里为了方便跟我联系，专门安了一部座机电话。我用学校的 IC 电话给父亲打电话，说老师又让买教辅资料了，让他赶紧送钱来学校，老师说了，现在是高三，耽误不得。父亲于是连忙赶了最后一趟班车来学校给我送钱。

其实，我管父亲要钱，不是要买什么教辅资料，而是要充游戏卡。今天晚上再不充的话，我之前攒的那些装备、攻下的那些城寨就都白打了。要不然，我也不会这么火急火燎地给父亲打电话让他连夜送钱呀！

我叮嘱父亲去县城找个宾馆住一晚，明天一早再回家。父亲点点头表示知道了，但他并没有去找宾馆，而是打算倚靠着学校围墙根儿凑合一晚！

靠坐在一块石头（那块石头也是我之前搬来的，为的是跳下墙时脚能够着地）上的父亲看见我，自然也十分吃惊，问我这么晚了出来做什么。

看着歪在墙角的父亲，我已不打算隐瞒，便将骗他送钱来充游戏卡的事一五一十地交代了。

我说完，等待着父亲的一顿暴打，但是过了很久，他的手也没有落在我的身上。

　　父亲一言不发，甚至没有起身，他就直直地愣在那里，一动不动。他可能还无法接受我刚刚所说的一切，无法接受他曾经优秀的儿子已经变成了这副模样。

　　我不敢抬头，只敢用眼睛偷偷地瞟父亲。这时我才发觉，才四十出头的父亲竟然有了白发，或许是我的错觉，但他的两鬓在月光下分明闪着淡淡的银光！

　　又过了许久，父亲终于开口说话："儿，你还记得我送你来上学那天吗？"

　　我当然记得。那一年我初中毕业，考上全县最好的高中，父亲挑着行李兴高采烈地送我去学校报到。办完入学手续，又帮我整理好宿舍床铺后，父亲提议带我去县城的街道上逛一逛，让我这个山村里的孩子见识见识城里的风光。走到一条繁华的街道上时，父亲忽然大方地问我想吃什么。我环顾一圈，指了指街对面的北京烤鸭店。我其实并不知道北京烤鸭是什么，也不知道它究竟好不好吃。之所以想吃，仅仅是因为北京那两个字。是的，我想高中毕业后去北京，去上那所全中国最好的学校。

　　父亲当即走到那家北京烤鸭店前，掏出钱摆在桌上，拉拉杂杂，都是些零钱，问店老板够不够买一只烤鸭。老板摇摇头。父亲又问："半只够不够？"老板再次摇摇头："不够。再说，也没有半只卖的呀！"父亲说："行行好，就卖半只给我吧！"老板可能是不耐烦，也可能是被父亲执着的神情打动了，竟然真的将一整只烤鸭切了一半卖给我们。我掰开烤鸭递给父亲，父亲摆摆手，示意我一个人吃，我就站在店门口一个人吃完了那半只北京烤鸭。我不知道那是不是正宗的北京烤鸭，或者干脆就是冒牌货，但那的确是我这辈子吃过的最好吃的食物。

　　吃完烤鸭，父亲与我告别。他要去公共汽车站赶回家的班车，示意我自己回学校，不必送他。父亲说："儿，以后的路就要靠你自己一个人走了。"

　　没想到两年过去，我把路走成了这样。

父亲问我："你知道那天我是怎么回去的吗？"

我摇了摇头。

原来，父亲跟我告别后，并没有去坐班车，而是生生走了回去。他将兜里所有的钱都掏给了烤鸭店老板，已经没有回家的路费了。他走到家时，袜子上已经渗出了鲜红的血。

从县城到我们家有三十多里路，而且多数都是蜿蜒崎岖的山路。

我放声大哭，哭声在月夜里传得很远很远。父亲赶紧过来拍我的肩膀，安慰我说："莫哭，莫哭，不碍事，不碍事的，努力吧，儿，要努力呀。"

"回去吧！"父亲说。

我点了点头，擦干眼泪，刚准备踩那块石头爬上墙，父亲将石头移开，自己蹲了下去，轻声说："踩我肩膀上去。"我知道拗不过父亲，犹豫了一下，还是轻轻地踩上了父亲的肩头。

我就这样踩着父亲的肩膀，重新翻回了学校。我隔着围墙对父亲说："爸，去县城找个宾馆！"父亲没有回答我。我又说："爸，你不答应我就不走！"父亲终于沉沉地应了一声。父亲后来说，那是他这辈子头一回住宾馆。

走在洁白的月光下，我知道，我那些价值连城的装备和城寨都白费了。

高三，这高中的最后一年，我变了个人。

那一年高考，我如愿考上了北京那所著名的大学。我是我们村乃至我们乡有史以来头一个考上那所大学的人。

所有人都很震惊，说这真是个奇迹。

原载《中国青年报》2022 年 6 月 20 日

大礼包

曾立力

今天是个特殊的日子，张三鸿做好晚饭，着意在微信上制作了个大礼包，等着老婆进门的一刹那发给她，给她个惊喜，让她对自己刮目相看。

过去他玩微信，现在也玩，意义却完全不一样，心情也截然不同。现在他每天简直是心花怒放爽歪歪，一有时间准在埋头扒拉着掌上的手机。

老婆很忙，不过吃晚饭时准会回来，老婆说，在外面即便是吃山珍海味，也没张三鸿炒的家常菜好吃，她就爱吃他做的饭。

张三鸿知道，那是老婆在抬举他，担心他一人在家吃饭马虎对付，所以再忙都会回来陪他共进晚餐。当初就是看上了她的善解人意和总是挂着矢车菊般微笑的俊模样。

两人原本在一个厂上班，同进同出，恩爱得使人羡慕嫉妒恨。

那年局财务科要个出纳，当时工厂效益好，奖金福利都比机关高，大伙都不愿去。老婆学财会的，一狠心去了。

老婆去了机关，工作更加努力，经常加班。回到家张三鸿老笑她，领导，冒号！没承想多年的媳妇熬成婆，老婆真还成了领导。

老婆当领导后，别人说起他时，总爱在前面冠上某领导老公的称谓。这一称呼的转换，让张三鸿特伤心。就是工厂倒闭时，他也没这么伤心过。

老婆知道他自尊心强，有大男子汉思想，人前人后总是处处给足他面子。家里的大情小事从不擅作主张，总是笑眯眯地说，我们家的事三鸿做主，问他吧！还说，秤不离砣，公不离婆，月亮永远都是太阳的陪衬。

这话使张三鸿稍感安慰，但心里老觉得别扭纠结，放不出个响屁来。这些年他除了四处打工，炒过股，开过店，买过彩票，终因时运不济，一事无成。

张三鸿如今是"三班倒"，他不爱打牌，有的是时间。上大学那会儿写过诗，折服一大批少男少女，老婆也是其中之一。之后虽没再写，但书还是看的，底子还在，重操旧业，应为时不晚。

晨钟暮鼓，晓星残月，张三鸿一鼓作气，长长短短写就上百首诗。遗憾的是，这些诗寄出去如石沉大海，无一发表。

前不久朋友来访说，现在的纸媒不大景气，不混个人脸熟，要发表很难。方兴未艾的是网络，不如自己开个公众号，别人喜欢，自会打赏，弄得好比稿费还高。到时别忘了请客啊！

听了朋友的话，张三鸿赶紧去申请了个公众号。正如朋友所说，诗文贴上去很受欢迎，点赞打赏的一浪高过一浪，点击率持续飙升爆棚，收入可观。

你说他能不扒拉着手机心花怒放爽歪歪吗？

天黑时老婆回来了，他立马将大礼包发了过去。听到提示音，老婆并没急于看手机，而是说先吃饭吧。

晚餐很丰盛，张三鸿开了瓶红酒，一人倒了杯，你敬我一口，我敬你一口，有滋有味。

用膳毕，老婆拿过手机打开大礼包一看，果然惊呆。忙问道，你哪儿来恁多的钱？

家里那本明细账老婆门清，知道他手头没恁多余钱。

张三鸿面色酡红，有点儿嗫嚅地说，就我公众号上的那些诗，别人给打赏的呗！

老婆让他把手机拿来看看，沉吟片刻说，文章千古事，得失寸心知。都真喜欢？没别的？

女人就是胆子小，小题大做。张三鸿没好气地回答道，能有啥？

老婆知道他不高兴，急于证明自己，便轻声细语说，不管是真打赏也好，假打赏也罢，退给人家好。

多大点儿事？退给人家？太敏感了吧！张三鸿跳了起来。

不是我敏感，刚看给你打赏的人中间，就有好几个是与我有工作关系的。打惩多赏，有没有人别有用心呢？吃人家的嘴软，拿人家的手短。人家有所求，咋办？老婆目光定定地看着他。

张三鸿心里清楚，老婆的性格，外柔内刚，认定了的事很难改变。当年离开工厂时就这德性。不愿跟她置气，尤其是今天。惧内不丢人，如今流行，让她弄吧！

老婆给每人制作了个节日礼包，一一退了回去。最后只剩下一个叫"军歌嘹亮"，一个叫"夕阳红"的没退。

怎么不退了呢？难不成有啥猫腻？张三鸿满脸狐疑地望着老婆。

老婆用手指戳他脑门，嗔怪道，你傻呀！我看你是写诗写晕了头，那是咱爸妈。让他们给你多打点儿赏也好，省得老去乱买保健品。

老婆脸上绽开矢车菊般的微笑，从包里掏出部 5G 手机来。

今天元旦，他俩的结婚纪念日，老婆也准备了礼物。

一元复始，万象更新。

原载《小说选刊》2022 年第 2 期

济世良医

张学鹏

在豫东平原上，黄河故道南岸，有一座虞城，城东街有个济世堂，坐诊的是一位老中医，姓郑，人称郑先生。老人七十有五，鹤发童颜，精神矍铄，有药到病除之术，虞城百姓有疑难杂症，手往东指："去找郑先生呀，保你药到病除。"

患者走进济世堂，落座后，郑先生对患者望、闻、问、切，说："先给你拿三服药，不好再来。"

患者吃了三服药，很少再来。即使患者来吃回头药，郑先生望、闻、问、切后，说："你的病已好，不用再吃药。"

患者听闻，向老先生三鞠躬，连声说："谢谢先生！"欢天喜地而去。先生遇见老弱贫困的患者，也会开三服药，药费或减或免。虞城百姓亲切地称其为"郑三服"。

1944 年春，日军为打通大陆交通线，大举进攻中原，虞城沦陷，日军烧杀抢掠，无恶不作，百姓妻离子散，民不聊生。因为济世堂专给病人治病，行善积德，日军没有对其进行骚扰。郑先生依然每天为人治病。不过，日军通过伪军传话，严禁给中国军人治病，否则格杀勿论。

鬼子侵占虞城后，过得并不安生，城外八路军带领游击队经常对日军进行攻击。伏击鬼子，清除汉奸，八路军的精准出击，令日军闻风丧胆，惶惶不可终日。鬼子对八路军游击队恨之入骨。

一个仲夏之夜，一个风尘仆仆的小伙子敲开了济世堂的后门。郑先生一看是位陌生人，便将小伙让进内室。

小伙说："我是北方人，来虞城做生意，不料这里靠近黄河故道，空气潮湿，加上水土不服，生了疥疮，奇痒难受，望先生救我。"

先生看了看小伙子的患处，又拿住小伙子的右手指看了看，说："不单是你一人生了疥疮吧，你的伙计很多吧？"

小伙点点头，说："疥疮传染快，得病的人比较多。"

小伙子又说："生逢乱世，活着不易，还望先生救我们。"

先生说："治病救人，是我本分，国难当头，我只能尽力做好我的本分。"

先生又说："我这里药物有限，治不了那么多人，距此一百五十里外，芒砀山里有一个硫黄潭，那里常年水汽蒸腾，潭内多含硫黄，潭水有毒，鱼虾不生，牲畜不饮，你们可去那里洗澡，一天一次，一周疥疮可消除。"

先生还说："那里已被日军占据，你们要多加小心。"

先生从药柜里拿出几盒药膏，说："回去先给病重的人涂上，我这里只有这么多了。"小伙子拿出几块银圆，送给先生，先生辞而不受。

先生说："你们从北方来到中原，实属不易，国人都能如此，倭寇岂敢猖狂。"

小伙子千恩万谢，拜别先生，消失在夜幕里。

翌日中午，一支百余人的八路军队伍悄悄向芒砀山开进，包围日军据点，全歼日军。队伍来到硫黄潭边，依次跳进硫黄潭里，洗了个痛快。

十日后，一支几百人的队伍，消除了疥疮之患，精神焕发，斗志昂扬，奔赴抗日前线，与日军展开激战。

也许是济世堂治疗的病人太多太杂，也许是汉奸告了密，八路军在硫黄潭洗好疥疮一事被鬼子知道，鬼子以私通八路为名，包围济世堂，封上大门，一把火烧了个精光。

七日后，一支八路军队伍开始猛攻虞城，破城之后，将城内的日伪军全部歼灭，为郑先生报仇雪恨。

新中国成立后，济世堂在虞城重新开业，招牌更大，房屋更宽。虞城百姓拍手称赞，争相前去祝贺。在济世堂坐诊的是郑先生的儿子，儿子的医德医术与郑先生相比，毫不逊色。

据当地县志记载：郑国忠，烈士，原济世堂中医先生，中共地下党员，济世堂是抗战时期党的地下联络站，郑国忠为打击日寇，消灭日伪，提供了许多有价值的情报。

后来，有人问郑先生的儿子："你和你父亲，谁的医术更高明？"

儿子说："我流汗给人看病，只是个医生，父亲流血给人看病，是个英雄，我远不及父亲。"

原载《民间故事选刊》2022 年 5 月下半月刊

大　师

顾文显

"人各有所长，咱俩在书法上的悟性稀松，只不过都在工会工作，文房四宝不花钱，没事儿练练，应付一下公事，又乐得陶冶情操，这年纪，还想什么。"王源把自己代入"稀松"的归类里，主要是点拨老程。老程对书法的感觉，简直是让他想恭维都于心不忍，老伙计就是自我感觉良好，似乎不出人头地就死不瞑目，所以王源暗示他，知难而退是最体面的结局。

"不甘心。"程信书果断摇头，"同是人，脑袋也冲上长着，凭什么胡大师给饭店题五个字一万块，咱倒贴一万人家也不用，无名小辈不是我承包下的！"

哥俩同行，一个在企业工会，一个在市工会，都是无职无权的干事，便有了惺惺相惜的情感，没事聚一起喝酒发牢骚。

话题触到书法这儿，往往出现不影响感情的分歧。

王源更有些怜惜老程，除非喝上点酒，否则他断然不肯当着老程提"书法"二字。老程悟性也差得太离谱，好歹也算"从书"五年了，最基本的楷书都写不像样。老伙计索性写草书，草书那玩意遮丑，外行人看不出好歹，于是，老程就岳体、毛体、怀素体……仿得如痴如醉。内行人一打眼，就知道他那字看起来龙飞凤舞，却无书法功力，这样舍本逐末地模仿，写到死也不可能成名的。王源虽这样想，但碍于情面，不便直说。然而，老程却丝毫无自知之明。有一回，王源实在忍不住，便提示：老弟啊，你有宏大追求是好事，不过，饭要一口口地吃，路要一步步地走，你瞅你这楷书写得……不会跳就想飞？

这下子老程怒发冲冠："你怎么食古不化呢。那老师确实教咱首先要写好楷书，楷书是根本，他说得要是有理，他咋不是著名书法家，咋不是胡大师？"老程的灵感被酒激活，一连串说出许多掌故，什么功夫在诗外、歪打正着、独树一帜……说得怒极，甩一句"不可理喻"，便拂袖而去。

从此二人有好一段时间不喝酒，连个电话也没打过。失联就失联吧。王源想，道不同则不与谋，好意给他指路，他非但不领情，还翻了脸，这样不识好歹的人，跟他周旋，浪费时间呢。后来，断续听说，老程从工会辞职，去南方发展了……大约三年，老程就彻底退出了王源的"友人名录"，有人再提老程，他须一愣，片刻才想起那个有妄想症的酒友。

突然有一天，王源接到书法协会的通知，说著名书法家程信书先生，情系桑梓，回乡以书会友，在职工会议室现场献艺……

啊？当年的程信书，那个痴人说梦的，讲他突发横财王源都信，唯独不可能在书法方面有什么出息，更何谈"著名"二字？这几年退休，王源老师借着自己踏实的功底和知名度，办了个书法讲习班，收入比退休金多得多，所以不爱参加协会活动，但这回被好奇心驱动，决意去现场看一眼，毕竟当年密切接触过那么久，管他著不著名，请吃个饭还是起码的礼节吧。

甫到现场王源就吃了一惊。平时搞活动，迟到半小时，那都算早的，而今天他准时到，目的是跟程信书打个招呼，没想会议室早已坐满了人。听说昨天老程下榻，就一直由主席、秘书长们陪着，省市媒体记者长枪短炮，他一个边缘化的普通与会者，哪里到得跟前，只好讪讪地找一后排坐。

主席发表欢迎词说的什么，王源没听进去，只有一句他听得清清楚楚，"人民大众的赞赏，就是艺术的价值"，他在心里说，这个未必吧……雷鸣般的掌声已经响起，程大师站在主席台摆放的书案前方，两位礼仪小姐，竖牵起一幅宣纸，程大师舒臂运气，然后饱蘸浓墨……王源大脑瞬间就反应过来，这是要表演悬笔？哼，书法是用来欣赏的，欣赏者只关心字的美，哪里关心它是如何写的？然而王源想错了，但见程大师面朝与会者，右手执笔从左颈间绕过，笔尖准确无误地落到背后宣纸的右边，然后，身子略略扭动，一个草书"龙"字就这样默写成，细看，还真的有几分"龙"字的形状。掌声、叫好声差点把屋顶震塌，刚才写完字的宣纸被小心翼翼地撤在一边晾着，又换上两位礼仪小姐，重新竖起一张宣纸，再看程大师，已把笔从右手换到了左手，左手从右颈间绕过，同样是一气呵成一个类似的"龙"字！司仪小姐们按照大师的指令把两幅字对接，此时两个"龙"字龙头翘起，恰如想象中的二龙戏珠！

绝！高！举世罕见！

心堵。这表演分明是街头杂耍，怎配与书法艺术搅到一起，且还"大师"上了？王源左右环顾，想寻个知音交流一下他的看法，但所有人一齐拥向主席台，哪里有谁看他一眼！

王源回家，就着一袋榨菜灌进去半瓶酒，吐得一塌糊涂。醉眼瞥见墙上挂着一把被他冷落两年的剑，望着那把剑，他浮想联翩。

王源去外地乡下，租了一间民房独居。一年后，他步程大师后尘，也回故乡献艺。

王源称自己在某名山拜师，独创剑书。表演当天，命礼仪小姐将宣纸铺好，他自带一特制的状如拖布的巨笔，去塑料桶内蘸墨，略略膏笔，同时，以舞剑步伐，每展一动作，笔一落，至收势，恰好完成"江山多娇"四字，又一漂亮的"倒持扇"，题款！

面对暴风雨似的掌声和欢呼，王源体验到了"爆棚"两字的含义。晕晕乎乎中，他无法实现自己的初衷，他本想现身说法，告诉家乡的书法爱好者们，他这点伎俩仅仅是一年来的投机取巧，与书法风马牛不相及……可观众"大师谦虚"的呼声太高压住了他的声音，当地有位企业家当场出巨资买下了他的剑书作品，还有协会领导们那谦恭的礼貌，让他无法怀疑自己大师的身份，他想，程信书都早是大师了，我王源差个甚！

原载《大中华文学》2022 年第 1 期

吴二赖

刘建超

老街蜿蜒十里之长，宽不过三丈，有着上千家店铺，是豫西最为热闹繁华的商贾之地。老街各行各业的营生，滋养着靠营生活着的众生。

今天说说老街痞子。老街痞子分为两种，武痞子和文痞子。

武痞子是跟着武师练过拳脚，有些功夫在身，在老街为生意上的各类纠纷摆平事态。凭的啥？额头敢拍板砖，胸前能碎青石，手掌切断钢板，肚皮撑得刀剑。靠硬功夫吃饭，没有两把刷也不敢在老街混。

文痞子就是靠着一张巧舌，口吐莲花左右逢源，上知天文下晓地理，熟四书五经通《易经》八卦，吐沫星子四溅，说得纠纷双方礼让下架，和气生财。

老街的武痞子文痞子，都是被当事的店家主动请来摆平纠纷的。当然，不管是武痞子文痞子，为你摆平了麻缠事，你要给些酬劳。

老街还出现过个臭痞子，专指西关的无赖吴二赖。

吴二赖，姓吴是真的，排行老二也属实，"赖"字是老街人送他的。

吴二赖就是个滚刀肉，游手好闲，在老街西关一带吃喝嫖赌坑蒙拐骗，死牙臭嘴撒泼耍赖。

吴二赖在老街西关祸害人，老街有句话：宁过阎王殿，不开西关店。许多商户都是被他给祸害走的。

西关开寿衣坊的温老板，和人闲聊时说手中的小把件曾经是和珅府上的，后被抄家流落到民间，自己也是用一幅郑板桥的画兑换来的。

吴二赖听说了，去装裱店强要了幅郑板桥的画，找温老板讨换手把件。

温老板说，我那画是板桥的真迹啊，你这赝品还不值我这一个花圈钱。

吴二赖不管，跟在温老板屁股后面黏糊三天都赶不走。

清晨，温老板的铺子门口被倒了两罐子茅粪，臭气熏天。吴二赖说担茅粪不小心，摔倒了。

他拿个唢呐叽叽哇哇地吹，喜庆得不得了，家有丧事的客户也不愿登门。

温老板被折腾得精疲力尽，只得将手把件给了吴二赖，气得三天没起床。

这还没完，有人看中了温老板家的闺女，吴二赖拍着胸脯去给人家保媒，被温老板一口拒绝。

吴二赖就死缠烂打盯着温家闺女，爬墙头看到闺女进了茅房，他居然翻墙进院，把温家闺女给糟蹋了。

温老板告到官府，吴二赖被保安队带走了，过不了几天就放回去了，说是证据不足。

保安大队的伪队长任饶是吴二赖的拜把兄弟，两个人沆瀣一气祸害四邻，老街人提起吴二赖和任饶恨得牙根子痒痒。

三伏天，吴二赖去找任饶喝酒，任饶不在家，只有任饶媳妇抱着还吃奶的孩子。吴二赖就自斟自饮，任饶的媳妇给孩子喂奶，吴二赖眼就直了，趁着酒劲强行把任饶媳妇按到床上。

兔子不吃窝边草，朋友之妻不可欺啊。任饶带着人去抓吴二赖，吴二赖早知大事不妙，脚底抹油——溜了。任饶气得大喊大叫，冲着吴二赖的床开枪，扒了吴二赖的上房和院墙。

日本人败退，撤出了老街，伪队长任饶成了要被镇压的汉奸。

任饶逃了。他隐姓埋名，几经辗转，逃至西安，凭着肚里的墨水，谋了个账房先生的差事，暂时安顿下来。

任饶外出办事，戴好礼帽，裹紧棉袍，从住处附近的一条小巷穿过。

迎面过来一人，毡帽耷拉着，缩着脖子。擦肩而过，目光扫过彼此的瞬间，猝不及防，两人都是一惊。

任饶？吴二赖？冤家路窄，那几秒，空气凛冽如冰。两人忽然伸手死死攥住了对方，扭打在一起。当地治安队把两人带回了局里，审问详情后，把两人押送回老街。

吴二赖、任饶被关在牢房里，两人都没了脾气。

任饶说，我是有好几条人命在身，又是老街的头号汉奸，挨枪子是跑不了的了。好赖咱俩也曾兄弟一场，我给你个法子，保你可以出去。只是出去以后，你要照顾好我儿子，否则我就是变成死鬼也不放过你。

吴二赖看任饶说得真诚，摆着胸脯发誓，问有啥法子。

任饶说，我肯定是要被枪毙的，临刑那天，你要求去陪跪，让政府和老街人都看到你有悔过重新做人的决心，定可从轻发落。

吴二赖觉得在理，对负责处理案子的西关农工会徐主任说了要陪跪，要痛改前非，重新做人。

徐主任也觉得吴二赖民愤大，枪毙任饶叫吴二赖陪着也可以让老街人出出恶气，他骂骂咧咧地应允了。

刑场设在洛河滩野外荒僻的土崖下。任饶、吴二赖被五花大绑，脚下，是尚未融化的雪野。

五米开外，五个民兵持枪而立。

任饶扭头看看一旁跪着的吴二赖，嘴角咧了咧。

一声令下，五枪齐发，任饶、吴二赖应声而倒。

徐主任骂：吴二赖，真孬种，平时那么横，叫你陪陪，咋也吓倒了。

有人跑去验看，喊道：徐主任，吴二赖也死了，脑后中了一枪。

围观的人群听说吴二赖也死了，爆发出欢呼声。

徐主任又骂：死了？谁开的枪？眼长屁股上了？

老街人都说，那一枪，是老天放的。

老街有了新谚语：吴二赖陪跪——死路一条啊。

原载《芒种》2022 年第 1 期

信封里的儿子

司玉笙

那时候他不识字，班长就一笔一画地教他。时间长了，他就离不开班长了。班长问他是哪里人，他就哭了，说俺也不知道俺是哪里人，就知道家离老黄河不远，爹娘走得早……

班长说，我家离老黄河几十里，爹去世得早，我娘辛辛苦苦拉扯我兄妹仨……兄弟，这队伍就是咱的家……

1950年秋，部队来到东北整训。入朝作战前的誓师动员大会上，阵阵口号声中，人人热血沸腾，会后纷纷写了请战书或决心书。他比葫芦画瓢地将班长的照抄下来，就是名字不一样。班长一看笑了，说，刘兴根、刘敬根，念不好就念成一个人了。

他也笑了，说，咱俩就是一个人。

趁着一个休息日，班长说，趁出国前咱也去街上照个相，留个念。

于是就去了。过了几天，照片取出来了，是黑白的。单身的一人一张，一寸；两个人的合影也是一人一张，两寸。他第一次见这照片不禁叫了起来，咋跟活的一样！

班长说，这相片可金贵哩，花去我半个月的津贴，得放好。

在他的注视下，班长将自己那三张照片塞进一个早已写好地址的信封里。这信封纸质韧硬，正面有红框，竖写形制。

揣着这照片，两个人跨过鸭绿江。随部队急行军到了指定区域，放眼一望，满目冰山雪岭，林木间寒气重重。战斗一打响，阵地上一片火海硝烟，残枝碎石乱迸。激战中，班长被一颗炮弹炸成重伤，融化的冰雪和冒着热气的鲜血糊满了一身。奄奄一息的班长看看他，说，兄弟，这信封你拿着，里面还有攒给咱娘的钱……

班长牺牲后他被临阵任命为班长，一喊刘兴根他就答应，好像有两个人在他身子骨里发力，打起仗来十分英勇。两年后，后方战地医院又多了一名伤员。这伤员头部被弹片击中，昏迷了一星期方苏醒。医护人员高兴地相互传语，刘兴根醒来了，英雄醒来了……

后来，他被转到国内疗养。能下地活动时，他将那信封找出，小心翼翼地抚平，再添上回信的地址，托人寄出。过了月把，回信来了，是人代写的：你母亲接到你寄来的信和照片喜出望外，捂住哭了大半天。自你参军走后，这些年来你母亲天天去庄东头的大路口盼你。你两个妹妹已出嫁。四亩庄稼地有互助组帮种帮收，家中一切安好，勿念……

读完信，他忽地捶了自己一下，我本来就是娘的儿子呀！

往后再写信，他就用班长的口吻。那边回信问，合影照上的另一个是谁？他答，是我最亲密的战友，也是娘的儿子。那边回信说，你母亲现在逢人就说，俺儿回来了，还多了一个，就在俺怀里。说着还掏出照片让人家看……

这一提，他心里便拱出一句，我就是我就是，永远是！

为尽量使自己像娘的儿子，他每天对着班长的照片进行"整容"。班长的颧骨好像高，他就反复夹捏自己的腮帮子，好让颧骨突出。时间长了，腮帮子还真凹陷下去了一点。护理人员奇怪，问，刘班长，脸上怎么不舒服？

都好着哩。他说，只是想娘了。

复员前，组织上派人征求他的意见，问，安排你到本地一个大厂工会工作咋样？他说，我还是想回庄里给娘端端碗、洗洗脚。

肩着背包，提着网兜，他按照信封上的地址一路打听找到了这个小刘庄。还未进庄，头前身后呼呼啦啦簇拥了一群人，争相替他拿行李。被人引着，一进这农家小院，他愣了：一位衣衫打有补丁的中年妇女端坐在简易的板凳上，双手捏的竟是班长写的那个信封！

丢下行李，他紧跑几步，跪伏在这位母亲的双膝上，一声憋了许久的话语自胸腔喷薄而出：娘啊——

是根儿吗？娘的眼泪扑簌簌地滴落下来，是热的。

是我，是我，娘！

粗糙温暖的手在他头上脸上哆哆嗦嗦触摸着。俺的儿，你这脖子上的那颗痣咋没了？

娘，扛枪磨去了。抬头一看，娘泪湿的眼皮是合着的，眼窝里分明有什么在拱动。

旁边一个妹妹插话道，娘怕你忧心，信里不让告诉你她的眼几年前就瞎了。

娘，明天我就带你看眼去！

背着娘上车下车跑了几个医院诊治，娘的眼还是没有起色。娘说，甭花那钱了，有恁在跟前，俺啥都看得明白。

此时，县里给他安排好一个相对比较轻松的工作，他坚辞不去，说，我回来就是照护娘的。并对两个妹妹说，有哥在恁放心，恁该忙啥忙啥。

于是就在生产队当了保管员，离家近。给他说媳妇，他就要求一条：必须对我娘一百个孝顺！

婚后，两口子轻声问暖，俯身侍奉，娘的脸上就断不了笑容，直至八十六岁寿终。在操办老人家的后事时，有人好像知晓了他的经历，想写一篇报道宣传宣传。面对这些好奇者，他说，我没啥可写的，与那些埋在雪地里的无名战友比，我还活在母亲身边……

那日晚间，他在电视新闻上看到部分战友的遗骸被军用飞机运回祖国时，泪珠止不住地滚淌。让家人打开那小盒子，指指那张合影照叮嘱道，放大，放大……

放大的合影照拿回来后，他看着看着突然说了一句什么，牙关一紧竟昏迷过去。紧急送进医院抢救无效，于当天夜里去世。

灵棚内，高挂的遗像就是那张放大的合影。问清缘由，吊唁者无不动容，噙泪再三鞠躬。整理他的遗物时，发现了十几枚压在箱底的军功章，还有那个老式信封。

信封已经起毛边了，淡淡的血迹依旧形如雪地梅花……

原载《北方文学》2022 年第 1 期

不速之客

万俊华

这天，家中突然来了一胖一瘦两兄弟。瘦的是哥，胖的是弟。

哥手中拿着一束香气袭人的桂花，弟手中拿着一篮红彤彤的苹果。

我问：要找谁呀？

哥俩异口同声：找徐桂花大妈。

母亲闻声而来，用疑惑的口气问：你们是何师傅的儿子？

哥说：是的。您就是桂花大妈啰？话音刚落，便拉着弟弟双双跪下。

母亲一时不解：这是干什么？快快起来说话。何师傅还好吗？

哥接着说：我父亲前两天走了。

听到这一消息，母亲先是一愣，然后叹了口气说：何师傅是个好人呀。我们和何师傅在食堂共事时，他很关照我。真是的，这人怎么说走就走了。

此时此刻，但见兄弟俩泪流满面，还是哥说：我父亲临走前告诉了我们一件往事。他要我们一定来找您，向您讲清一件事，并代表他向您道歉赔罪。否则，他在九泉之下也难安息。

听到这里，感觉母亲好像意识到了些什么。

按理说，何师傅不是那种人，也不会做那种事。母亲直说：你父亲当年是不是在秤砣上做了手脚？为何要向我这个罪人道歉呢？

哥说：不是。大妈，你息息火。让我慢慢道来。

一直是局外人的我，这次却听懂了母亲话中之意。前不久，家中卖废报纸。我称了是32斤，买废报纸的人称却只有29斤。一查才知道是他在秤砣上做了手脚。

当年母亲是工厂食堂管理员。有一年年终结算，食堂平白无故少了295斤大米、26斤菜油。

这事让母亲很是纳闷：都说是我拿回家吃了。可我又没有拿，这些东西自个儿会跑到哪儿去了呢？

是不是老鼠吃了呢？母亲曾回忆，或者说，是不是有人拿了没记账呢？

这种假设很快就被母亲自己否决了。仓库很严密，老鼠难进来。母亲慢慢回想：也没有人到我这儿要过大米和油什么的。

那为什么会平白无故就少了那么多东西呢？母亲心有不甘：人家涂师傅还真是贪污了30斤粮票呀，尽管他也不是有意的。

原来，母亲曾在《微型小说选刊》杂志上，看到宋清海作者写的《手捧红宝书》一文。

故事大意是，40年前，组织上认定涂师傅贪污了30斤全国粮票，被撤去机关食堂会计一职，开除党籍，烧了30年锅炉。如今，卖破烂的看到《毛主席语录》，拆去塑料封皮，封套中掉出30斤全国粮票。涂师傅原来坚信自己没贪污而活着，现在证明自己确实是贪污了，从而手捧着红宝书自杀了。

当年，母亲就因为这事被打成贪污犯游街。

那个年代，没有粮票就买不到米，30斤粮票可以救活一条人命呀。而母亲比涂师傅的10倍还要多，难怪组织对母亲处理得就更严。

后来母亲又被下放到农场劳动改造。家中养的猪赶走了，有点值钱的樟木箱也让搬走了……

父亲早年过世了。家中唯一的经济来源——母亲的工资，全部扣除抵贪污的费用。可怜我50多岁体弱多病的外公，就这样支撑起了这么一个一贫如洗的家。

为了我们姐妹俩的生存，外公养了20只鸭子，让它们生蛋卖钱。数九寒天，他下到信江河边摸螺蛳给鸭吃，不幸得了伤寒病。终因没钱医治，活活被病魔折磨死了。

我和姐姐因交不起两元学杂费，加上同学们都欺负贪污犯的子女而辍学了。

记得那年夏天，妈妈忙不过来，我和姐姐就去农场帮着妈妈摘辣椒、茄子等。那时的太阳特别毒，我们在菜地里全身湿透了。几天下来，都晒成非洲人了。

长期以来，母亲常常自言自语：我确实是什么也没拿呀。可是又有谁来证明我的清白呢？

就这样，母亲每天都生活在贪污犯阴影中难以自拔！母亲是位有点文化的人，她一向都把荣誉看得十分重要。这件事，不仅在物质上，更在精神上，对她造成了一生的打击。

母亲仔细听着何师傅的大儿子说的话——我父亲并没在秤砣上做手脚。他只是在每次称米和油时，将秤杆往上翘了一些。少时一次可多称得几两，多时一次可多称得几斤。一年下来，就是大妈您"贪污"的那个数字了。

我气愤地说：那你父亲当年为什么不出来做证呢？

就是那些大米，养活了我们兄弟俩呀。何师傅大儿子继续说：我父亲要是说了出来，那些米和油都要吐出来。这样一来，我们还能活下来吗？

我默默无语：可怜天下父母心。

何师傅大儿子接着说：我父亲成天生活在良心受到煎熬的痛苦之中。直到临死前，他才告诉我们真相，要我们一定要替他向大妈赔罪。这就足以说明，他一生都没有忘记自己所犯下的错误，背着这个沉重包袱，直到离开这个世界。

说到这会儿，哥俩同时站了起来，靠近母亲。一个送花，一个送苹果。哥还从口袋里拿出了一个红包，放在母亲手中：请大妈一定要原谅我父亲的错误，我们这就代父向您赔罪了。

原来是这么回事。母亲终于在这个世界上亲耳听到有人前来证明自己不是贪污犯。她喜极落泪，摆了摆手说：这些东西和钱你们都拿回去吧，我心领了。在那个特殊的年代，你们父亲要养活两个儿子，确实也很不容易了。谢谢你们告诉我这件事情的真相，我也可以无憾地瞑目九泉了……

不久，母亲安详地离开了这个世界。

原载《河南工人日报》2022 年 7 月 14 日

张福是一头牛

刘 平

儿子打电话回来说，他和女友准备按揭一套房子，女方父母要求，按揭款各出一半。她问："一半要多少钱？"儿子说："二十万。"儿子刚参加工作，没钱，她明白，这钱该当爹妈的出。

可哪来的钱？

供儿子读大学，连家里的一头牛都卖了，平常，她喂点鸡养点猪，男人张福出去打点零工，每个月给儿子寄一千二百元生活费，家里哪还有钱。

"去哪找二十万？"她唉声叹气。

张福坐在门槛上吧嗒旱烟，一句话也不说。

"你倒是想想办法呀！"她说，心里很着急。

"有啥办法？把我卖了也没有二十万。"张福说。

指望不上男人，她就自己出去想办法。可一大圈转下来，好话说了一大堆，也只借到八千多元。她知道，要不是儿子在城里工作，这八千多元她也借不到。

傍晚回到家里，张福正在打扫牛圈。他打扫得很仔细，刷子刷，用水冲，用鼻子闻闻，一点气味也没有了。两年前牛卖掉后他就打扫过牛圈，她不明白为啥今天又要打扫，问："牛圈弄这么干净干啥？"

张福说："关牛。"

她以为男人病了，说胡话，伸手摸摸他的额头，没发烧。"哪来的牛？"她说。

"你别管。明天就能关上牛。"张福说。

她担心男人是被按揭款急出啥毛病了，家里哪还有钱买牛呀！她一下不知道怎么办才好。

心里有事，她常常夜里要醒来几次。凌晨三点过，她又醒了，突然发现男人不见了！

"张福！张福！"她喊。

四周静悄悄的。

想起昨天傍晚男人的怪异行为，她心里顿时紧张起来，这时候他会去哪呢？该不会出啥事吧！……

"张福！张福！"她又喊。

还是没人应。

她心里咚咚乱跳，赶紧穿衣下床出去寻找。刚出房门，耳朵里突然传来一阵"哞、哞、哞"的声音，仔细一听，声音是从牛圈方向传来的。她心里一惊！

过去打开牛圈的灯，她呆了！——牛圈里有一头肥硕的牛！

"张福！张福！"她下意识大声喊。

"喊啥？我在这哩。"牛居然说话了。

"你是张福？"她对牛说。

"嗯。我是张福。"牛说。

"你是牛呀，咋是张福呢？"她说。

"我变成了牛。"牛说。

她说："你咋要变成牛呢？"

牛说："变成牛就能卖钱呀。"顿一下，又说："天亮你就把我牵到镇上卖了吧，我的肉很肥，能卖个好价钱。"

"不！不！"她大声喊，醒了。

原来是做了一个梦。

儿子刚上大二，连女朋友都还没有。

这个梦让她心里感到很压抑，她没有把这个梦告诉男人。可她的潜意识里，却莫名其妙地有些担心，生怕哪天男人真的会变成一头牛。虽然她知道这是根本不可能的，但她每天早上醒来后做的第一件事情，就是条件反射一样伸手摸摸身边的男人，还在，她心里就踏实了。

可是这天早上，她一摸身边，发现男人不在！

她赶紧穿衣下床直奔牛圈，牛圈里空荡荡的。她正要喊，发现张福吧嗒着旱烟从外面回来了。

"这一大早的你去哪了？吓死我了。"她说。

"你吓啥？"张福往地上啐一口痰，说，"我去找明广，想找点活路做。"

她说："说成没有？"

张福说："成了，石堤堰砌堡坎。"

她有些担心，说："你的腰有毛病，那么重的活路，你吃不消啊！"

张福吧嗒两口旱烟，说："有啥吃不消的？两百块钱一天哩！"

正说着，她的手机突然响了，拿出来一看，是儿子打来的。儿子说："妈！告诉你们一件喜事。"

她说："儿子！啥喜事？"

儿子说："我有女朋友啦！"

原载《喜剧世界》2022 年第 1 期

2022 年选系列封面绘图画家介绍

文瑶 1996 年就读于广西艺术学院美术系油画专业。现为广西艺术学院美术学院副院长，副教授，硕士研究生导师。中国美术家协会会员，广西美术家协会理事，广西青年美术家协会常务副主席，漓江画派促进会理事。

《小镇之光》 文瑶　150 cm×200 cm　2021 年

文瑶画作短评

　　文瑶的画有野兽主义的气度，也有印象主义的灵动。大块的坚定运笔，有味道的经营布局，再加时不时的一些小点缀，使文瑶的画透出自己的独有韵味，画面效果既有装饰趣味又不缺油画的厚重。

　　……文瑶的语汇里还有着贴近他性情的逗乐与调侃式的把玩心态，他总是不按常规地强化出对象的某种特殊的形貌状态，无论是画人物或者风景，他的处理总会有一些让人眼睛一亮的闪光点出现。这样的能力来源于他对现实对象的独特体察与概括性的整体把握，尊重事实而又能跳出常理的束缚。

——黄菁（广西艺术学院教授）